中国教育学会中学语文教学专业委员会专家审定

QIHEFU
DUANPIAN XIAOSHUOXUAN

契诃夫短篇小说选
【犀利精准地解剖国民的麻木与奴性】

〔俄〕契诃夫 ◎ 著
《青少年经典阅读书系》编委会 ◎ 主编

首都师范大学出版社

图书在版编目(CIP)数据

契诃夫短篇小说选 /《青少年经典阅读书系》编委会主编.—北京：首都师范大学出版社,2011.11(2020年7月重印)

(青少年经典阅读书系.文学名著系列)

ISBN 978-7-5656-0556-7

Ⅰ.①契… Ⅱ.①青… Ⅲ.①短篇小说-小说集-俄罗斯-近代 Ⅳ.①I512.44

中国版本图书馆 CIP 数据核字(2011)第 222675 号

契诃夫短篇小说选

《青少年经典阅读书系》编委会 主编

策划编辑	李佳健
首都师范大学出版社出版发行	
地　　址	北京西三环北路 105 号
邮　　编	100048
电　　话	68418523(总编室)　68418521(发行部)
网　　址	www.cnupn.com.cn
印　　厂	汇昌印刷(天津)有限公司
经　　销	全国新华书店发行
版　　次	2012 年 7 月第 1 版
印　　次	2020 年 7 月第 4 次印刷
书　　号	978-7-5656-0556-7
开　　本	710mm×1000mm　1/16
印　　张	15
字　　数	206 千
定　　价	38.00 元

版权所有　违者必究

如有质量问题请与出版社联系退换

总 序
Total order

  被称为经典的作品是人类精神宝库中最灿烂的部分，是经过岁月的磨砺及时间的检验而沉淀下来的宝贵文化遗产，凝结着人类的睿智与哲思。在滔滔的历史长河里，大浪淘沙，能够留存下来的必然是精华中的精华，是闪闪发光的黄金。在浩瀚的书海中如何才能找到我们所渴望的精华——那些闪闪发光的黄金呢？唯一的办法，我想那就是去阅读经典了！

  说起文学经典的教育和影响，我们每个人都会立刻想起我们读过的许许多多优秀的作品——那些童话、诗歌、小说、散文等，会立刻想起我们阅读时的那种美好的精神享受的过程，那种完全沉浸其中、受着作品的感染，与作品中的人物，或者有时就是与作者一起欢笑、一起悲哭、一起激愤、一起评判。读过之后，还要长时间地想着，想着……这个过程其实就是我们接受文学经典的熏陶感染的过程，接受文学教育的过程。每一部优秀的传世经典作品的背后，都站着一位杰出的人，都有一个高尚的灵魂。经常地接受他们的教育，同他们对话，他们对社会与对人生的睿智的思考、对美的不懈的追求，怎么会不点点滴滴地渗透到我们的心灵，渗透到我们的思想和感情里呢！巴金先生说："读书是在别人思想的帮助下，建立自己的思想。""品读经典似饮清露，鉴赏圣书如含甘饴。"这些话说得多么恰当，这些感

总 序
Total order

受多么美好啊！让我们展开双臂、敞开心灵，去和那些高尚的灵魂、不朽的作品去对话，交流吧，一个吸收了优秀的多元文化滋养的人，才能做到营养均衡，才能成为精神上最丰富、最健康的人。这样的人，才能有眼光，才能不怕挫折，才能一往无前，因而才有可能走在队伍的前列。

"首师经典阅读书系"给了我们一把打开智慧之门的钥匙，会让我们结识世界上许许多多优秀的作家作品，会让这个世界的许多秘密在我们面前一览无余地展开，会让我们更好地去感悟时间的纵深和历史的厚重。

来吧！让我们一起品读"经典"！

国家教育部中小学继续教育教材评审专家
中国教育学会中学语文教学专业委员会秘书长

丛书编委会

丛书策划　李佳健
　　　　　　王　安
主　　编　李佳健
副 主 编　张　蕾
编　　委（排名不分先后）
　　　　　张　蕾　李佳健　安晓东　王　晶　高　欢
　　　　　徐　可　李广顺　刘　朔　欧阳丽　李秀芹
　　　　　朱秀梅　王亚翠　赵　蕾　黄秀燕　王　宁
　　　　　邱大曼　李艳玲　孙光继　李海芸

阅读导航

契诃夫（1860—1904），19世纪一个杰出而又使人振奋的名字，他虽然只在人世间停留了短暂的四十四个春秋，但是英年早逝的他却给世人留下了五百多篇脍炙人口的短篇小说，同时也给世人留下了正义、善良、劝慰、告诫、忠诚、凄清、哀婉、叹惜和无穷无尽的怀念之情！

契诃夫于1860年出生在一个小市民家庭。他的祖父是赎身农奴，父亲是店员，曾开过一个杂货铺，1876年破产后，他靠当家庭教师读完中学，1879年入莫斯科大学学医，1884年毕业后，在兹威尼哥罗德等地行医。

《契诃夫短篇小说》不仅蕴含丰富的思想内容，而且具有独特的艺术形式，最醒目的特点是情节淡化。作家着重对日常生活中普遍现象的描绘，从中展示人物的思想变化和性格发展，或觉醒，或矛盾，或堕落。

浓郁的抒情意味是契诃夫短篇小说的又一重要特色。作家不仅真实地反映生活和社会情绪，描写人物的觉醒或堕落，而且巧妙地透露他对觉醒者的同情和赞扬，对堕落者的厌恶和否定，抒发他对美好未来的向往，对丑恶现实的抨击。契诃夫的抒情手法是多种多样的，最常见的手法是在适当的时分和场合、在作品的情节发展到为抒情准备好成熟条件时，借主人公之口来抒发。契诃夫还善于把自己的感情倾注于对景物的描写之中，巧妙地借景抒情。在《套中人》末尾，契诃夫描写了农村的月夜景色，突出了自然界的辽阔广大，以此衬托和强化他对那个在棺材中找到了自己的"理想"的别里科夫的厌恶和谴责。

最后，契诃夫的短篇小说还有一个公认的重要特点，那就是紧凑精练，言简意赅，"内容比文字多得多"。在他看来，写作短篇小说时必须遵循的一条最根本的艺术准则，是用最短的时间给读者以鲜明和强烈的印象。

为了使作品严密和紧凑，他主张"用刀子把一切多余的东西都剔掉罢了"。他的另一个重要见解是："在短小的短篇小说里，留有余地要比说过头为好""小说里所欠缺的主观成分读者自己会加上去的"。契诃夫在写作实践中认真贯彻了这些主张，因而他的短篇小说总是紧凑和简练的，而形象又总是鲜明的。读他的作品，读者总有独立思考的余地，总会感到回味无穷。

总之，契诃夫就是这样的一位伟大的作家。他非常热爱生活。他的心灵，生活在现实生活的深处。在这个深处，他观察体验了所发生的一切，然后把这一切最本质的东西，概括起来，具体化起来，通过人物和人物的日常生活，写出整个时代生活的政治的、经济的和社会的全貌。而所有这些人物，又都和现实生活里的人们一样生活着，他们按照他们自己的内心活动在思考，按照他们自己独特的性格在行动，他们真实地谈着自己的问题，赤裸裸地表现着自己的愿望，不自觉地暴露着自己歇斯底里的病态、渺小的胸怀和自私的习性，他们的精神面貌，被作者突出地、集中地刻画出来了。

契诃夫的小说，是启发我们从现实出发、从人物出发、从人物的精神面貌出发，来刻画一个时代生活的伟大的范例。

目录

小公务员之死 / 1

胖子和瘦子 / 6

变色龙 / 9

苦 恼 / 14

小人物 / 22

万 卡 / 26

跳来跳去的女人 / 31

第六病室 / 56

挂在脖子上的安娜 / 109

农 民 / 122

套中人 / 159

约内奇 / 175

宝贝儿 / 194

新 娘 / 207

小公务员之死

倘若不是这部小说真实地展示在眼前，我们无论如何也不会相信一个人会被自己的"喷嚏""吓死"这个荒谬的事实。但是，只要读过这篇作品，人们不但不会生疑，也许还会从中探询这样一个问题：到底是什么将切尔维亚科夫置于死地？

在一个挺好的傍晚，有一个也挺好的庶务官，名叫伊万·德米特里奇·切尔维亚科夫，坐在戏院正厅第二排，举起望远镜，看《哥纳维勒的钟》。他一面看戏，一面感到心旷神怡。可是忽然间……在小说里常常可以遇到这个"可是忽然间"。作者们是对的：生活里充满多少意外的事啊！可是忽然间，他的脸皱起来，眼珠往上翻，呼吸停住……他取下眼睛上的望远镜，低下头去，于是……啊嚏！诸位看得明白，他打了个喷嚏。不管是谁，也不管是在什么地方，打喷嚏总归是不犯禁的。农民固然打喷嚏，警察局长也一样打喷嚏，就连三品文官偶尔也要打喷嚏。大家都打喷嚏。切尔维亚科夫一点儿也不慌，拿出小手绢来擦了擦脸，照有礼貌的人的样子往四下里瞧一眼，看看他的喷嚏搅扰别人没有。可是这一看不要紧，他心慌了。他看见坐在他前边，也就是正厅第一排的一个小老头儿正用手套使劲擦他的秃顶和脖子，嘴里嘟嘟哝哝。切尔维亚科夫认出小老头儿是在交

> 开门见山，突出了契诃夫简洁、凝练的艺术风格。作者并没有介绍切尔维亚科夫的经历、家庭、生活经济等状况，也没有交代他为何独自一人到剧院看戏，也没有描绘他的外貌，剩下的只是由打喷嚏引起的一系列可笑的举动。

通部任职的文职将军布里兹扎洛夫。

"我把唾沫星子喷在他身上了！"切尔维亚科夫暗想。"他不是我的上司，是别处的长官，可是这仍然有点不合适。应当赔个罪才是。"

切尔维亚科夫就嗽一下喉咙，把身子向前探出去，凑着将军的耳根小声说：

"对不起，大人，我把唾沫星子溅在您身上了……我是出于无心……"

"没关系，没关系……"

"请您看在上帝面上原谅我。我本来……我不是有意这样！"

"哎，您好好坐着，劳驾！让我听戏！"

切尔维亚科夫心慌意乱，傻头傻脑地微笑，开始看舞台上。他在看戏，可是他再也感觉不到心旷神怡了。他开始惶惶不安，安不下心来。到休息时间，他走到布里兹扎洛夫跟前，在他身旁走了一会儿，压下胆怯的心情，叽叽咕咕说：

"我把唾沫星子溅在您身上了，大人……请您原谅……我本来……不是要……"

"哎，够了……我已经忘了，您却说个没完！"将军说，不耐烦地撇了撇下嘴唇。

"他忘了，可是他眼睛里有一道凶光啊。"切尔维亚科夫暗想，怀疑地瞟着将军。"他连话都不想说。应当对他解释一下，说我完全是无意的……说这是自然的规律，要不然他就会认为我是有意啐他了。现在他不这么想，可是过后他会这么想的！"

切尔维亚科夫回到家里，就把他的失态告诉他的妻子。他觉得妻子对待所发生的这件事似乎过于轻率。她先是吓一

> 契诃夫在这里给切尔维亚科夫安排一个先走一会儿的动作，无疑是要显示他忐忑不安的内心世界，切尔维亚科夫显然在考虑着措辞，拼命给自己鼓勇气。

跳，可是后来听明白布里兹托洛夫是"在别处工作"的，就放心了。

"不过你还是去一趟，赔个不是的好，"她说，"他会认为你在大庭广众之下举动不得体！"

"说的就是啊！我已经赔过不是了，可是不知怎的，他那样子有点古怪……他连一句合情合理的话也没说。不过那时候也没有工夫细谈。"

第二天，切尔维亚科夫穿上新制服，理了发，到布里兹扎洛夫那儿去解释……他走进将军的接待室，看见那儿有很多人请托各种事情，将军本人夹在他们当中，开始听取各种请求。将军问过几个请托事情的人以后，就抬起眼睛看着切尔维亚科夫。

"昨天，大人，要是您记得的话，在'乐园'里，"庶务官开始报告说，"我打了个喷嚏，而且……无意中溅您一身唾沫星子……请您原……"

"简直是胡闹……上帝才知道是怎么回事！您有什么事要我效劳吗？"将军扭过脸去对下一个请托事情的人说。

"他话都不愿意说！"切尔维亚科夫暗想，脸色发白。"这是说，他生气了……不行，这种事不能就这样丢开了事……我要对他解释一下……"

等到将军同最后一个请托事情的人谈完话，举步往内室走去，切尔维亚科夫就走过去跟在他身后，叽叽咕咕说：

"大人！倘使我斗胆搅扰大人，那我可以说，纯粹是出于懊悔的心情！……这不是故意的，您要知道才好！"

将军做出一副要哭的脸相，摇了摇手。

"您简直是在开玩笑，先生！"他说着，走进内室去，关上身后的门。

> 作者完全没有对切尔维亚科夫做外部形象描写，而是通过人物本人的言语、举止，自然而生动地展示了切尔维亚科夫的唯唯诺诺、胆小怕事的性格，以及他惶惶不可终日的心理状态。

> 反复地道歉已让对方无奈，自己也越发神经质了。

"这怎么会是开玩笑呢？"切尔维亚科夫暗想。"根本连一点儿开玩笑的意思也没有啊！他是将军，可是竟然不懂！既是这样，我也不想再给这个摆架子的人赔罪了！去他的！我给他写封信就是，反正我不想来了！真的，我不想来了！"

切尔维亚科夫这样想着，走回家去。那封给将军的信，他却没有写成。他想了又想，怎么也想不出这封信该怎样写才对。他只好第二天亲自去解释。

"我昨天来打搅大人，"他等到将军抬起问询的眼睛瞧着他，就叽叽咕咕地说，"并不是像您所说的那样为了开玩笑。我是来道歉的，因为我打喷嚏，溅了您一身唾沫星子……至于开玩笑，我想都没想过。我敢开玩笑吗？如果我居然开玩笑，那么结果我对大人物就……没一点儿敬意了……"

"滚出去！"将军脸色发青，周身发抖，突然大叫一声。

"什么？"切尔维亚科夫低声问道，吓得愣住了。

"滚出去！"将军顿着脚，又说一遍。

切尔维亚科夫肚子里似乎有个什么东西掉下去了。他什么也看不见，什么也听不见，退到门口，走出去，到了街上，慢腾腾地走着……他信步走到家里，没脱掉制服，往长沙发上一躺，就此……死了。

1883 年

情境赏析

从艺术形式的角度看，在《小公务员之死》中，契诃夫初次尝试了在心理描写上不用"俗套头"，他"尽力使得人物的精神状态能够从他的行动中看明白"。他写了切尔维亚科夫向将军五次请罪的情景，虽没有直接描写他的精神状态，却成功地揭示了小官吏的奴性心理及对强权和暴力的恐惧和服从。

从表现手法上看,作者选择"打喷嚏"这一细节,借助艺术夸张的手法构思故事情节,塑造人物形象,尖锐地解剖了俄国社会的丑恶现实,鞭挞了俄国社会严重的等级观念。可以说《小公务员之死》再次表明了契诃夫的"幽默"作品是具有巨大的艺术概括力的。

名家点评

契诃夫创作了新的形式,因此,我丝毫不假作谦逊地说,在技术方面,契诃夫远比我为高明!

——(俄)列夫·托尔斯泰

胖子和瘦子

《胖子和瘦子》一开始写的是两个自幼要好的朋友在火车站相遇。他们互相拥抱、接吻、热泪盈眶,这本是人之常情。然而,当"做了两年八等文官"的瘦子得知胖子已是"有两枚星章"的三品文官时,他突然脸色苍白,耸肩弯腰,缩成一团,而当胖子同他握手告别时,他竟只敢伸出三个手指头,恭敬地鞠躬。一个庸俗市侩、卑鄙猥琐的"小人物"形象跃然纸上。

尼古拉铁路一个火车站上,有两个朋友相遇:一个是胖子,一个是瘦子。胖子刚在火车站上吃过饭,嘴唇上粘着油而发亮,就跟熟透的樱桃一样。他身上冒出白葡萄酒和香橙花的气味。瘦子刚从火车上下来,拿着皮箱、包裹和硬纸盒。他冒出火腿和咖啡渣的气味。他背后站着一个长下巴的瘦女人,是他的妻子。还有一个高身量的中学生,眯细一只眼睛,是他的儿子。

"波尔菲里!"胖子看见瘦子,叫起来。"真是你吗?我的朋友!有多少个冬天、多少个夏天没见面了!"

"哎呀!"瘦子惊奇地叫道。"米沙!小时候的朋友!你这是从哪儿来?"

两个朋友互相拥抱,吻了三次,然后彼此打量着,眼睛里含满泪水。两个人都感到愉快的惊讶。

"我亲爱的!"瘦子吻过胖子后开口说。"这可没有料到!真是出其不意!嗯,那你就好好地看一看我!你还是从前那样的美男子!还是那么个风流才子,还是那么讲究穿戴!啊,天主!嗯,你怎么样?很阔气吗?结了婚吗?我呢,你看得明白,已经结婚了……这就是我的妻子路易丝,娘家姓万采巴赫……她是新教徒……这是我儿子纳法奈尔,中学三年级学生。

这个人，纳法尼亚，是我小时候的朋友！我们一块儿在中学里念过书！"

纳法奈尔想了一会儿，脱下帽子。

"我们一块儿在中学里念过书！"瘦子继续说。"你还记得大家怎样拿你开玩笑吗？他们给你起个外号叫赫洛斯特拉托斯，因为你用纸烟把课本烧穿一个洞。他们也给我起个外号叫厄菲阿尔忒斯，因为我喜欢悄悄到老师那儿去打同学们的小报告。哈哈……那时候咱们都是小孩子！你别害怕，纳法尼亚！你自管走过去，离他近点……这是我妻子，娘家姓万采巴赫……新教徒。"

纳法奈尔想了一会儿，躲到父亲背后去了。

"嗯，你的景况怎么样，朋友？"胖子问，热情地瞧着朋友。"你在哪儿当官？做到几品官了？"

"我是在当官，我亲爱的！我已经做了两年八品文官，还得了斯坦尼斯拉夫勋章。我的薪金不多……哎，那也没关系！我妻子教音乐课，我呢，私下里用木头做烟盒。很精致的烟盒呢！我卖一卢布一个。要是有人要十个或者十个以上，那么你知道，我就给他打个折扣。我们好歹也混下来了。你知道，我原来在衙门里做科员，如今调到这儿同一类机关里做科长……我往后就在这儿工作了。嗯，那么你怎么样？恐怕已经做到五品文官了吧？啊？"

"不，我亲爱的，你还要说得高一点儿才成，"胖子说，"我已经做到三品文官……有两枚星章了。"

瘦子突然脸色变白，呆若木鸡，然而他的脸很快就往四下里扯开，做出顶畅快的笑容，仿佛他脸上和眼睛里不住迸出火星来似的。他把身体缩起来，哈着腰，显得矮了半截……他的皮箱、包裹和硬纸盒也都收缩起来，好像现出皱纹来了……他妻子的长下巴越发长了。纳法奈尔挺直身体，做出立正的姿势，把他制服的纽扣全都扣上……

"我，大人……很愉快！您，可以说，原是我儿时的朋友，现在忽然间，青云直上，做了这么大的官，您老！嘻嘻。"

"哎，算了吧！"胖子皱起眉头说。"何必用这种腔调讲话呢？你我是小时候的朋友，哪里用得着官场的那套奉承！"

"求上帝饶恕我……您怎能这样说呢，您老……"瘦子赔笑道，把身体缩得越发小了。"多承大人体恤关注……有如使人再生的甘霖……这一个，大人，是我的儿子纳法奈尔……这是我的妻子路易丝，在某种程度上说，是新教徒……"

胖子本来打算反驳他，可是瘦子脸上露出那么一副尊崇敬畏、阿谀谄媚、低首下心的丑相，弄得三品文官恶心得要呕。他扭过脸去不再看瘦子，光是对他伸出一只手来告别。

瘦子握了握那只手的三个手指头，弯下整个身子去深深一鞠躬，嘴里发出像中国人那样的笑声："嘻嘻嘻。"他妻子微微一笑。纳法奈尔并拢脚跟立正，把制帽掉在地上了。三个人都感到愉快的震惊。

1883 年

情境赏析

《胖子和瘦子》是一篇很有特色的讽刺小说，作者在小说中妙用对比手法，既突出了人物形象，又加强了讽刺的力量。小说中描写两个少年时代的朋友火车站偶遇，亲切而高兴，文中的瘦子开始时也热情、健谈。可是当瘦子了解到胖子已是三品文官，而自己还是八品文官时，"瘦子突然脸色变白，目瞪口呆……他的那些箱子、包裹和硬纸盒也在缩小，皱眉蹙额"。接着，瘦子立即改变了称呼，称胖子为"大人"，显露出一副阿谀谄媚的奴才相。这个极富戏剧性的场面，生动地刻画出俄国官场的等级森严以及小人物习惯性的低三下四。在戏剧性的背后，包含着人生百味！文中作者正是用对比的写法，强烈地讽刺了人性中某些鄙俗之处，读来发人深省。

变色龙

变色龙是一种奇特的动物，它可以根据环境的变化来改变自己的颜色，我们用它来形容巡官奥楚蔑洛夫丝毫不为过。他可以根据形势的变化在刹那间忽冷忽热，忽左忽右，忽爱忽憎，他的每一次自我否定，每一次从一个极端到另一个极端的变化，对他来说如同四季变化一样，顺乎自然，不带半点儿勉强。可以说，奥楚蔑洛夫是一条地地道道的"变色龙"。

警官奥楚蔑洛夫身穿新的制服大衣，手提一个小包裹，从集市的广场穿过。一个头发红棕色的警士走在后面跟着他，拿着一只筛子，里面装满了没收来的醋栗。四周静悄悄的……广场上一个人也看不见……店铺和小酒馆洞开的门户就像一张张饥饿的嘴，垂头丧气地望着人间世界；附近连要饭的人也没有。

> 没有半点儿多余的描写，开门见山，小说的主角就登场了。表现了契诃夫"内容比文字多得多"的特色。

"你竟敢这样咬人，该死的东西？"突然奥楚蔑洛夫听见有人在喊。"小子们，千万别让它跑了！现在可不允许狗咬人！抓住它！啊——啊！"

传来一阵狗的吠叫声。奥楚蔑洛夫向一旁望去，看见一条狗从商人比楚京的柴房里跑出来，它用三只脚跳着，不时回过头去瞧瞧。一个男人跟在它后面追，他身穿一件领子很硬的印花布衬衫和一件解开了所有扣子的坎肩。他跑着追逐它，接着身子猛地向前一倾，摔倒在地，抓住了狗的两条后腿。又一次响起尖利的狗叫和人的叫喊："别让它跑了！"从铺子里探出一张张睡眼惺忪的面孔，很快就有一群人聚集在

> 用客观的描述揭示了赫留金的庸人心理。

柴房周围，仿佛从地底下冒出来似的。

"看样子有事发生了，长官！"警士说。

奥楚蔑洛夫半转过身，便向人群走去。他看见前文提到的那个穿敞开的坎肩的人就站在柴房门口，向上举着右手，把沾满鲜血的指头给众人看。他那半醉半醒的脸上仿佛写着："看我要了你的命，坏东西！"而且那个手指本身就摆出了象征胜利的姿势，奥楚蔑洛夫认出这个人就是首饰匠赫留金。人群的中央，有一只狗叉开两条前腿，坐在地上浑身发抖。它那含泪的眼睛里流露出惊慌和恐惧。

"这儿发生了什么事？"奥楚蔑洛夫挤到人群中去，问道。"你在这儿干什么？你干吗竖起手指头？……是谁在大呼小叫？"

"我本来正在走我的路，长官，没招谁没惹谁……"赫留金把空拳头凑在嘴上咳嗽，开口说，"我正跟米特里·米特里奇谈关于木柴的事，忽然间，这个坏东西无缘无故把我的手指头咬一口……请您体谅我，我可是个干活儿的人……我的活儿很细致。这得赔我一笔钱才成，因为我也许一个星期都不能使用这根手指头了……法律上，长官，也没有这么一条，说是人受了畜生的伤害就该忍着……要是人人都无缘无故被狗咬伤，那还不如别在这个世界上活着的好……"

"嗯！……好……"奥楚蔑洛夫严厉地说，咳嗽着，动了动眉毛。"好……这到底是谁家的狗？这种伤天害理的事我不能放过不管。我要拿点颜色出来叫那些把狗放出来闯祸的人看看！现在也该管管那些不愿意遵纪守法的老爷们了！等到被罚了款，他，这个混蛋，才会明白把狗和别的畜生放出来有什么下场！我要给他点颜色瞧瞧！……叶尔德林，"警官对警察说，"你去调查清楚这是谁家的畜生，打个报告上来！这条狗必须得打死才成。不许拖延！这多半是条疯狗……我问

奥楚蔑洛夫用极其威严的口吻向人群连珠炮似的发出四个质问，这是很能表现他的身份、职业和性格特征的。

你们：谁知道这是谁家的狗？"

"这条狗好像是日加洛夫将军家的！"人群里有个人说。

"日加洛夫将军家的？嗯！……您，叶尔德林，把我身上的大衣脱下来……今天的天气好热！可能快要下雨了……只是有一件事我搞不明白：它怎么会咬伤你？"奥楚蔑洛夫对赫留金说。"难道它够得到你的手指头？它身材矮小，可是你，要知道，你长得这么高大！我看你这个手指头多半是被小钉子扎破了，后来却异想天开，要人家赔给你钱。你这种人啊……谁都知道是个什么货色！我可知道你们这些贪婪鬼！"

在这里，作者把一个在生活中显得凶恶跋扈的人物的庄严外衣扯掉，露出了一条"变色龙"的丑恶卑鄙的原形。

"他，长官，把他的雪茄往它脸上戳，拿它寻开心。它呢，不肯做傻瓜，就咬了他一口……他是个无聊的人，长官！"

"你胡说八道，独眼龙！你眼睛看不见，为什么胡说八道？长官是个明白人，看得出来谁胡说八道，谁像当着上帝的面一样凭良心讲话……我要胡说，就让调解法官判我的刑好了。他的法律上写得明白……现在大家都平等了……不瞒您说……我弟弟就在当宪兵……"

"不许说废话！"

"不，这条狗应该不是将军家的……"警察沉吟地说。"将军家里没有这样的狗。他家里的狗大多是大猎狗……"

"您能拿得准吗？"

"拿得准，长官……"

"我自己也清楚。将军家里的狗都很名贵，都是良种，这条狗呢，鬼才知道是什么东西！不仅毛色不好，模样也不中看……完全是下贱货……将军他老人家会养这样的狗？你的脑筋上哪儿去了？要是这样的狗在彼得堡或者莫斯科让人碰上，你们知道会有什么结果？那地方才不管什么法律不法律，一转眼的工夫就叫它断了气！你，赫留金，被狗咬伤了，这件事不能放过不管……得好好教训它们一下！是时候了……"

入木三分地刻画出一个欺下媚上、见风使舵的沙皇走狗形象。

"不过也可能是将军家的狗……"警察继续把他的想法说出来。"它脸上又没写着记号……前几天我在他家院子里就见到过这样一条狗。"

"毫无疑问,百分之百是将军家的!"人群中又有声音在说。

"嗯!……叶尔德林老弟,帮我把大衣穿上……怎么好像起风了……好冷……你把这只狗送到将军家去问问。就说是我找着了给送去的……再告诉他们不要把它放到外面来……它也许是只名贵的狗,如果每一头猪猡都拿烟卷儿戳它的脸,那很快就给毁了。狗是娇贵的动物……而你这个蠢货,把手放下!你伸着这个蠢手指头没有用!是你自己不好……"

"将军家的厨子来了,问问他吧……哎,普罗霍尔!亲爱的,到这儿来!瞧瞧这条狗……是你们家的吗?"

"亏你想得出,我们家从来没有过这种样子的狗!"

"现在再问下去没意义了,"奥楚蔑洛夫说,"它是一只野狗!现在多谈也没有用……既然说是野狗,那就是野狗……把它弄死,就完事了。"

"这虽然不是我们家的,"普罗霍尔接着说,"但这是将军哥哥家的,他是最近到的。我们将军不喜欢这只狗。他哥哥却喜欢……"

"难道是他哥哥来了?是符拉季米尔·伊凡内奇?"奥楚蔑洛夫问道。于是他的整张面孔开始露出深受感动的笑容。"你瞧,老天!我竟然毫无所知!他老人家做客来啦?"

"做客来啦……"

"我的上帝……想弟弟啦……我竟然不知道!那么这是他家的狗吗?真高兴……把他带走吧……这小狗还挺不错的……多伶俐呀……照这个人的手指头就是一口!哈哈哈……干吗发抖?呜呜呜……呜呜……生气啦,小淘气鬼……这么

"变色龙"对于气温的感应居然也是反复无常,体现了契诃夫的辛辣讽刺与幽默性的夸张。

面对将军豢养的小猎狗尚且奴态可掬,那么在将军本人面前该会如何摇尾乞怜呢?

小巧玲珑的狗宝贝……"

　　普罗霍尔把狗叫到身边，带上它离开柴房走了……众人都在嘲笑赫留金。

　　"我待会儿再来收拾你！"奥楚蔑洛夫威胁说，同时将大衣裹得更紧，继续沿集市广场走他的路。

> 讽刺了围观者们的幸灾乐祸与麻木。契诃夫早期创作中的讽刺矛头是指向旧俄社会普遍的小市民习气的。

情境赏析

　　契诃夫以精湛的艺术通过奥楚蔑洛夫形象地嘲讽了社会上虚伪逢迎和见风使舵的恶习，使"变色龙"一词有了深刻的内涵。在表现手法上，《变色龙》主要是通过对话来刻画人物和事件的。高尔基曾指出契诃夫的语言修养很深。奥楚蔑洛夫的语言就是一种极其鲜明的个性化语言。他的巡官身份和气派，他的"变色龙"一样的性格面貌，全是通过他的一连串对话表现出来的。《变色龙》在这方面所达到的艺术成就也是一个生动的范例。

名家点评

　　《变色龙》是契诃夫送给世人的一面镜子，读者不难在百余年后的一些"现代人"身上看到"变色龙"的影子。

——鲁迅

苦恼

马车夫约纳的独生子病死了,约纳痛苦异常,可是他迫于生计仍冒雪赶车上街。他辛苦了一整天,却连买燕麦喂马的钱也没有挣到。约纳多么想找一个人倾诉自己的苦楚,但在光怪陆离、车水马龙的彼得堡,竟找不到一个人愿意听他诉说。

> 体现了契诃夫小说把自然性与社会性相融合的景物画面描写特点,突出了约纳在光怪陆离的街景与茫茫人海中的孤独。

暮色昏暗。大片的湿雪绕着刚点亮的街灯懒洋洋地飘飞,落在房顶、马背、肩膀、帽子上,积成又软又薄的一层。车夫约纳·波塔波夫周身雪白,像是一个幽灵。他在赶车座位上坐着,一动也不动,身子往前伛着,伛到了活人的身子所能伛到的最大限度。即使有一个大雪堆倒在他的身上,仿佛他也会觉得不必把身上的雪抖掉似的……他那匹小马也是一身白,也是一动都不动。它那呆呆不动的姿态、它那瘦骨嶙峋的身架、它那棍子般直挺挺的腿,使它活像那种花一个戈比就能买到的马形蜜糖饼干。它多半在想心事。不论是谁,只要被人从犁头上硬拉开,从熟悉的灰色景致里硬拉开,硬给丢到这儿来,丢到这个充满古怪的亮光、不停的喧嚣、熙攘的行人的旋涡当中来,那他就不会不想心事……

约纳和他的瘦马已经停在那个地方很久没动了。他们还在午饭以前就从大车店里出来,至今还没拉到一趟生意。可是现在傍晚的暗影已经笼罩全城。街灯的黯淡的光已经变得明亮生动，街上也热闹起来了。

"赶车的，到维堡区去！"约纳听见了喊声。"赶车的！"

约纳猛地哆嗦一下，从粘着雪花的睫毛里望出去，看见一个军人，穿一件带风帽的军大衣。

"到维堡区去！"军人又喊了一遍。"你睡着了还是怎么的？到维堡区去！"

为了表示同意，约纳就抖动一下缰绳，于是从马背上和他肩膀上就有大片的雪撒下来……那个军人坐上了雪橇。车夫吧嗒着嘴唇叫马往前走，然后像天鹅似的伸长了脖子，微微欠起身子，与其说是由于必要，不如说是出于习惯地挥动一下鞭子。那匹瘦马也伸长脖子，弯起它那像棍子一样的腿，迟疑地离开原地走动起来了……

"你往哪儿闯，鬼东西！"约纳立刻听见那一团团川流不息的黑影当中发出了喊叫声。"鬼把你支使到哪儿去啊？靠右走！"

"你连赶车都不会！靠右走！"军人生气地说。

一个赶轿式马车的车夫破口大骂。一个行人恶狠狠地瞪他一眼，抖掉自己衣袖上的雪，行人刚刚穿过马路，肩膀撞在那匹瘦马的脸上。约纳在赶车座位上局促不安，像是坐在针尖上似的，往两旁撑开胳膊肘，不住转动眼珠，就跟有鬼附了体一样，仿佛他不明白自己是在什么地方，也不知道为什么在那儿似的。

"这些家伙真是混蛋！"那个军人打趣地说。"他们简直是故意来撞你，或者故意要扑到马蹄底下去。他们这是互相串通好的。"

约纳回过头去瞧乘客，努动他的嘴唇……他分明想说话，然而从他的喉咙里却没吐出一个字来，只发出嘶嘶的声音。

"什么？"军人问。

语言个性化，符合人物的地位、身份特点，具有强烈的生活真实性。

约纳撇着嘴苦笑一下,嗓子眼用一下劲,这才沙哑地说出口:

"老爷,那个,我的儿子……这个星期死了。"

"哦!……他是害什么病死的?"

约纳掉转整个身子朝着乘客说:

"谁知道呢!多半是得了热病吧……他在医院里躺了三天就死了……这是上帝的旨意哟。"

"你拐弯啊,魔鬼!"黑地里发出了喊叫声。"你瞎了眼还是怎么的,老狗!用眼睛瞧着!"

"赶你的车吧,赶你的车吧……"乘客说。"照这样走下去,明天也到不了。快点走!"

车夫就又伸长脖子,微微欠起身子,用一种稳重的优雅姿势挥动他的鞭子。后来他有好几次回过头去看他的乘客,可是乘客闭上眼睛,分明不愿意再听了。他把乘客拉到维堡区以后,就把雪橇赶到一家饭馆旁边停下来,坐在赶车座位上伛下腰,又不动了……湿雪又把他和他的瘦马涂得满身是白。一个钟头过去,又一个钟头过去了……

> 希望落空后的巨大孤独感与失落感。

人行道上有三个年轻人路过,把套靴踩得很响,互相诟骂,其中两个人又高又瘦,第三个却矮而驼背。

"赶车的,到警察局去!"那个驼子用破锣般的声音说。"一共三个人……二十戈比!"

约纳抖动缰绳,吧嗒嘴唇。二十戈比的价钱是不公道的,然而他顾不上讲价了……一个卢布也罢,五戈比也罢,如今在他都是一样的,只要有乘客就行……那几个青年人就互相推搡着,嘴里骂声不绝,走到雪橇跟前,三个人一齐抢到座位上去。这就有一个问题需要解决:该哪两个坐着,哪一个站着呢?经过长久的吵骂、变卦、责难以后,他们总算做出了决定:应该让驼子站着,因为他最矮。

"好，走吧！"驼子站在那儿，用破锣般的嗓音说，对着约纳的后脑壳喷气。"快点跑！嘿，老兄，瞧瞧你的这顶帽子！全彼得堡也找不出比这更糟的了……"

"嘻嘻……嘻嘻……"约纳笑着说。"凑合着戴吧……"

"喂，你少废话，赶车！莫非你要照这样走一路？是吗？要给你一个脖儿拐吗？"

"我的脑袋痛得要炸开了……"一个高个子说。"昨天在杜克马索夫家里，我跟瓦西卡一块儿喝了四瓶白兰地。"

"我不明白，你何必胡说呢？"另一个高个子愤愤地说。"他胡说八道，就跟畜生似的。"

"要是我说了假话，就叫上帝惩罚我！我说的是实情……"

"要说这是实情，那么，虱子能咳嗽也是实情了。"

"嘻嘻！"约纳笑道。"这些老爷真快活！"

"呸，见你的鬼！……"驼子愤慨地说。"你到底赶不赶车，老不死的？难道就这样赶车？你抽它一鞭子！唷！魔鬼！唷！使劲抽它！"

约纳感到他背后驼子扭动的身子和颤动的声音。他听见那些骂他的话，看到这几个人，孤单的感觉就逐渐从他的胸中消散了。驼子骂个不停，诌出一长串稀奇古怪的骂人话，直骂得透不过气来，连连咳嗽。那两个高个子讲起一个叫娜杰日达·彼得罗夫娜的女人。约纳不住地回过头去看他们。正好他们的谈话短暂地停顿一下，他就再次回过头去，嘟嘟哝哝说：

"我的……那个……我的儿子这个星期死了！"

"大家都要死的……"驼子咳了一阵，擦擦嘴唇，叹口气说。"得了，你赶车吧，你赶车吧！诸位先生，照这样的走法我再也受不住了！他什么时候才会把我们拉到呢？"

"那你就稍微鼓励他一下……给他一个脖儿拐！"

> 有钱人挥霍无度的享乐生活与约纳的贫苦形成鲜明对比，有辛辣的讽刺性。

> 诌(zhōu)：编造(言辞)。

"老不死的,你听见没有?真的,我要揍你的脖子了!……跟你们这班人讲客气,那还不如索性走路的好!……你听见没有,老龙?莫非你根本就不把我们的话放在心上?"

约纳与其说是感到,不如说是听到他的后脑勺上啪的一响。

"嘻嘻……"他笑道。"这些快活的老爷……愿上帝保佑你们!"

"赶车的,你有老婆吗?"高个子问。

"我?嘻嘻……这些快活的老爷!我的老婆现在成了烂泥地啰……哈哈哈!……在坟墓里!……现在我的儿子也死了,可我还活着……这真是怪事,死神认错门了……它原本应该来找我,却去找了我的儿子……"

约纳回转身,想讲一讲他儿子是怎样死的,可是这时候驼子轻松地呼出一口气,声明说,谢天谢地,他们终于到了。约纳收下二十戈比以后,久久地看着那几个游荡的人的背影,后来他们走进一个黑暗的大门口,不见了。他又孤身一人,寂寞又向他侵袭过来……他的苦恼刚淡忘了不久,如今重又出现,更有力地撕扯他的胸膛。约纳的眼睛不安而痛苦地打量街道两旁川流不息的人群:在这成千上万的人当中有没有一个人愿意听他倾诉衷曲呢?然而人群奔走不停,谁都没有注意到他,更没有注意到他的苦恼……那种苦恼是广大无垠的。如果约纳的胸膛裂开,那种苦恼滚滚地涌出来,那它仿佛就会淹没全世界,可是话虽如此,它却是人们看不见的。这种苦恼竟包藏在这么一个渺小的躯壳里,就连白天打着火把也看不见……

约纳瞧见一个扫院子的仆人拿着一个小蒲包,就决定跟他攀谈一下。

"老哥,现在几点钟了?"他问。

<small>用约纳的心理状态含蓄地展示了社会的人情淡漠,有巨大的艺术概括力,体现了契诃夫抒情心理及短篇小说的特色。</small>

"九点多钟……你停在这儿干什么？把你的雪橇赶开！"

约纳把雪橇赶到几步以外去，伛下腰，听凭苦恼来折磨他……他觉得向别人诉说也没有用了……可是五分钟还没过完，他就挺直身子，摇着头，仿佛感到一阵剧烈的疼痛似的；他拉了拉缰绳……他受不住了。

无法倾诉的痛苦折磨着约纳。

"回大车店去，"他想，"回大车店去！"

那匹瘦马仿佛领会了他的想法，就小跑起来。大约过了一个半钟头，约纳已经在一个肮脏的大火炉旁边坐着了。炉台上，地板上，长凳上，人们鼾声四起。空气又臭又闷。约纳瞧着那些睡熟的人，搔了搔自己的身子，后悔不该这么早就回来……

"连买燕麦的钱都还没挣到呢，"他想，"这就是我会这么苦恼的缘故了。一个人要是会料理自己的事……让自己吃得饱饱的，自己的马也吃得饱饱的，那他就会永远心平气和……"

墙角上有一个年轻的车夫站起来，带着睡意嗽一嗽喉咙，往水桶那边走去。

"你是想喝水吧？"约纳问。

"是啊，想喝水！"

"那就痛痛快快地喝吧……我呢，老弟，我的儿子死了……你听说了吗？这个星期在医院里死掉的……竟有这样的事！"

约纳看一下他的话产生了什么影响，可是一点儿影响也没看见。那个青年人已经盖好被子，连头蒙上，睡着了。老人就叹气，搔他的身子……如同那个青年人渴望喝水一样，他渴望说话。他的儿子去世快满一个星期了，他却至今还没有跟任何人好好地谈一下这件事……应当有条有理，详详细细地讲一讲才是……应当讲一讲他的儿子怎样生病，怎样痛苦，临终说过些什么话，怎样死掉……应当描摹一下怎样下葬，后来他怎样到医院里去取死人的衣服。他有个女儿阿尼

讽刺了当时俄国黑暗的社会风气、世态炎凉、冷酷无情。

西娅住在乡下……关于她也得讲一讲……是啊,他现在可以讲的还会少吗?听的人应当惊叫,叹息,掉泪……要是能跟娘儿们谈一谈,那就更好。她们虽然都是蠢货,可是听不上两句就会哭起来。

"去看一看马吧,"约纳想,"要睡觉,有的是时间……不用担心,总能睡够的。"

他穿上衣服,走到马房里,他的马就站在那儿。他想起燕麦、草料、天气……关于他的儿子,他独自一人的时候是不能想的……跟别人谈一谈倒还可以,至于想他,描摹他的模样,那太可怕,他受不了……

"你在吃草吗?"约纳问他的马说,看见了它的发亮的眼睛。"好,吃吧,吃吧……既然买燕麦的钱没有挣到,那咱们就吃草好了……是啊……我已经太老,不能赶车了……该由我的儿子来赶车才对,我不行了……他才是个地道的马车夫……只要他活着就好了……"

约纳沉默了一会儿,继续说:

"就是这样嘛,我的小母马……库兹马·约内奇不在了……他去世了……他无缘无故死了……比方说,你现在有个小驹子,你就是这个小驹子的亲娘……忽然,比方说,这个小驹子去世了……你不是要伤心吗?"

那匹瘦马嚼着草料,听着,向它主人的手上哈气。

约纳讲得入了迷,就把他心里的话统统对它讲了……

1886 年

情境赏析

《苦恼》情节朴素，有浓厚的生活气息。人向马儿诉苦，这场景绝非契诃夫故弄玄虚，恰恰相反，这是具有强烈的生活真实性的艺术虚构，这个虚构比现实生活更高、更强烈、更典型。它反映了当时社会生活的一个本质方面，反映出沙皇俄国的世态炎凉。

在《苦恼》中，契诃夫轻描淡写地勾画出两个世界和两种生活：有钱人吃喝玩乐，而穷苦人的生活充满了泪水和悲伤，形成鲜明的对照。这表明了契诃夫在思想和艺术上已趋成熟。从小说的叙述笔调来说，尽管约纳的遭遇是令人悲伤的，但《苦恼》却完全摆脱了感伤的笔调，它不是使人悲观绝望，不是使人颓唐，而是激起人对黑暗社会的憎恶、不满和反抗，这突出地表现了作者的民主主义和人道主义精神。

名家点评

如果法国的全部短篇小说都毁于一炬，而这个短篇小说（《苦恼》）留存下来的话，我也不会感到可惜。

——（英）卡特琳·曼斯菲尔德

小人物

在《小人物》中小官吏涅维拉齐莫夫向上司乞求加两个卢布的薪水,但经过整整十年,仍未达到目的,虽然他为此常常放弃节日休息,顶替别人值班。涅维拉齐莫夫想生活得好一些,但毫无指望,因为他既不会偷窃,又不善告密。他苦闷到了极点,只得把怨气发泄到一只无辜的蟑螂身上。看起来滑稽可笑的一件小事,契诃夫却能借此反映出社会生活中的弊端:诚实的小人物穷困潦倒,无生活乐趣可言,而那些会告密和善盗窃的人却过着逍遥自在的生活。

"尊贵的先生,父亲,恩人!"文官涅维拉齐莫夫正在写一封贺信。"祝您在这个复活节以及今后年年岁岁健康长寿,万事如意,并祝阖府……"

灯里的煤油快燃尽了,冒着黑烟,散发出焦臭的味道。桌面上有一只迷路的蟑螂慌慌张张地在涅维拉齐莫夫写字的手边乱爬。门卫室和值班室隔着两间屋子,值班门卫巴拉蒙第三遍擦他过节时穿的长筒靴,正干得乐此不疲,所有屋子里都听得见他啐唾沫的声音和蘸着黑鞋油的刷子发出的响声。

涅维拉齐莫夫抬头看见天花板上有个黑糊糊的圆圈,那是煤油灯罩的影子。圆圈下是被灰尘封住的檐板,再下面是当初刷成蓝棕色的墙壁。他觉得这间值班室实在太破旧,太荒凉,不但觉得自己在这里可怜,甚至还为生活在这里的蟑螂难受。

"我值完班就离开这里,就由这只蟑螂一辈子在这里值班吧。"他伸着懒腰想着,"真无聊!要不要也把靴子擦擦?"

涅维拉齐莫夫又伸个懒腰,然后拖着懒洋洋的步子朝门卫室走去。巴拉蒙已经不再擦靴子……他站在打开的气眼小窗前,一手拿着刷子,一手画着十字，倾听远处的声音……

"敲钟了！"他轻声对涅维拉齐莫夫说，睁大眼睛直勾勾地盯着他，"已经敲钟了！"

涅维拉齐莫夫也把耳朵凑到那个气眼小窗前细听。春天新鲜的空气与复活节的钟声一同从气眼小窗涌入。轰鸣的钟声和辘辘的车声交织在一起。在这一片喧哗中只能分辨出离这儿最近的教堂敲响的清脆高昂的钟声和一个个响亮的尖笑声。

"人真的很多啊！"涅维拉齐莫夫叹口气说道，看着下面的大街。点燃的街灯附近闪过一个人影，"大家都忙着去做晨祷……咱们在衙门工作的人大概酒也喝足了，如今正在满城闲逛呢。他们大说大笑！而我们却这么不幸，大过节的只能在这里坐着。而且年年都如此。"

"可谁叫您拿人家的钱，受人家的雇呢？今天本来不该您值班，但比斯图波夫雇了您替他值班。人人都出去玩，而您却偏偏接受人家的雇佣。贪财啊！"

"谁是贪财鬼啊？根本挣不了多少钱，一共才两个卢布外加一条领带……这是穷，不是贪！你瞧，现在要是能和大伙儿去做晨祷，做完晨祷然后开斋那有多好……吃啊，喝啊，再睡个好觉……你在桌子旁边坐着，供桌上撒下来的大圆面包摆在你面前，茶炊烧得哗哗响，旁边还坐着那么一个小迷人精……喝一小杯酒，摸一下她的小下巴颏儿，那才叫心旷神怡呢……你才觉得自己是个人……唉……我这辈子算完了！你瞧，那边有个浑蛋坐着弹簧马车过去了，而你却坐在这里自怨自艾……"

"各安天命吧，伊凡·达尼雷奇。老天爷开恩，将来您也可能做大官，乘坐弹簧马车的那种大官。"

"你是在说我吗？得了，不行啊，老弟，那是不可能的。我就是拼了命，至多也不过是做个九品文官……因为我没有学历。"

"咱们将军什么学历也没有，可是人家……"

"哼，这个人在做到将军以前已经贪污了十万公款。而且，老弟，人家那副派头我们也比不了……我这副派头没大出息！而且我的姓也糟透了：

涅维拉齐莫夫！总之一句话，老弟，没前途。想活呢就这么将就活着，不想活就找根绳子上吊好了……"

涅维拉齐莫夫离开气眼小窗前，百无聊赖地在各个房间漫步。轰鸣的钟声越发响亮，如果想听，用不着站在窗前就能听得见。钟声越清晰，车声越响亮，棕色的墙和烟熏的檐板就显得越阴暗，煤油灯的烟就显得越黑。

"要不就开溜，离开这里？"涅维拉齐莫夫心中暗想。

可是开溜也没什么意思……即使走出衙门在街上逛上一逛，涅维拉齐莫夫最后还得回自己的家，而家里比值班室还要灰暗，还要糟糕。就算这一天他过得挺好，挺惬意，可是将来呢？依旧要面对着灰黑的四壁，依旧是受雇值班和写贺信……

涅维拉齐莫夫在屋子中间停住脚步，陷入沉思。

一种对新的、更美好的生活的渴望揪住他的心，把他疼得难以忍受。他渴望突然之间来到大街上，融入喜气洋洋的人群之中，参加这钟鼓齐鸣、车声轰响的盛大节日。他想重新体会儿时的幸福感受：全家在一起团聚，亲人们脸上神清气爽，洁白的桌布，明亮的灯光，温暖的居室……他想起刚才飞驰而过的某小姐乘坐的弹簧马车，想起庶务官穿的那件招摇过市的大衣，想起秘书戴在胸前的那条熠熠发光的金表链……想起了温暖的床铺、斯坦尼斯拉夫勋章、新马靴、袖子肘部没有被磨破的文官制服……他想起了这些东西，因为这些东西都是他梦寐以求想得到的……

"要不就贪污公款？"他想道，"就算贪污公款不难，可把它藏在什么地方才安全呢……据说人家都是携带巨额赃款逃到美洲去，可是鬼才知道那个美洲在什么地方！就是想贪污，也得有学历才行。"

"钟声沉寂了。"只听见远处车声辘辘，巴拉蒙咳嗽连连，而涅维拉齐莫夫的忧愁和苦恼却越来越强烈，越发难以忍受。这时衙门的大钟敲响了，原来已经十二点半了。

"要不写封告密信？普罗什金就是因为写了告密信，结果步步高升……"

涅维拉齐莫夫在自己桌子后面坐下来，琢磨起来。灯里的煤油已经烧尽了。浓浓的黑烟冒了出来，眼看就要熄灭。迷了路的蟑螂还在桌子上四处乱爬，寻找栖身之所……

"写告密信是可以的，但怎么写呢？必须写得拐弯抹角，隐隐约约，像普罗什金那样……可我哪成啊！这么一写不要紧，事后非倒大霉不可。我是个糊涂虫，见鬼去吧！"

涅维拉齐莫夫两眼盯着贺信的草稿，一面绞尽脑汁地琢磨着走出困境的种种办法。这封贺信是写给那个他恨得要命又极为害怕的人的。十年来他一直死乞白赖地求这个人把自己从十六卢布的差事调到十八卢布的差事……

"啊，还在这儿乱爬，你这个鬼东西！"他恶狠狠地一巴掌朝那被他瞧见的倒霉蟑螂拍去，叫骂道："可恶的东西！"

蟑螂被打得四脚朝天翻倒，拼命地蹬腿……涅维拉齐莫夫抓住它一条腿，往玻璃灯罩里扔去。灯罩亮光一闪，发出噼里啪啦的声音。

涅维拉齐莫夫这才觉得好受一点儿。

万卡

《万卡》描写一个叫万卡的小男孩远离家乡,去城里做工,繁重的工作把他折磨得筋疲力尽,店主又经常打骂他。这个9岁的孩子无处申诉自己的痛苦,只好在深夜给爷爷写信,并在信封上写着:乡下爷爷收。孩子的这一举动是幼稚可笑的,但在这一具有喜剧因素的情节里面,包含了多么凝重的人生悲剧,蕴藏着多少辛酸与哀痛啊!

九岁的男孩万卡·茹科夫三个月前被送到靴匠阿利亚兴的铺子里来做学徒。在圣诞节的前夜,他没有上床睡觉。他等到老板夫妇和师傅们外出去做晨祷后,从老板的立柜里取出一小瓶墨水和一支安着锈笔尖的钢笔,然后在自己面前铺平一张揉皱的白纸,写起来。他在写下第一个字以前,好几次战战兢兢地回过头去看一下门口和窗子,斜起眼睛瞟一眼乌黑的圣像和那两旁摆满鞋楦头的架子,断断续续地叹气。那张纸铺在一条长凳上,他自己在长凳前面跪着。

"亲爱的爷爷,康斯坦丁·马卡雷奇!"他写道,"我在给你写信。祝您圣诞节好,求上帝保佑你万事如意。我没爹没娘,只剩下你一个亲人了。"

万卡抬起眼睛看着乌黑的窗子,窗上映着他的蜡烛的影子。他生动地想起他的祖父康斯坦丁·马卡雷奇、地主席瓦列夫家的守夜人的模样。那是个矮小精瘦而又异常矫健灵活的小老头儿,年纪约摸六十五岁,老是笑容满面,糊着醉眼。白天他在仆人的厨房里睡觉,或者跟厨娘们取笑,到夜里就穿上肥大的羊皮袄,在庄园四周走来走去,不住地敲梆子。他身后跟着两条狗,耷拉着脑袋,一条是老母狗卡什坦卡,一条是泥鳅,它得了这样的外号,是因为它的毛是黑的,而且身子细长,像是黄鼠狼。这条泥鳅倒是异常恭顺亲热的，不论见着自家人还是见着外人，一概用脉脉含情的目光瞧着，然而它是靠不住的。在它的恭顺温和的后面，隐藏着极其狡狯的险恶用心。任凭哪条狗也不如它那么善于抓住机会，悄悄溜到人的身旁，在腿肚子上咬一口，或者钻进冷藏室里去，或者偷农民的鸡吃。它的后腿已经不止一次被人打断，有两次人家索性把它吊起来，而且每个星期都把它打得半死，不过它老是养好伤，又活下来了。

眼下他祖父一定在大门口站着，眯细眼睛看乡村教堂的通红的窗子，顿着穿高统毡靴的脚，跟仆人们开玩笑。他的梆子挂在腰带上。他冻得不时拍手，缩起脖子，一会儿在女仆身上捏一把，一会儿在厨娘身上拧一下，发出苍老的笑声。

"咱们来吸点鼻烟，好不好？"他说着，把他的鼻烟盒送到那些女人跟前。

女人们闻了点鼻烟，不住打喷嚏。祖父乐得什么似的，发出一连串快活的笑声，嚷道：

"快擦掉，要不然，就冻在鼻子上了！"

他还给狗闻鼻烟。卡什坦卡打喷嚏，皱了皱鼻子，委委屈屈，走到一旁去了。泥鳅为了表示恭顺而没打喷嚏，光是摇尾巴。天气好极了。空气纹丝不动，清澈而新鲜。夜色黑暗，可是整个村子以及村里的白房顶，烟囱里冒出来的一缕缕烟子，披着重霜而变成银白色的树木、雪堆，都能看清楚。繁星布满了整个天空，快活地眨着眼。天河那么清楚地显出来，就好像有人在过节以前用雪把它擦洗过似的……

万卡叹口气，用钢笔蘸一下墨水，继续写道：

"昨天我挨了一顿打。老板揪着我的头发，把我拉到院子里，拿师傅干活儿用的皮条狠狠地抽我，怪我摇他们摇篮里的小娃娃，一不小心睡着了。上个星期老板娘叫我收拾一条青鱼，我从尾巴上动手收拾，她就抓过那条青鱼，把鱼头直戳到我脸上来。师傅们总是捉弄我，打发我到小酒店里去打酒，怂恿我偷老板的黄瓜，老板随手捞到什么就用什么打我。吃食是什么也没有。早晨吃面包，午饭喝稀粥，晚上又是面包，至于茶啦，白菜汤啦，只有老板和老板娘才大喝而特喝。他们叫我睡在过道里，他们的小娃娃一哭，我就根本不能睡觉，一股劲儿摇摇篮。亲爱的爷爷，发发上帝那样的慈悲，带着我离开这儿，回家去，回到村子里去吧，我再也熬不下去了……我给你叩头了，我会永远为你祷告上帝，带我离开这儿吧，不然我就要死了……"

万卡嘴角撇下来，举起黑拳头揉一揉眼睛，抽抽搭搭地哭了。

"我会给你搓碎烟叶，"他接着写道，"为你祷告上帝，要是我做了错事，就只管抽我，像抽西多尔的山羊那样。要是你认为我没活儿干，那我就去求总管看在基督面上让我给他擦皮靴，或者替菲德卡去做牧童。亲爱的爷爷，我再也熬不下去，简直只有死路一条了。我本想跑回村子，可又没有皮靴，我怕冷。等我长大了，我报这个恩，养活你，不许人家欺侮你，等你死了，我就祷告，求上帝让你的灵魂安息，就跟为我妈佩拉格娅祷告一样。"

莫斯科是个大城。房屋全是老爷们的。马倒是有很多，羊却没有，狗也不凶。这儿的孩子手举着星星走来走去，唱诗班也不准人随便参加唱歌。有一回我在一家铺子的橱窗里看见些钓钩摆着卖，都安好了钓丝，能钓各式各样的鱼，很不错，有一个钓钩甚至经得起一普特重的大鲶鱼呢。我还看见几家铺子卖各式各样的枪，跟老爷的枪差不多，每支枪恐怕要卖一百卢布……肉铺里有野乌鸡，有松鸡，有兔子，可是这些东西是在哪儿打来的，铺子里的伙计却不肯说。

"亲爱的爷爷，等到老爷家里摆着圣诞树，上面挂着礼物，你就给我摘下一个用金纸包着的核桃，收在那口小绿箱子里。你问奥莉加·伊格纳季耶夫娜小姐要吧，就说是给万卡的。"

万卡声音发颤地叹一口气，又凝神瞧着窗子。他回想祖父总是到树林里去给老爷家砍圣诞树，带着孙子一路去。那种时候可真快活啊！祖父咔咔地咳嗽，严寒把树木冻得咔咔地响，万卡就学他们的样子也咔咔地叫。往往在砍树以前，祖父先吸完一袋烟，闻很久的鼻烟，讪笑冻僵的万卡……那些做圣诞树用的小云杉披着白霜，站在那儿不动，等着看它们谁先死掉。冷不防，不知从哪儿来了一只野兔，在雪堆上像箭似的蹿过去。

祖父忍不住叫道：

"抓住它，抓住它……抓住它！嘿，短尾巴鬼！"

祖父把砍倒的云杉拖回老爷的家里，大家就动手装点它……忙得最起劲的是万卡喜爱的奥莉加·伊格纳季耶夫娜小姐。当初万卡的母亲佩拉格娅还活着，在老爷家里做女仆的时候，奥莉加·伊格纳季耶夫娜就常给万卡糖果吃，闲着没事做便教他念书，写字，从一数到一百，甚至教他跳卡德里尔舞。可是等到佩拉格娅一死，孤儿万卡就给送到仆人的厨房去跟祖父住在一起，后来又从厨房给送到莫斯科的靴匠阿利亚兴的铺子里来了……

"你来吧，亲爱的爷爷，"万卡接着写道，"我求你看在基督和上帝面上带我离开这儿吧。你可怜我这个不幸的孤儿吧，这儿人人都打我，我饿得要命，气闷得没法说，老是哭。前几天老板用鞋楦头打我，把我打得昏倒在地，好不容易才活过来。我的生活苦透了，比狗都不如……替我问候阿廖娜、独眼的叶戈尔卡、马车夫，我的手风琴不要送给外人。孙伊万·茹科夫草上。亲爱的爷爷，你来吧。"

万卡把这张写好的纸叠成四折，把它放在昨天晚上花一个戈比买来的信封里……他略为想一想，用钢笔蘸一下墨水，写下地址：

寄交乡下祖父收

然后他搔一下头皮，再想一想，添了几个字：

康斯坦丁·马卡雷奇

他写完信而没有人来打扰，心里感到满意，就戴上帽子，顾不上披皮袄，只穿着衬衫就跑到街上去了……

昨天晚上他问过肉铺的伙计，伙计告诉他说，信件丢进邮筒以后，就由醉醺醺的车夫驾着邮车，把信从邮筒里收走，响起铃铛，分送到世界各地去。万卡跑到就近的一个邮筒，把那封宝贵的信塞进筒口……

他抱着美好的希望而定下心来，过了一个钟头，就睡熟了……在梦中他看见一个炉灶。祖父坐在炉台上，耷拉着一双光脚，给厨娘们念信……泥鳅在炉灶旁边走来走去，摇尾巴……

1886 年

情境赏析

　　作者真实地活画出了人物形象的血肉——必不可少的细节。细节真实是作品真实的基础。作品环境与人物心理状态的真实不能不依赖于细节的真实。我们看：万卡初写信时，由于心里慌乱，断断续续地叹气；纸不是铺在桌上，而铺在一条长凳上，他蹲着；写一段，还要不放心地看一下乌黑的窗子；写到伤心处，"嘴角撇下来，举起黑拳头揉眼睛，抽抽搭搭地哭"；信写好后，"顾不上披皮袄，只穿着衬衫就跑到街上去了"……这一系列细节都写得那么生动、传神，对传达人物的内心活动不能不说起到了很好的作用。作者还用衬托的手法、渲染的手法和暗示的手法写真实，如小说把浪漫的童话式的回忆和冷酷的如哭如泣的诉说巧妙地穿插起来进行，用有限的幸福衬托无限的痛苦；用大量的对小万卡天真和幼稚的铺陈来渲染小万卡命运的不幸和悲苦，用写梦的文章暗示作品的深刻主旨，说明万卡的梦永远是一个梦，梦醒之后等着他的依旧是痛苦、是不幸，从而强化了作品的感染力量。将环境的真实、人物内心世界的真实和细节选用的真实有机地交融在一起来写生活的真实，是契诃夫小说《万卡》的重要的艺术特色。

名家点评

　　《万卡》既没有复杂多变的情节，也没有光彩照人的文学形象。作品通过描写主人公万卡的不幸遭遇，深刻暴露了沙皇时期童工的悲惨生活。从契诃夫的客观描写，我们可以看到"一双冷静地探索人类灵魂和社会本质的艺术家明澈的眼睛"，可以体会出作家巧妙隐藏在客观叙述中的爱憎情感。

——茅盾

跳来跳去的女人

《跳来跳去的女人》写的是医生德莫夫的妻子奥莉加等庸俗之辈，骄矜自恃，鼠目寸光，不能从事一点儿有益于社会的工作，并且毁了无私献身于科学事业的德莫夫。契诃夫以嘲讽而严峻的笔调谴责了追求虚荣的妻子——"跳来跳去的女人"，及其周围一群庸俗不堪却自命高雅的"诗人""画家"等。

一

在奥莉加·伊万诺夫娜的婚礼上，她所有的朋友和相好的熟人都来参加了。

"瞧瞧他吧，真的，他不是有点与众不同吗？"她往她丈夫那边点一点头，对朋友说，仿佛要解释她为了什么缘故才嫁给这个普通的、很平常的、无论在哪一方面都没有什么了不起的男人似的。

她的丈夫奥西普·斯捷潘内奇·德莫夫是医师，论官品是九品文官。他在两个医院里做事，在一个医院里做编制外的主任医师，在另一个医院里做解剖师。每天早晨从九点钟到中午，他给门诊病人看病，查病房，午后搭上公共马车到另一个医院去，解剖死去的病人。他私人也行医，可是收入很少，一年不过有五百卢布光景。如此而已。此外关于他还有什么可说的呢？另一方面，奥莉加·伊万诺夫娜和她的朋友、相好的熟人，却不是十分平常的人。他们每个人都在某一方面有出众的地方，多多少少有点名气，有的已经成名，给人看作名流了；有的即使还没有成名，将来却有成名的灿烂希望。有一个剧院的演员，早已是公认的大天才，他是一个优雅、聪明、谦虚的男子，又是出色的朗诵家，教奥莉加·伊万诺夫娜朗诵。有一个歌剧演员，是个性情温和的胖子，叹口气对奥莉加·伊万诺夫娜郑重说明，她毁了自己，要是她不发懒，肯下决心，她就会成为出色的歌唱家。其次，有好几个画家，其中打头的一个是风俗画家、动物画家、风景画家里亚博夫斯基，他是很漂亮的金发青年，年纪在二十五岁左右，画展开得很成功，把最近画成的一张画卖了五百卢布，他修改奥莉加·伊万诺夫娜的画稿，说她将来很可能有所成就。此外，还有一个拉大提琴的音乐家，他的乐器总是发出呜咽的声音，他公开声明在他认识的一切女人当中，能够给他伴奏的只有奥莉加·伊万诺夫娜一个人。再其次，有一个文学家，年纪轻轻，可是已经出了名，写过中篇小说、剧本、短篇小说。此外还有谁呢？喏，还有瓦西里·瓦西里奇，是地主，乡绅，业余的插图家和饰图家，深深爱好古老的俄罗斯风格、民谣和史诗，在纸上，瓷器上，用烟熏黑的盘子上，他简直能够创造奇迹。这伙逍遥自在的艺术家已经给命运宠坏，尽管文雅而谦虚，可是只有在生病的时候才会想起天下还有医师这种人，德莫夫这个姓氏在他们听起来就跟西多罗夫或者塔拉索夫差不多。在这伙人当中，德莫夫显得陌生，多余，矮小，其实他个子挺高，肩膀挺宽。看上去，他仿佛穿着别人的礼服，长着店员那样的胡子。不过如果他是作家或者画家，那人家就会说他凭他的胡子会叫人联想到左拉了。

有一个演员对奥莉加·伊万诺夫娜说：她配上她那亚麻色的头发和结婚礼服，很像是一棵到了春天开满娇嫩的白花、仪态万方的樱桃树。

"不，您听着！"奥莉加·伊万诺夫娜对他说，挽住他的胳膊。这件事怎样突然发生的呢？您听着，听着……我得告诉您，爸爸跟德莫夫同在一个医院里做事。可怜的爸爸害了病，德莫夫就在他的床边一连守了几天几夜。了不起的自我牺牲啊！您听着，里亚博夫斯基……还有您，作家，听着。这事很有意思。您走过来一点儿。了不起的自我牺牲啊，真诚的关心！我也一连好几夜没睡觉，坐在爸爸身旁。忽然间，了不得，公主赢得了英雄的心！我的德莫夫没头没脑地掉进了情网。真的，有时候命运就有这么离奇。嗯，爸爸死后，他有时候来看我，有时候在街上遇见我。有这么一个晴朗的傍晚，冷不防，他忽然向我求婚了……就跟晴天霹雳似的……我哭了一宵，我自个儿也没命地掉进了情网。现在呢，您瞧，我做他的妻子了。他结实，强壮，跟熊似的，不是吗？现在，他的脸有四分之三对着我们，光线暗，看不清楚，不过，等到他把脸完全转过来，那您得瞧瞧他的脑门子。里亚博夫斯基，您说说看，那脑门子怎么样？德莫夫啊，我们正在讲你呐！她向丈夫叫道。"上这儿来。把你那诚实的手伸给里亚博夫斯基……这就对了。你们交个朋友吧。"

德莫夫温和而淳朴地微笑着，向里亚博夫斯基伸出手，说："幸会幸会。当年有个姓里亚博夫斯基的跟我同班毕业。他是您的亲戚吗？"

二

奥莉加·伊万诺夫娜二十二岁，德莫夫三十一岁。他们婚后过得挺好。奥莉加·伊万诺夫娜在客厅的四面墙上挂满了她自己的和别人的画稿，有的配了镜框，有的没配。靠近钢琴和放家具的地方，她用中国的阳伞、画架、花花绿绿的布片、短剑、半身像、照片……布置了一个热闹而好看的墙角……在饭厅里，她用民间版画裱糊墙壁，挂上树皮鞋和小镰刀，墙角立一把大镰刀和一把草耙，于是布置成了一个俄罗斯风格的饭厅。在寝室里，她用黑呢蒙上天花板和四壁，在两张床的上空挂一盏威尼斯式的灯，门边安一个假人，手拿一把戟，好让这房间看上去像是一个岩穴。人人都认为这对青年夫妇有一个很可爱的小窝。

每天上午十一点钟起床以后，奥莉加·伊万诺夫娜就弹钢琴，或者要是天气晴朗，就画点油画。然后，到十二点多钟，她坐上车子去找女裁缝。德莫夫和她只有很少一点儿钱，刚够过日子，因此她和她的裁缝不得不想尽花招，好让她常有新衣服穿，去引人注目。往往她用一件染过的旧衣服，用些不值钱的零头网边、花边、长毛绒、绸缎，简直就会创造奇迹，做出一种迷人的东西来，不是衣服，而是梦。从女裁缝那儿出来，奥莉加·伊万诺夫娜照例坐上车子到她认识的一个女演员那儿去，打听剧院的新闻，顺便弄几张初次上演的新戏或者福利演出站的戏票。从女演员家里一出来，她还得到一个什么画家的画室去，或者去看画展，然后去看一位名流，要么是约请他到自己家里去，要么是回拜，再不然就光是聊聊天。人人都快活而亲切地欢迎她，口口声声说她好，很可爱，很了不起……那些她叫作名人和伟人的人，都把她看作自己人，看作平等的人，异口同声地向她预言说，凭她的天才、趣味、智慧，她只要不分心，不愁没有大成就。她呢，唱歌啦，弹钢琴啦，画油画啦，雕刻啦，参加业余的演出啦，可是所有这些，她干起来并不是凑凑数，而是表现了才能。不管她扎彩灯也好，梳妆打扮也好，给别人系领带也好，她做得都非常有艺术趣味、优雅、可爱。可是有一方面，她的才能表现得比在别的方面更明显，那就是，她善于很快地认识名人，不久就跟他们混熟。只要有个人刚刚有点小名气，刚刚引得人们谈起他，她就马上认识他，当天跟他交成朋友，请他到她家里来了。每结交一个新人，在她都是一件十足的喜事。她崇拜名人，为他们骄傲，天天晚上梦见他们。她如饥如渴地寻找他们，而且永远也不能满足她这种饥渴。旧名人过去了，忘掉了，新名人来代替了他们，可是对这些新人，她不久也就看惯了，或者失望了，就开始热心地再找新人，新伟人，找到以后又找。这是为了什么呢？

到四点多钟，她在家里跟丈夫一块儿吃饭。他那种朴实、健全的思想，那种和蔼，引得她感动、高兴。她常常跳起来，使劲抱住他的头，不住嘴地吻他。

"你啊，德莫夫，是个聪明而高尚的人，"她说，"可是你有一个很严重的缺点。你对艺术一点儿兴趣也没有。你否定了音乐和绘画。"

"我不了解它们，"他温和地说，"我这一辈子专心研究自然科学和医学，根本没有工夫对艺术发生兴趣。"

"可是，要知道，这可很糟呢，德莫夫！"

"怎么见得呢？你的朋友不了解自然科学和医学，可是你并没有因此责备他们。各人有各人的本行嘛。我不了解风景画和歌剧，不过我这样想：如果有一批聪明的人为它们献出毕生的精力，另外又有一批聪明的人为它们花大笔的钱，那它们一定有用处。我不了解它们，可是不了解并不等于否定。"

"来，让我握一下你那诚实的手！"

饭后，奥莉加·伊万诺夫娜坐车去看朋友，然后到剧院去，或者到音乐会去，过了午夜才回家。天天是这样。

每到星期三，她家里总要举行晚会。在这些晚会上，女主人和客人们不打牌，不跳舞，借各种艺术来消遣。剧院的演员朗诵，歌剧演员唱歌，画家们在纪念册上给画（这类纪念册奥莉加·伊万诺夫娜有很多），大提琴家拉大提琴，女主人自己呢，也画画儿，雕刻，唱歌，伴奏。遇到朗诵、奏乐、唱歌的休息时间，他们就谈文学、戏剧、绘画，争辩起来。在座的没有女人，因为奥莉加·伊万诺夫娜认为所有的女人除了女演员和她的女裁缝以外都乏味、庸俗。这类晚会没有一回不出这样的事：女主人一听到门铃声就吃一惊，脸上带着得意的神情说："这是他！"这所谓"他"指的是一个应邀而来的新名流。德莫夫是不在客厅里的，而且谁也想不起有他这么一个人。不过，一到十一点半钟，通到饭厅去的门就开了，德莫夫总是带着他那好心的温和笑容出现，搓着手说：

"诸位先生，请吃点东西吧。"

大家就走进饭厅，每一回看见饭桌上摆着的老是那些东西：一碟牡蛎、一块火腿或者一块小牛肉、沙丁鱼、奶酪、鱼子酱、菌子、白酒、两瓶葡萄酒。

"我亲爱的 maître d'hôtel！"奥莉加·伊万诺夫娜说，快活得合起掌来。"你简直迷人啊！诸位先生，瞧他的脑门子！德莫夫，把你的脸转过来。诸位先生，瞧，他的脸活像孟加拉的老虎，可是那神情却善良可爱跟鹿一样。啊，宝贝儿！"

客人们吃着，瞧着莫夫，心想："真的，他是个挺好的人。"可是不久就忘了他，只顾谈戏剧、音乐、绘画了。

这一对年轻夫妇挺幸福。他们的生活，水样地流着，没一点儿挂碍。不过，他们蜜月的第三个星期却过得不十分美满，甚至凄凉。德莫夫在医院里传染到丹毒，在床上躺了六天，不得不把他那漂亮的黑发剃光。奥莉加·伊万诺夫娜坐在他身旁,哀哀地哭。可是等到他病好一点儿,她就用一块白头巾把他那剃掉头发的头包起来,开始把他画成沙漠地带以游牧为生的阿拉伯人。他俩都快活了。他病好以后又到医院去,可是大约三天以后,他又出了岔子。

"我真倒霉,奥莉卡!"有一天吃饭的时候,他说。"今天我做了四次解剖,我一下子划破两个手指头。直到回家我才发现。"

奥莉加·伊万诺夫娜吓慌了。他却笑着说,这没什么要紧,他做解剖的时候常常划破手。

"奥莉卡,我一专心工作,就变得大意了。"

奥莉加·伊万诺夫娜担心他会害血中毒症,就天天晚上做祷告,可是结果总算没出事。生活又和平而幸福地流着,无忧无虑。眼前是幸福的,而且紧跟着春天就要来了,它已经在远处微微地笑,许下了一千种快活事。幸福不会有尽头的!四月、五月、六月,到城外远处一座别墅去,散步,素描,钓鱼,听夜莺唱歌。然后,从七月直到秋天,画家们到伏尔加流域去旅行,奥莉加·伊万诺夫娜要以这团体不能缺少的一分子的身份参加这次旅行。她已经用麻布做了两身旅行服装,为了旅行还买下颜料、画笔、画布、新的调色板。里亚博夫斯基差不多每天都来找她,看她的绘画有了什么进步。每逢她把画儿拿给他看,他就把手深深地插进衣袋里,抿紧嘴唇,哼了哼鼻子,说:

"是啊……您这朵云正在叫唤:它不是夕阳照着的那种云。前景有点嚼烂了,有点地方,你知道,不大对劲儿……您那个小木房有点透不过气来,悲惨惨地哀叫着……那个犄角儿应当画得暗一点儿。不过大体上还不错……我很欣赏。"

他越是讲得晦涩难解,奥莉加·伊万诺夫娜反倒越容易听懂。

三

降灵周第二天,午饭后,德莫夫买了点凉菜和糖果,到别墅去看他的妻子。他已经有两个星期没看见她,十分惦记。他起先坐在火车车厢里,后来在一大片树林里找他的别墅，时时刻刻觉着又饿又累，巴望待一会儿他会多么逍遥自在地跟他妻子吃一顿晚饭，然后睡一大觉。他看着他带的一包东西，心里挺高兴，里面包着鱼子酱、奶酪、白鲑鱼。

等到他找着别墅，认出是它，太阳已经在下山了。一个老女仆说太太不在家，大概不久就回来。那别墅样子难看，天花板很低，糊着写字的纸，地板不平，尽是裂缝。那儿一共有三个房间。一个房间里摆一张床，另一个房间里有画布啦，画笔啦，脏纸啦，男人的大衣和帽子啦，随意丢在椅子上和窗台上。在第三个房间里，德莫夫看见三个不认得的男子。有两个长着黑头发，留着胡子，另一个刮光了脸，身材很胖，大概是演员。桌子上有一个茶炊，水已经烧开了。

"您有什么事？"演员用男低音问，不客气地瞧着德莫夫。"您要找奥莉加·伊万诺夫娜吗？等一等吧，她马上就要来了。"

德莫夫就坐下来，等着。有一个黑发的男子睡意蒙眬、无精打采地瞧着他，给自己斟了一杯茶，问道：

"您也许想喝茶吧？"

德莫夫又渴又饿，可是他谢绝了茶，怕的是把吃晚饭的胃口弄坏。不久，他就听到了脚步声和熟悉的笑声。门砰的一响，奥莉加·伊万诺夫娜跑进房间里来了，戴一顶宽边草帽，手里提一个盒子，她身后跟着里亚博夫斯基，脸蛋绯红，兴高采烈，拿着一把太阳伞和一个折凳。

"德莫夫！"奥莉加·伊万诺夫娜奥叫道，快活得涨红了脸。"德莫夫！"她又叫一遍，把她的头和两只手都放到他的胸口上。"你来了！为什么你这么久没有来？为什么？为什么？"

"我哪儿有空儿，亲爱的？我老是忙，好容易有点空儿，不知怎么火车钟点又老是不对。"

"可是看见了你，我多么高兴啊！我整宵整宵地梦见你，我直担心你害了病。啊，你再也不知道你有多么可爱，你来得多么凑巧！你要做我的救星了。也只有你才能救我！明天这儿要举行一个顶顶别致的婚礼，"她接着说，笑了，给她丈夫系好领带。"火车站上有一个年轻的电报员，姓契凯尔杰耶夫，要结婚了。他是个漂亮的小伙子，是啊，并不愚蠢。你要知道，他脸上有一种强有力的、熊样的表情……可以把他画成一个年轻的瓦利亚格人呢。我们这班消夏的游客，对他发生了好感，答应他说我们一定参加他的婚礼……他是个没有钱的、孤单单的、胆小的人。当然，不同情他是罪过的。想想吧，做完弥撒就举行婚礼，然后大家从教堂里出来，步行到新娘家里去……你知道，树木苍翠，鸟儿啼叫，一摊摊阳光照在青草上，我们这些人呢，被绿油油的背景衬托着，成了五颜六色的斑点，这可很别致，有法国印象派的味道呢。可是，德莫夫，我穿什么衣服到教堂去呢？"奥莉加·伊万诺夫娜说，做出要哭的表情。"在这儿，我什么也没有，简直是什么也没有！衣服没有，花也没有，手套也没有……你务必要救救我才好。既然你来了，那就是命运吩咐你来救我了。拿着这个钥匙，我的好人儿，回家去，把衣柜里我那件粉红色连衣裙拿来。你知道那件衣服，它就挂在前面……然后，到堆房里，在右边地板上你会瞧见两个硬纸盒。打开上面的盒子，那里面全是花边，还有各种零头的料子，在那下面就是花了。把那些花统统小心地拿出来，可别压坏它们，亲爱的，回头我要在那些花里挑选一下……另外再给我买副手套。"

"好吧，"德莫夫说，"明天我去取了，派人给你送来。"

"明天怎么成啊？"奥莉加·伊万诺夫娜问，惊奇地瞧着他。"明天怎么来得及啊？明天头一班火车九点钟才开，可是十一点钟就举行婚礼了。不行，亲爱的，要今天去才成，务必要今天去！要是明天你来不了，那就打发一个人送来也成。是啊，去吧……那班客车马上就要开到了。别误了车，宝贝儿。"

"好吧。"

"唉，我多么舍不得放你走啊，"奥莉加·伊诺万夫娜说，眼泪涌到她的眼眶里。"我这个傻瓜呀，为什么应许了那个电报员呢？"

德莫夫赶紧喝下一杯茶，拿了一个面包圈，温和地微笑着，到车站去了。那些鱼子酱、奶酪、白鲑鱼，都给那两位黑头发的先生和那个胖演员吃掉了。

四

七月里一个平静的月夜，奥莉加·伊万诺夫娜站在伏尔加河一条轮船的甲板上，一会儿瞧着河水，一会儿瞧着美丽的河岸。里亚博夫斯基站在她身旁，对她说，水面上的黑影不是阴影，而是梦。他还说，迷人的河水以及那离奇的光辉，深不可测的天空和忧郁而沉思的河岸，都在述说我们生活的空虚，述说人世间有一种高尚、永恒、幸福的东西，人要是忘掉自己，死掉，变成回忆，那多么好啊。过去的生活庸俗而乏味，将来呢，也毫无价值，而这个美妙的夜晚一辈子只有一回，不久也要过去，消融在永恒里。那么，为什么要活着呢？

奥莉加·伊万诺夫娜一会儿听着里亚博夫斯基的说话声，一会儿听着夜晚的宁静，暗自想着：她自己是不会死的，永远也不会死。她以前从没见过河水会现出这样的蓝宝石色，还有天空、河岸、黑影、她灵魂里洋溢着的控制不住的喜悦，都在告诉她，说她将来会成为大艺术家，说在远方那一边，在月光照不着的那一边，在一个广漠无垠的天地里，成功啦，荣耀啦，人们的爱戴啦，都在等她……她眼也不眨地凝神瞧着远方，瞧了很久，好像看见成群的人、亮光、听见音乐的胜利的节奏、痴迷的喊叫，看见她自己穿一身白色连衣裙，花朵从四面八方像雨点般落在她身上。她还想到跟她并排站着、用胳膊肘倚着船边栏杆的这个人，是个真正伟大的人，天才，上帝的选民……这以前他的一切创作都优美、新颖、不平凡，可是等到他那绝世的天才成熟了，绚烂起来，他的创作就会惊天动地，无限高超，这是只要凭他那张脸，凭他的说话方式，凭他对大自然的态度就看得出来的。他用他自己的话语，照他所独有的方式，讲到黑影、黄昏的情调、月光，使人不能不感到他那驾驭大自然的威力是多么摄人心魄。他本人很漂亮，有独创能力。他的生活毫无牵挂，自由自在，超然于一切世俗烦恼以外，跟鸟儿的生活一样。

"天凉了，"奥莉加·伊万诺夫娜说，打了个冷战。

里亚博夫斯基拿自己的斗篷给她披上，凄凉地说：

"我觉着我落在您的掌心里了。我成了奴隶。为什么您今天这样迷人啊?"

他一直凝神瞧着她,动也不动。他的眼睛可怕,她不敢看他了。

"我发疯地爱您……"他凑着她的耳朵说,他的呼吸吹着她的脸蛋儿。"只要对我说一个字,我就不活下去,丢开艺术了……"他十分激动,嘟嘟哝哝说。"您爱我吧,爱我吧……"

"不要说这种话,"奥莉加·伊万诺夫娜说,闭上眼睛,"这真可怕。而且,拿德莫夫怎么办呢?"

"德莫夫是什么人?为什么跑出来一个德莫夫?德莫夫跟我什么相干?这儿只有伏尔加、月亮、美丽、我的爱、我的痴迷,压根儿就没有什么德莫夫不德莫夫……唉!我什么也不知道……我不管过去,只求眼前给我一会儿……一会儿的快乐吧!"

奥莉加·伊万诺夫娜的心跳起来。她有心想一想她的丈夫,可是她觉得一切往事,以及她的婚姻、德莫夫、她的晚会,都显得渺小,琐碎,朦胧,不必要,远而又远了……真的,德莫夫是什么人?为什么跑出来一个德莫夫?德莫夫跟她什么相干?而且,他究竟是实有其人呢,还是只不过是个梦?

"对他那么一个普通而又平凡的人来说,过去他享受到的幸福也就足够了。"她想,用手蒙上脸。"随他们批评我好了,随他们诅咒我好了。我呢,偏要这样,情愿灭亡。偏要这样,情愿灭亡!……生活里的一切都该体验一下才对。天呐,多么可怕,可又多么痛快啊!"

"啊,怎么着?怎么着?"画家喃喃地说,搂住她,贪婪地吻她的手,她软绵绵地想推开他。"你爱我吗?爱吗?爱吗?啊,什么样的夜晚!美妙的夜晚啊!"

"是啊,什么样的夜晚!"她小声说,瞧着他那双含着眼泪而发亮的眼睛。然后她很快地往四下里看一眼,搂住他,使劲吻他的嘴唇。

"我们靠近基涅西莫了!"在甲板的那一头,有人说。

他们听到沉甸甸的脚步声。那是饮食间里的仆役走过他们身旁。

"听着，"奥莉加·伊万诺夫娜对那人说，幸福得又哭又笑，"给我们拿点葡萄酒来。"

画家激动得脸色发白，坐在凳子上，用爱慕而感激的眼睛瞧着奥莉加·伊万诺夫娜，然后闭上眼睛，懒洋洋地微笑着说：

"我累了。"

他把脑袋倚在栏杆上。

五

九月二日天气温暖，没有风，可是天色阴沉。一清早，伏尔加河上飘着薄雾，九点钟以后下起小雨来了。天色一点儿也没有晴朗的希望。喝早茶的时候，里亚博夫斯基对奥莉加·伊万诺夫娜说画画儿是顶吃力不讨好、顶枯燥之味的艺术，说他算不得画家，说只有傻瓜才会认为他有才能，说啊说的，忽然无缘无故拿起一把小刀，划破了他的一张最好的画稿。喝完茶以后，他满脸愁容，坐在窗口，眺望伏尔加。可是伏尔加没有一点儿光彩，混浊暗淡，看上去冷冰冰的。一切，一切，都使人想起凄凉萧索的秋天就要来了。两岸苍翠的绿毯、日光灿烂的反照、透明的蓝色远方，以及大自然一切华丽的盛装，现在仿佛统统从伏尔加那里搬走，收在箱子里，留到来春再拿出来似的。乌鸦在伏尔加附近飞翔，讥诮它："光啦！光啦！"里亚博夫斯基听着它们聒噪，想到自己已经走下坡路，失去了才能，想到在人世间，一切都是有条件的、相对的、愚蠢的，想到他不应该缠上这个女人……总之，他心绪不好，胸中郁闷。

奥莉加·伊万诺夫娜坐在隔板那一面的床上，用手指头梳理她那美丽的亚麻色头发，一会儿幻想自己在客厅里，一会儿在卧室里，一会儿在丈夫的书房里。她的想象带她到剧院里，到女裁缝家里，到出名的朋友家里。现在他们在干什么？他们想念她吗？筹备晚会的时令已经开始了。还有德莫夫呢？亲爱的德莫夫！他在信上多么温存，多么稚气而哀伤地求她赶快回家呀！他每月给她汇来七十五卢布。她写信告诉他说，她欠那些画家一百卢布，他就把那一百卢布也汇来了。多么善良而慷慨的人！旅行使得奥莉加·伊万诺夫娜厌倦了,她觉着无聊,恨不能赶快躲开这些乡下人,躲开河水的潮气,摆脱周身不干净的感觉才好,这种不干不净是她从这个村子迁移到那个村子,住在农民家里时时刻刻都感到的。要不是因为里亚博夫斯基已经对那些画家认真地答应过要跟他们在此地一直住到九月二十日,那他们今天就可以走了。要是今天能够走掉,那多好!

"我的上帝啊,"里亚博夫斯基唉声叹气,"到底什么时候才会出太阳呀?没有太阳,我简直没法接着画那幅阳光普照的风景画了!……"

"可是你有一张画稿画的是阴云的天空。"奥莉加·伊万诺夫娜说,从隔板那一面走过来。"你记得吗,在右边的前景上是一片树林,左边是一群母牛和公鹅?现在你不妨把它画完。"

"哼!"画家皱起眉头,"画完它!难道您当我有那么笨,自己都不知道自己该做什么!"

"你对我的态度变得好厉害哟!"奥莉加·伊万诺夫娜叹口气。

"哼,那才好。"

奥莉加·伊万诺夫娜的脸抖着。她走开,到火炉那边去,呜呜地哭了。

"对,只差眼泪了。算了吧!我有一千种理由要哭,可我就不哭。"

"一千种理由!"奥莉加·伊万诺夫娜哭道。"顶重要的理由是您已经嫌弃我了。对了!"她说,哭起来。"实话实说,您在为我们的恋爱害臊。您一个劲儿防着那些画家发现我们的关系,其实要瞒也瞒不住,他们早就全都知道了。"

"奥莉加,我只求您一件事,"画家恳求道,把手按住心口,"只求一件事:别折磨我!此外,我也不求您别的了。"

"可是请您赌咒说您仍旧爱我!"

"这真是磨人!"画家咬着牙说,跳起来。"搞到最后我只好去跳伏尔加河,或者发疯了事!躲开我!"

"好,打死我吧,打死我吧!"奥莉加·伊万诺夫娜叫道。"打死我吧!"

她又哭起来,走到隔板的那一面去了。雨哗哗地落在小屋的草顶上。里亚博夫斯基抱着头,在小屋里走来走去,然后现出果断的脸色,仿佛要向谁证明什么似的，戴上帽子，把枪挂在肩上，走出小屋去了。

他走后，奥莉加·伊万诺夫娜在床上躺了很久，哭着。起初，她心想索性服毒，让里亚博夫斯基一回来就发觉她死了才好。然后她的幻想把她带到客厅里，带到丈夫的书房里，她想象自己一动也不动地坐在德莫夫身旁，全身享受着安宁和洁净，到傍晚就坐在剧院里，听玛西尼唱歌。她想念文明，想念城里的热闹和名人，把心都想痛了。一个农妇走进小屋来，不慌不忙地动手生炉子烧饭。屋里弥漫着木炭烧焦的气味，空中满是淡蓝的烟雾。画家们回来了，穿着泥泞的高筒靴，脸上沾着雨水，凝神瞧着画稿，用安慰的口气自言自语，说是哪怕遇到坏天气，伏尔加也自有它的妩媚。墙上，那个不值钱的钟嘀嗒嘀嗒响……受了冻的苍蝇聚在墙角里圣像四周，嗡嗡地叫。人可以听见蟑螂在凳子底下那些大皮包中间爬来爬去……

里亚博夫斯基直到太阳下山才回到家。他把帽子丢在桌子上，没脱他那泥泞的靴子，脸色苍白，筋疲力尽地倒在长凳上，闭上眼睛。

"我累了……"他说，皱着眉头，竭力想抬起眼皮来。

奥莉加·伊万诺夫娜为要对他亲热，表示她没生气，就走到他面前，默默地吻他一下，把梳子放到他金色的头发里。她想给他梳一梳头。

"怎么回事？"他说，打个冷战，睁开了眼睛，仿佛有什么凉东西碰到他身上似的。"怎么回事？请您躲开我，我求求您。"

他推开她，走掉了。她觉着他脸上现出憎恶和厌烦的神情。这当儿，一个农妇小心翼翼地用两只手给他端来一盆白菜汤，奥莉加·伊万诺夫娜看见她那大手指头浸到汤里去了。腆起肚子的肮脏的农妇、里亚博夫斯基吃得津津有味的白菜汤、那小屋、这整个生活（她起先由于这生活的简朴和艺术性的杂乱而深深喜爱过），现在都使她觉得可怕。她忽然觉得受了侮辱，就冷冷地说：

"我们得分开一个时期才成，要不然，由于无聊，我们会大吵一架的。我可不愿意这样。我今天要走了。"

"怎么走法？骑着棍子走？"

"今天是星期四,因此九点半钟有一班轮船到这儿。"

"哦?不错,不错……嗯,好,走吧……"里亚博夫斯基轻声说,用毛巾代替食巾擦了擦嘴。"你在这儿闷得慌,没事可干。谁要留你,谁就一定是个大利己主义者。走吧,到本月二十号以后我们就可以见面了。"

奥莉加·伊万诺夫娜兴高采烈地收拾行李。她的脸蛋儿甚至高兴得发红了。她问她自己:难道真的她不久就要在客厅里画画儿,在寝室里睡觉,在铺着桌布的桌上吃饭了?她心里轻松,她不再生画家的气了。

"我把颜料和画笔统统留给你,里亚博夫斯基,"她说,"凡是留下来的,你都带着就是……注意,我走以后,别犯懒,别闷闷不乐,要工作。你是个好样的,里亚博夫斯基!"

到九点钟,里亚博夫斯基给了她临别的一吻,她心想这是为了免得在轮船上当着那些画家的面吻她。然后,他就送她到码头去。轮船不久就开来,把她装走了。

过了两天半,她回到家里。她兴奋得直喘,没脱掉帽子和雨衣就走进客厅,从那儿又走到饭厅。德莫夫没穿上衣,只穿着坎肩,敞着怀,靠饭桌坐着,正在用叉子磨快刀子。他面前的碟子上放着一只松鸡。奥莉加·伊万诺夫娜走进住宅的时候,相信她得把一切事情瞒住丈夫才成,她相信自己有那个力量,也有那个本事。可是现在,她一看见他那欢畅、温和、幸福的微笑和那双亮晶晶的、快活的眼睛,就觉得瞒住这个人跟毁谤、偷窃、杀人一样卑鄙,可恶,不可能,而且她也没有力量这样做。一刹那间她决定把一切发生过的事向他和盘托出。她让他吻她,搂她,然后在他面前跪下来,蒙上脸。

"怎么了?怎么了,亲爱的?"他温存地问。"你想家了吧?"

她抬起臊得通红的脸,用惭愧的、恳求的眼光瞧他。可是恐惧和羞耻不容她说出实话来。

"没什么……"她说。"我没什么……"

"我们坐下来吧,"他说,搀起她来,扶她在桌子旁边坐下。"这就对了……你吃松鸡吧。你饿了,小可怜。"

她贪婪地吸进家里的亲切的空气，吃着松鸡。他呢，温存地瞧着她，高兴地笑了。

六

大概直到冬季过了一半，德莫夫才开始怀疑自己受着欺骗。倒仿佛他自己良心不清白似的，他每回遇见妻子，再也不能够面对面地瞧她的眼睛，也不再快活地微笑了。为了少跟她单独待在一块儿，他常常带着他的同事科罗斯捷列夫回家来吃饭，那是个身材矮小、头发剪短、满脸皱纹的男子，每逢跟奥莉加·伊万诺夫娜说话，总是窘得把他那件上衣的所有纽扣一会儿解开，一会儿扣上，然后用右手捻左边的唇髭。吃饭时候，两个医生谈到横膈膜升高，有时候就会使心脏发生不规则的跳动，或者谈到近来常常遇到很多神经炎病例，再不然就讲到前一天德莫夫在解剖一个经诊断害"恶性贫血"的病人尸体的时候却在胰腺里发现了癌。他们所以谈医学，仿佛只是为了给奥莉加·伊万诺夫娜一个沉默的机会，也就是不必撒谎的机会似的。饭后，科罗斯捷列夫在钢琴那儿坐下来，德莫夫就叹口气，对他说：

"唉，老兄！对，可不是！弹个悲调的曲子吧。"

科罗斯捷列夫就耸起肩膀，伸开手指头，弹了几个音，用男高音唱起来："指给我看啊，有什么地方俄罗斯农民不呻吟。"德莫夫就又叹一口气，用拳头支着头，沉思起来。

奥莉加·伊万诺夫娜近来的举动非常不检点。她每天早晨醒来，心绪总是很坏，心想她已经不爱里亚博夫斯基，因此，谢谢上帝，事情就此了结了。可是喝完咖啡，她又寻思：里亚博夫斯基使她失去了丈夫，现在呢，她既失去了丈夫，又失去了里亚博夫斯基。然后她想起她那些熟人说里亚博夫斯基正在为画展准备一张惊人的画儿，是用波列诺夫风格画成的、风俗和风景的混合画，凡是到过他画室的人，看见那幅画儿，都看得入迷。不过她心想：他是在她的影响下才创造出这张画儿来的，总之多亏有她的影响，他才大大地变得好起来。她的影响是那么有益，那么重要，要是她离开他，那他也许会完蛋。她又想起上回他来看她的时候，穿一件带小花点的灰色上衣，系一根新领带，懒洋洋地问她："我漂亮吗？"凭他那种潇洒的风度、长长的卷发、蓝蓝的眼睛，他也真的很漂亮（或者，也许只是乍一看才显得漂亮吧），而且他对她很温柔。

奥莉加·伊万诺夫娜想起许多事情，盘算了一阵，就穿好衣服，十分激动地坐上马车，到里亚博夫斯基的画室去了。她发现他兴高采烈，为他那幅真正美丽的画儿得意。他蹦蹦跳跳，十分顽皮，不管人家提出多么严肃的问题，总是打个哈哈了事。奥莉加·伊万诺夫娜嫉妒里亚博夫斯基画出那张画儿，痛恨那张画儿，可是她出于礼貌，只好在那张画儿面前默默地站了五分钟光景，仿佛见到什么神圣的东西似的叹一口气，轻轻地说：

"是啊，这样的画儿以前你还从来没有画过。要知道，简直叫人生出满腔敬畏的心情呢。"

然后，她开始要求他爱她，别丢开她，要求他怜悯她这个可怜而不幸的人。她哭，吻他的手，逼他赌咒说他爱她，还对他说：缺了她的好影响，他就会走上岔路，完蛋。等到她扫了他的兴，觉着她自己有说不尽的委屈，就坐上车到女裁缝那儿去，或者到她认识的女演员那儿去要戏票。

要是她在他的画室里没找到他，就给他留下一封信，信上赌咒说：如果他当天不来看她，她准定服毒自尽。他害了怕，就去看她，留下来吃午饭。虽然她的丈夫在座，他却并不顾忌，用话顶撞她，她也照样还敬他。两个人都觉得彼此要拆也拆不开，都觉得对方是暴君和敌人，都气愤，在气愤中却没留意到他们两人的举动很不得体，连头发剪短的科罗斯捷列夫也全看明白了。饭后，里亚博夫斯基匆匆告辞，走了。

"您上哪儿去？"奥莉加·伊万诺夫娜在前厅带着憎恨瞧着他，问道。

他皱起眉头，眯细眼睛，信口念出一个他俩都认得的女人的名字。他明明在讪笑她的醋意，有意惹她生气。她就回到她的寝室，倒在床上。她由于嫉妒、烦恼、又委屈又羞耻的感觉，咬着枕头，哇哇地哭起来。德莫夫在客厅里丢下科罗斯捷列夫，走进寝室来，又慌张又着急，低声说：

"别哭得这么响，亲爱的……这是何苦呢？……这种事千万不要声张出去……千万别让人看出来……你知道，已经发生的事是不能挽救的了。"

沉重的嫉妒简直要弄得她的太阳穴炸开来，她不知道怎样才能平息这种嫉妒，同时她又觉着事情仍旧可以挽回，于是她把泪痕斑斑的脸洗一下，扑上粉，飞快地跑到刚才提到过的那个女人家里去了。她在那女人家里没有找到里亚博夫斯基，就坐上车，到另一个女人家里，然后又到第三个女人家里……起初，照这样乱跑，她还觉着难为情，可是后来她跑惯了，往往一个傍晚跑遍她认识的一切女人的家，为的是找到里亚博夫斯基。大家也都明白这是怎么回事。

一天，她对里亚博夫斯基讲起她的丈夫：

"这个人用宽宏大量压迫我！"

她很喜欢这句话，她遇到那些知道她跟里亚博夫斯基的关系的画家，谈起她的丈夫，她就把胳膊用力地一挥，说道：

"这个人用宽宏大量压迫我！"

他们的生活方式跟去年一模一样。每到星期三，他们总是举行晚会。演员朗诵，画家绘画，大提琴家弹奏，歌唱家演唱。照例一到十一点半钟，通到饭厅去的门就开了，德莫夫带着笑容说：

"诸位先生，请吃点东西吧。"

奥莉加·伊万诺夫娜照旧找名流，找到了又不满足，就再找。她每天晚上照旧很迟才回来。可是德莫夫却不像去年那样已经睡觉，他坐在他的书房里，在写什么东西。他三点钟左右才上床睡觉，八点钟就起来了。

一天傍晚，她正准备到剧院去，站在穿衣镜面前，忽然德莫夫走进她的寝室来，穿着礼服，打着白领结。他温和地微笑着，跟从前那样快活地瞧着他妻子的眼睛。他的脸放光。

"我刚才宣读了我的学位论文。"他说，坐下来，揉着他的膝头。

"宣读？"奥莉加·伊万诺夫娜问。

"嘀嘀！"他笑了，伸出脖子瞧镜子里他妻子的脸，因为她仍旧背对着他站在那儿，理她的头发。"嘀嘀！"他又笑一遍。"你知道，他们很可能给我病理总论的讲师资格。看样子恐怕会的。"

从他那神采焕发的、幸福的脸容看得出来,只要奥莉加·伊万诺夫娜跟他一块儿高兴,一块儿得意,那他样样事情都会原谅她,不但现在原谅,将来也一样,他会把一切都忘掉。可是她不懂什么叫作"讲师资格",或者"病理总论",此外,她担心误了戏,就什么话也没说。

他在那儿坐了两分钟,然后,带着自觉有罪的笑容走出去了。

七

那是很不平静的一天。

德莫夫头痛得厉害。他早晨没喝茶,也没去医院,一直躺在书房里一张土耳其式长沙发上。中午十二点多钟奥莉加·伊万诺夫娜照例出门去找里亚博夫斯基,想给他看她画的静物写生画,还要问他昨天为什么没来看她。她觉得这张画儿并没什么价值,她画它只不过要找一个不必要的借口到画家那儿去一趟罢了。

她没有拉铃就照直走进门去看他。她在门道脱雨鞋的时候,仿佛听见一个什么东西轻轻跑进画室去了,带着女人衣襟的沙沙声。她赶紧往里一看,只瞧见一段棕色的女裙闪了一闪,藏到一幅大画后面去了。有一块黑布蒙着那张画儿和画架,直盖到地板上。没有问题,有个女人躲起来了。想当初她奥莉加·伊万诺夫娜自己就常在那张画儿后面避难!里亚博夫斯基分明很窘,仿佛对她的光临觉着奇怪似的,向她伸出两只手,赔着笑脸说:

"啊啊!看见您很高兴。有什么好消息吗?"

奥莉加·伊万诺夫娜的眼睛里满是泪水。她又害羞又心酸。哪怕给她一百万卢布,她也绝不肯当着那个陌生的女人,那个情敌,那个虚伪的女人的面讲一句话,那女人现在正站在画儿背后,多半在恶毒地暗笑吧。

"我带给您一幅画稿……"她用细微的声音怯生生地说,嘴唇发抖。"Nature morte."

"哦哦!……画稿吗?"

画家用手接过那幅素描,一边瞧着一边走,仿佛不经意地走进了另一个房间。

奥莉加·伊万诺夫娜乖乖地跟着他走。

"Nature morte. ……上等货,"他嘟嘟哝哝地说,渐渐押起韵来了,"罗……莫……祸……"

从画室里传来匆匆的脚步声和衣襟的沙沙声。这样看来,她已经走了。奥莉加·伊万诺夫娜恨不能大叫一声,拿起一个重东西照准画家的脑袋打过去,然后走掉,可是她泪眼模糊,什么也看不见,羞得什么似的,觉得自己已经不是奥莉加·伊万诺夫娜,也不是画家,只是个小小的甲虫了。

"我累了……"画家瞧着那幅画稿,懒洋洋地说,摇晃脑袋,好像要打退睡意似的。"当然,这幅画儿挺不错,不过今天一幅,去年一幅,过一个月又一幅……您怎么会画不腻呢?换了我是您,我就不画这劳什子,认真搞音乐什么的了。您本来就不能做画家,您是音乐家。可是您知道,我多累啊!我马上去叫他们拿点茶来……好吗?"

他走出房间,奥莉加·伊万诺夫娜听见他对他的听差交代几句话。为了避免告辞和解释,尤其是为了避免哭出来,她趁里亚博夫斯基还没回来,赶快跑到门道,穿上雨鞋,走到街上。这时候,她呼吸才算畅快,觉得她跟里亚博夫斯基,跟绘画,跟方才在画室里压在她心上的沉重的羞辱感觉,从此一刀两断了。什么都完了!

她坐上车子到女裁缝那儿,然后去看昨天刚到此地的巴尔纳伊,又从巴尔纳伊那儿到一家乐谱店,心里时时刻刻盘算怎样给里亚博夫斯基写一封又冷又狠、充满个人尊严的信,怎样到开春或是夏天跟德莫夫一块儿到克里米亚去,在那儿跟过去的生活一刀两断,从头过起新的生活。

傍晚很迟了,她才回到家。她没有脱掉外衣就走进客厅,坐下来写信。里亚博夫斯基对她说什么她做不了画家,现在为了报复,她就还敬他几句,写道,他年年画的老是那一套东西,天天讲的老是那一套话。她还写道,他已经站住不动,除了已有的成绩以外此后他休想有什么成绩了。她还想写下去,说他过去大大叨了她的好影响的光,如果他从此走下坡路,那只是因为她的影响被各式各样的暧昧人物,例如今天藏在画儿背后的那个家伙，抵消了。

"亲爱的！"德莫夫在书房里叫道，没有开门。"亲爱的！"

"你有什么事？"

"亲爱的，你不要上我屋里来，只在门口站住好了。是这么回事……前天我在医院里传染了白喉，现在……我病了。快去请科罗斯捷列夫来。"

奥莉加·伊万诺夫娜对丈夫素来称呼姓，她对她熟识的男人都是这样称呼的。她不喜欢他的教名奥西普，因为那名字总叫她联想到果戈理的奥西普，和一句俏皮话："奥西普，爱媳妇；阿西福，开席铺。"现在她却叫道：

"奥西普，不会的！"

"快去吧！我病了……"德莫夫在门里面说，她可以听见他走回去，在长沙发上躺下来。"快去吧！"他的声音含糊地传来。

"这是怎么回事？"奥莉加·伊万诺夫娜想，吓得周身发凉。"这病危险得很呐！"

她完全不必要地举着蜡烛走进寝室。在那儿，她盘算着她该怎么办，无意中往穿衣镜里看自己一眼。她瞧见她那苍白的、惊骇的脸，高袖口的短上衣，胸前的黄褶子，裙子上特别的花条，觉着自己又可怕又难看。她忽然热辣辣地感到对不起德莫夫，对不起他对她的那种深厚无边的爱情，对不起他年轻的生命，甚至对不起他好久没来睡过的那张空荡荡的小床。她想起他那常在的、温和的、依顺的笑容。她哀哀地哭了一场，给科罗斯捷列夫写一封央求的信。那已经是夜里两点钟了。

八

早晨七点多钟，奥莉加·伊万诺夫娜由于没有睡足而脑袋发沉，头发没有梳，模样很不好看，脸上带着惭愧的神情，走出寝室来。这时候有一位先生，留着一把黑胡子，大概是医师，走过她面前，到前堂去了。屋里有药气味。科罗斯捷列夫站在书房的门旁，用右手捻着左边的唇髭。

"对不起，我不能让您进去看他。"他阴沉地对奥莉加·伊万诺夫娜说。

"这病会传染人的。况且，实际上，您也不必进去。反正他在发高烧，说昏话。"

"他真的得了白喉吗？"奥莉加·伊万诺夫娜小声问。

"老实说，他是自作孽，不可活。"科罗斯捷列夫嘟嘟哝哝地说，没有回答奥莉加·伊万诺夫娜问的话。"您知道他怎样传染到这病的？星期二那天，他用吸管吸一个害白喉的男孩子的薄膜。这是为什么？这是愚蠢……是啊，胡闹……"

"他病得重吗？很重吗？"奥莉加·伊万诺夫娜问。

"对了，据说这是顶厉害的那种白喉。真的，应当把希列克请来才对。"

一个矮小的红发男子来了，鼻子很长，讲话带犹太人的口音。然后来了一个高大、伛偻、头发蓬松的人，看样子像是大助祭。随后又来了一个很胖的青年，生一张红脸，戴着眼镜。这是医师们到他们的同事身旁来轮流值班。科罗斯捷列夫值完班，并不回家，却留在这儿，像阴影似的在各房间里穿来穿去。女仆忙着给值班的医师端茶，常跑到药房去，因此没有人收拾房间了。到处都安安静静，阴阴惨惨。

奥莉加·伊万诺夫娜坐在自己的寝室里，心想这是上帝来惩罚她了，因为她欺骗她的丈夫。那个沉默寡言、从不诉苦、使人不能理解的人，脾气温柔得失去了个性，又过分的忠厚，变得缺乏意志，为人软弱，这时候却独自待在一个地方，冷冷清清，躺在他那长沙发上受苦，一句抱怨的话也不说。要是他说出抱怨的话来，哪怕是在高热中，值班的医师也会知道毛病并不是单单出在白喉上。他们就会去问科罗斯捷列夫。他是什么都知道的，无怪他瞧着他朋友的妻子的时候，眼神好像在说：她才是真正的主犯，白喉不过是她的同谋犯罢了。现在她不再回想伏尔加河上的那个月夜，也不回想那些爱情的剖白，更不回想他们在农舍里的诗意生活，而只回想：她，由于无聊的空想，由于娇生惯养，已经用一种又脏又黏的东西把自己从头到脚统统弄脏，从此休想洗得干净了……

"哎呀，我作假作得太厉害了！"她记起她跟里亚博夫斯基那段烦心的恋爱，不由得想道。"这种事真该死！……"

到四点钟，她跟科罗斯捷列夫一块儿吃午饭。他一点儿东西也不吃，光是喝红葡萄酒，皱着眉头。她也什么都没吃。她有时候暗自祷告，向上帝起誓：要是德莫夫病好了，她一定再爱他，做他的忠实妻子。有时候她又暂时忘了自己，瞧着科罗斯捷列夫，暗想："做一个默默无闻的普通人，没有一点儿出众的地方，再加上生着那么一张满是皱纹的脸，一点儿也不懂礼貌，难道不乏味吗？"有时候她又觉着上帝一定会立刻来弄死她，因为她担心传染，一次也没到她丈夫的书房里去过。总之，她心绪麻木阴郁，相信她的生活已经毁掉，再怎么样也没法挽救了……

饭后，天擦黑了。奥莉加·伊万诺夫娜走进客厅，科罗斯捷列夫正躺在睡椅上睡觉，把一个金线绣的绸垫子枕在脑袋底下。"希——普——啊，"他在打鼾，"希——普——啊。"

医师们来值班，进进出出，却始终没有留意这种杂乱。一个陌生的人躺在客厅里睡觉和打鼾也好，墙上挂着那么多的画稿也好，房间布置得那么别致也好，这房子的女主人头发蓬松，衣冠不整也好，总之，现在，这一切全引不起一丁点儿兴趣了。有一位医师偶尔不知因为什么笑了一声，那笑声带一种古怪而胆怯的音调，听了甚至叫人害怕。

等到奥莉加·伊万诺夫娜第二回走进客厅里来，科罗斯捷列夫已经不在睡觉，而是坐着抽烟了。

"他得了鼻腔白喉症，"他低声说，"心脏已经跳得不正常了。真的，事情不妙。"

"那么您去请希列克吧，"奥莉加·伊万诺夫娜说。

"他已经来过了。发现白喉转到鼻子里去的，就是他。唉，希列克有什么用！真的，希列克一点儿用也没有。他是希列克，我是科罗斯捷列夫，如此而已。"

时间拖得长极了。奥莉加·伊万诺夫娜在一张从早上起就没收拾过的床上和衣躺下，迷迷糊糊睡着了。她梦见整个宅子里从地板到天花板，装满一大块铁，只要能够把那块铁搬出去，大家就会轻松快活了。等到醒过来，她才想起那不是铁，而是德莫夫的病。

"Nature morte，祸……"她想，又变得什么都想不起来了。"罗……莫……希列克怎么样？西列克……东列克……南列克……现在我的朋友们在哪儿啊？他们知道我们遭了难吗？主啊，救救我……怜恤我。西列克……东列克……"

那块铁又来了……时间拖得很长，可是楼下的钟常常敲响。门铃一个劲儿响，医师们陆陆续续进来……女仆走来，端着盘子，上面摆着一个空玻璃杯。她问道：

"要我把床收拾一下吗，太太？"

听不到答话，她就走了。下面的钟敲着。她梦见伏尔加河上的雨。又有人走进寝室来，仿佛是一个陌生人。奥莉加·伊万诺夫娜跳起来，认出那人是科罗斯捷列夫。

"现在什么时候？"她问。

"将近三点钟。"

"哦，什么事？"

"还有什么好事！……我是来告诉您：他去世了……"

他呜呜地哭了，在床边挨着她坐下，用袖口擦眼泪。她一下子还明白不过来，可是紧跟着周身发凉，开始慢慢地在胸前画十字。

"他去世了……"他用细微的声音再说一遍，又哭了。"他死，是因为他牺牲了自己……对科学来说，这是多大的损失啊！"他沉痛地说，"要是拿我们全体跟他比一下，他真称得起是伟大的人，不平凡的人！什么样的天才啊！他给我们大家多大的希望呀！"科罗斯捷列夫接着说，绞着手。"我的上帝啊，像这样的科学家现在我们就是打着火把也找不着了。奥西卡·德莫夫，奥西卡·德莫夫，你凭什么落到这个地步啊！唉唉，我的上帝啊！"

科罗斯捷列夫灰心得用两只手蒙上脸，摇头。

"而且他有那么大的道德力量！"他接着说，好像越来越气恼什么人似的。"这是一个善良、纯洁、仁慈的灵魂，不是人，是水晶！他为科学服务，为科学而死。他一天到晚跟牛一样地工作，谁也不怜惜他。这个年轻的科学家，未来的教授，却不得不私人行医，晚上做翻译工作，好挣下钱来买这些……无聊的废物！"

科罗斯捷列夫带着憎恨瞧着奥莉加·伊万诺夫娜，伸出两只手抓起被单，气冲冲地撕扯它，倒好像都怪被单不好似的。

"他不怜惜自己，别人也不怜惜他。唉，真的，空谈一阵有什么用！"

"对，真是一个天下少有的人！"客厅里有人用男低声说。

奥莉加·伊万诺夫娜回想她跟他一块儿过的全部生活，从头到尾所有的细节一个也不漏。她这才忽然明白：他果然是一个天下少有的、不平凡的人，拿他跟她认识的任什么人相比，真要算是伟大的人。她想起去世的父亲以及所有跟他共事的医师怎样看待他，她这才明白他们都认定他是一个未来的名人。墙啊，天花板啊，灯啊，地板上的地毯啊，好像一齐对她讥讽地眨眼，仿佛要说："错过机会啰！错过机会啰！"她哭着冲出寝室，跑过客厅里一个不相识的男子身边，奔进丈夫的书房里去。他一动也不动地躺在一张土耳其式长沙发上，从腰部以下盖着一条被子。他的脸消瘦干瘪得可怕，脸色又黄又灰，活人脸上是看不见那种颜色的。只有凭了那个额头，凭了黑眉毛，凭了熟悉的微笑，才认得出他就是德莫夫。奥莉加·伊万诺夫娜赶快摸他的胸、他的额头、他的手。胸口还有余温，可是额头和那双手却凉得摸上去不舒服了。那对半睁半闭的眼睛没有瞧着奥莉加·伊万诺夫娜，却瞧着被子。

"德莫夫！"她大声喊叫。"德莫夫！"

她想对他说明过去的事都是错误，事情还不是完全没法挽救，生活仍旧可以又美丽又幸福。她还想对他说，他是一个天下少有的、不平凡的、伟大的人，她会一生一世地尊崇他，向他膜拜，感到神圣的敬畏……

"德莫夫！"她叫他，拍他的肩膀，不相信他从此不会再醒来了。"德莫夫！德莫夫啊！"

客厅里，科罗斯捷列夫正在对女仆发话：

"干吗一个劲儿地死问？您上教堂看守人那儿去，问一声靠养老院养活的那些老太婆住在哪儿。她们自会擦洗尸身，装殓起来，该做的事都会做好。"

1892 年

情境赏析

《跳来跳去的女人》中，塑造了一个具有普遍意义的高度概括的典型人物。小说女主人公有一套据以行事的生活观念：人的美、人的价值就在于他的不同凡响。而她的丈夫只是个普普通通的医生，于是她整天都在寻觅英雄。女主人公虽无恶意，但她却在不断伤害着自己的丈夫。小说进入尾声时才点出真正的英雄原来就是在故事中一直充当配角的德莫夫医生。他之所以美就在于他虽然才智出众，却从未自命不凡，他总是默默无闻地尽着自己的义务，甚至不顾自身安危去抢救病人。这样一个在平凡劳动中完成着不平凡事业的人物在死后才被发现，得到承认。

名家点评

契诃夫一方面赞美了普通劳动者的心灵美，另一方面则鞭挞了那种蔑视劳动、欺名盗世、心灵空虚的人物。

——（苏）高尔基

第六病室

第六病室，名义上是专关精神病患者的，而实际上，这病室里并不全是精神病人，它是专制俄国摧残人民的一种阴险毒辣的手段。格罗莫夫就是这个制度的受害者，而拉京医生的下场更突出了专制制度的横暴和荒诞。

一

医院的院子里有一幢不大的厢房，四周长着密密麻麻的牛蒡、荨麻和野生的大麻。这幢厢房的屋顶生了锈，烟囱半歪半斜，门前台阶已经朽坏，长满杂草，墙面的灰泥只剩下些斑驳的残迹。这幢厢房的正面对着医院，后墙朝着田野，厢房和田野之间由一道安着钉子的灰色院墙隔开。那些尖头朝上的钉子、那围墙、那厢房本身，都有一种特别的、阴郁的、罪孽深重的景象，只有我们的医院和监狱的房屋才会这样。

要是您不怕被荨麻扎伤，那您就顺着通到厢房的那条羊肠小道走过去，瞧瞧里面在干些什么吧。推开头一道门，我们就走进了前堂。在这儿，沿着墙，靠火炉的旁边，丢着一大堆医院里的破烂东西：褥垫啦，破旧的长袍啦，裤子啦，细蓝条子的衬衫啦，没有用处的破鞋啦，所有这些破烂堆在一块儿，揉得很皱，混在一起，正在腐烂，冒出一股闷臭的气味。

看守人尼基达是个年老的退伍兵，衣服上的军章已经褪成棕色。他老是躺在那堆破烂东西上，两排牙齿中间衔着一只烟斗。他的脸相严厉而枯瘦，他的眉毛滋出来，给那张脸添上了草原的看羊狗的神情，他的鼻子发红，身材矮小，虽说长得清瘦，筋脉嶙嶙，可是气派威严，拳头粗大。他是那种心眼简单、说干就干、办事牢靠、脑筋迟钝的人。在人间万物当中他最喜爱的莫过于安分守己，因此相信对他们是非打不可的。他打他们的脸，打他们的胸，打他们的背，碰到哪儿就打哪儿，相信要是不打人，这地方就要乱了。

随后您就走进一个宽绰的大房间，要是不把前堂算在内的话，整个厢房里就只有这么一个房间。这儿的墙壁涂了一层混浊的淡蓝色灰粉，天花板熏得挺黑，就跟不装烟囱的农舍一样。事情很清楚，这儿到冬天，炉子经常冒烟，房间里净是煤气。窗子的里边钉着一排铁格子，很难看。地板颜色灰白，满是木刺。酸白菜、灯芯的焦味、臭虫、阿摩尼亚味，弄得房间里臭烘烘的，您一进来，这种臭气就使您觉着仿佛走进了动物园。

房间里放着几张床，床脚钉死在地板上。有些穿着医院的蓝色长袍、按照老派戴着睡帽的男子在床上坐着或者躺着。这些人都是疯子。

这儿一共有五个人。只有一个人出身贵族，其余的全是小市民。顶靠近房门的那个人是个又高又瘦的小市民，唇髭棕红发亮，眼睛沾着泪痕，坐在那儿用手托着头，瞧着一个地方发呆。他一天到晚伤心，摇头，叹气，苦笑。人家讲话，他很少插嘴；人家问他什么话，他也总是不搭话。人家给他吃食，他就随手拿起来吃下去，喝下去。从他那痛苦的、喀喀的咳嗽声，他那消瘦，他那脸颊上的红晕看来，他正在开始害肺痨病。

他旁边是一个矮小活泼、十分爱动的老头儿，留一把尖尖的小胡子、长着跟黑人那样卷曲的黑头发。白天，他在病室里从这个窗口走到那个窗口，或者坐在床上照土耳其人那样盘着腿。他像灰雀那样不住地打呼哨，轻声唱歌，嘿嘿地笑。到了晚上他也显出孩子气的欢乐和活泼的性格。他从床上起来祷告上帝，那就是，拿拳头捶胸口，用手指头抓门。这是犹太籍傻子莫依谢依卡，二十年前他的帽子作坊焚毁的时候发了疯。

在第六病室的所有病人当中，只有他一个人得到允许，可以走出屋子，甚至可以走出院子上街。他享受这个特权已经很久，这大概因为他是医院里的老病人，又是一个安分的、不伤人的傻子，本城的小丑。他在街上给小孩和狗包围着的情景，城里人早已看惯了。他穿着破旧的长袍，戴着可笑的睡帽，穿着拖鞋，有时候光着脚，甚至没穿长裤，在街上走来走去，在民宅和小店的门口站住讨一个小钱。有的地方给他一点克瓦斯喝，有的给他一点儿面包吃，有的给他一个小钱，因此他总是吃得饱饱的，满载而归。凡是他带回来的东西，尼基达统统从他身上搜去归自己享用。这个兵干起这种事来很粗暴，怒气冲冲，把犹太人的口袋底都翻出来，而且要上帝做见证，赌咒说他绝不让这个犹太人再上街，说他认为这种不安分守己的事比世界上任何什么事都坏。

　　莫依谢依卡喜欢帮人的忙。他给同伴们端水，他们睡熟了，他就给他们盖被。他应许每个人说：他从街上回来，一定给他们每个人一个小钱，给每个人缝一顶新帽子。他还用一把调羹喂他左边的邻居吃东西，那人是一个瘫子。他这样做不是出于同情，也不是出于人道主义性质的考虑，而是模仿他右边的邻居格罗莫夫的举动，不知不觉地受了他的影响。

　　伊万·德米特里奇·格罗莫夫是个大约三十三岁的男子，出身贵族家庭，做过法院的民事执行吏和十二品文官，害着被虐狂。他要么躺在床上，蜷着身子，要么就在房间里从这头走到那头，仿佛在锻炼身体。他很少坐着。他老是怀着一种朦胧的、不明确的担心，因此总是激动、焦躁、紧张。只要前堂传来一丁点儿沙沙声或者院子里有人叫一声，他就抬起头来，竖起耳朵：是不是有人来抓他了？是不是有人在找他？遇到这种时候，他脸上就现出极其不安和憎恶的神情。

　　我喜欢他这张颧骨很高的宽脸，脸色老是苍白而愁苦，像镜子那样映出一个被挣扎和长期的恐惧苦苦折磨着的灵魂。他这种愁眉苦脸是古怪而病态的，可是深刻纯真的痛苦在他脸上刻下来的细纹，却显出智慧和理性，他的眼睛射出热烈而健康的光芒。我也喜欢这个人本身，他殷勤，乐于为人出力，除了对尼基达以外，对一切人都异常体贴。不管谁掉了一个扣子或者一把调羹，他总是连忙从床上跳下来，捡起那件东西。每天早晨他都要向同伴们道早安，临睡也要向他们道晚安。

　　除了他经常保持紧张状态并且露出愁眉苦脸以外，他的疯病还有下面的表现。每到傍晚,有时候他把身上的短小的长袍裹一裹紧,周身发抖,牙齿打战,很快地从房间这头走到那头,在床铺之间穿来穿去。看上去,他仿佛在发高烧。从他忽然站住,瞧一眼同伴的样子看来,他分明想说什么很重要的话,可是大概想到他们不会听他讲,也听不懂他的话,就烦躁地摇摇头,仍旧走来走去。然而不久,说话的欲望就压倒一切顾虑,占了上风,他管不住自己,热烈奔放地讲起来。他的话又乱又急,像是梦呓,前言不搭后语,常常叫人听不懂,不过另一方面,不管在话语里也好,声调里也好,都可以使人听出一种非常优美的东西。他一讲话,您就会在他身上看出他既是疯子,又是正常的人。他那些疯话是很难写到纸上来的。他讲到人的卑鄙,讲到蹂躏真理的暴力,讲到将来终有一天会在地球上出现的灿烂生活,讲到时时刻刻使他想起强暴者的麻木残忍的铁窗格。结果他的话就变成由许多古老的、然而还没过时的歌合成的一首凌乱而不连贯的杂曲了。

二

  大约十二年前或者十五年前,一个姓格罗莫夫的文官住在本城大街上他自己的房子里,这是一个有地位又有家产的人。他有两个儿子,谢尔盖和伊万。谢尔盖在大学读到四年级的时候,得急性肺痨病死了,他的死亡仿佛给忽然降到格罗莫夫家中的一大串灾难开了个头。谢尔盖葬后不出一个星期,老父亲因为伪造文件和挪用公款而送审,不久以后就害伤寒,在监狱医院里去世了。房子连同所有的动产都被拍卖,撇下伊万·德米特里奇和他母亲没法生活了。

  原先在父亲生前,伊万·德米特里奇住在彼得堡,在大学里念书,每月收到六七十个卢布,根本不懂什么叫作穷,现在他却得一下子改变他的生活了。他为了挣几个小钱而不得不一天到晚教家馆,做抄写工作,尽管这样却仍旧要挨饿,因为他把全部收入都寄给母亲维持生活了。伊万·德米特里奇受不了这样的生活;他灰心丧气,身体虚弱,就离开大学,回家来了。在这儿,在这小城里,他托人情在县立学校里谋到一个教员的位子,可是跟同事们处不好，学生也不喜欢他，不久他就辞职了。他母亲去世了。他有六个月没找到工作，光靠面包和水生活，后来做了法院的民事执行吏。他一直干这个差使，后来就因病被辞了。

　　他还在年纪轻轻，做大学生的时候，就从来没有让人觉得是个健康的人。他素来苍白、消瘦，动不动就着凉。他吃得少，睡不酣。他只要喝上一杯葡萄酒，就头晕，发歇斯底里病。他一向喜欢跟人们来往，可是由于他那爱生气的脾气和多疑的性格，他跟什么人都不接近，也没有交到朋友。他总是满心看不起地批评城里人，说是他觉着他们那种浑浑噩噩的愚昧和昏昏沉沉的兽性生活又恶劣又讨厌。他用男高音讲话，响亮，激烈，要么带着愤怒和愤慨的口气，要么带着热衷和惊奇的口气，不过他永远讲得诚恳。不管人家跟他谈什么，他老是把话题归结到一件事上去：在这个城里生活又无聊又烦闷，一般人没有高尚的趣味，过着黯淡而毫无意义的生活，用强暴、粗鄙的放荡、伪善来为这生活添一点儿变化；坏蛋吃得饱，穿得好，正人君子却忍饥受寒；这个社会需要创办学校、立论正直的地方报纸、剧院、公开的演讲、知识力量的团结；必须让这个社会看清楚自己，为自己害怕才成。他批评人们的时候，总是涂上浓重的色彩，只用黑白两色，任何其他的色调都不用。依他看来，人类分成正直的人和坏蛋，中间的人是没有的。提起女人和爱情，他总是讲得热烈而入迷，可是他从没恋爱过一回。

　　在这个城里，尽管他尖刻地批评人，容易冲动，可是大家都喜爱他，背地里总是亲切地叫他万尼亚。他那天生的体贴、乐于帮忙的性情、正派的作风、道德的纯洁，他那又旧又小的礼服、病弱的外貌、家庭的不幸，在人们心中勾起一种美好、热烈、忧郁的感情。再说，他受过很好的教育，念过许多书，照城里人的看法，他无所不知，在这个城里像是一部备人查考的活字典。

　　他看过很多书。他老是坐在俱乐部里，兴奋地扯着稀疏的胡子，翻看杂志和书籍。凭他的脸色看得出来他不是在看书，而是在吞吃那些书页，几乎来不及嚼烂它们。人们必须认为看书是他的一种病态的嗜好，因为不管他碰到什么，哪怕是去年的报纸或者日历，也一概贪婪地抓过来，读下去。他在家里总是躺着看书。

三

有一次，那是秋天的一个早晨，伊万·德米特里奇竖起大衣的领子，蹚着烂泥，穿过后街和小巷，带着一张执行票到一个小市民家里去收钱。他心绪郁闷，每天早晨他总是这样的。在一条小巷里，他遇见两个戴镣铐的犯人，有四个带枪的兵押着他们走。以前伊万·德米特里奇常常遇见犯人，他们每一次都在他心里引起怜悯和别扭的感情，可是这回的相逢却在他心上留下一种特别的奇怪印象。不知什么缘故，他忽然觉得他也可能戴上镣铐，像那样走过泥地，被人押送到监狱里去。他到那个小市民家里去过以后，在回到自己家里去的路上，在邮政局附近碰见一个他认识的警官，那人跟他打招呼，并排顺着大街走了几步，不知什么缘故，他觉得这很可疑。他回到家里，那一整天都没法把那两个犯人和荷枪的兵从脑子里赶出去，一种没法理解的不安心理搅得他没法看书，也没法集中脑力思索什么事。到傍晚他没有在自己屋里点上灯，一晚上也睡不着觉，不住地暗想：他可能被捕，戴上镣铐，送进监牢里去。他知道自己从来没做过什么犯法的事，而且能够担保将来也绝不会杀人，不会放火，不会偷东西。不过，话说回来，偶然在无意中犯下罪，不是很容易吗？而且受人诬陷，最后，还有审判方面的错误，不是也可能发生吗？难怪老百姓的年代久远的经验教导人们：谁也不能保险不讨饭和不坐牢。在眼下这种审判程序下，审判方面的错误很有可能，没有什么可奇怪的。凡是对别人的痛苦有职务上、业务上的关系的人，例如法官、警察、医师等，时候一长，由于习惯的力量，就会变得麻木不仁，即使有心，也不能不采取敷衍了事的态度对待他们的当事人；在这方面，他们跟在后院屠宰牛羊却看不见血的农民没有什么不同。法官既然对人采取敷衍了事、冷酷无情的态度，那么为了剥夺无辜的人的一切公民权，判他苦役刑，就只需要一件东西，那就是时间。只要有时间来完成一些法定手续（法官们正是因此才拿薪水的），就大功告成了。事后，你休想在这个离铁路线有二百俄里远的、肮脏的、糟糕的小城里找到正义和保障！再者，既然社会认为一切暴力都是合理而适当的必要手段，各种仁慈行为，例如宣告无罪的判决，会引起沸沸扬扬的不满和报复情绪，那么，就联想到正义不也可笑吗？

到早晨，伊万·德米特里奇起床，满心害怕，额头冒出冷汗，已经完全相信他随时会被捕了。他想，既然昨天的阴郁思想这么久都不肯离开他，可见其中必是有点道理。的确，那些思想绝不会无缘无故钻进他脑子里来。

有一个警察不慌不忙地走过他的窗口，这可不会没有来由。那儿，在房子附近，有两个人站着不动，也不言语。为什么他们沉默呢？

从此，伊万·德米特里奇一天到晚提心吊胆。凡是路过窗口或者走进院子里来的人，他都觉得是间谍和暗探。中午，县警察局长照例坐着一辆双马马车走过大街，这是他从近郊的庄园坐车到警察局去，可是伊万·德米特里奇每回都觉得他的车子走得太快，而且他的脸上有一种特别的神情：他分明急着要去报告，说城里有一个很重要的犯人。门口有人一拉铃，一敲门，伊万·德米特里奇就打一个冷战，每逢在女房东屋里碰到生客，就坐立不安。他一遇见警察和宪兵就微笑，打呼哨，为了显得满不在乎。他一连好几夜担心被捕而睡不着觉，可又像睡熟的人那样大声打鼾、呼气，好让女房东以为他睡着了。因为，要是他睡不着，那一定是他在受良心的煎熬：这就是了不起的罪证！事实和常识使他相信所有这些恐惧都是荒唐，都是心理作用。要是往大处看，那么被捕也好、监禁也好，其实并没有什么可怕的，只要良心清白就行，可是他越是有理性、有条理地思考，他那内心的不安反而变得越发强烈痛苦。这倒跟一个隐士的故事相仿了：那隐士想在一片密林里给自己开辟一小块空地，他越是辛辛苦苦用斧子砍，树林反而长得越密越盛。到头来，伊万·德米特里奇看出这没有用处，就索性不再考虑，完全听凭绝望和恐惧来折磨自己了。

他开始过隐居的生活，躲开人们。他早先就讨厌他的职务，现在他简直干不下去了。他生怕他会被人蒙骗，上了什么圈套，趁他不防备往他口袋里塞一点儿贿赂，然后揭发他，或者他自己一不小心在公文上出了个错，类似伪造文书，再不然丢了别人的钱。奇怪的是在别的时候他的思想从来没有像现在这样灵活机动，千变万化过，他每天想出成千种不同的理由来认真担忧他的自由和名誉。可是另一方面，他对外界的兴趣，特别是对书的兴趣，却明显地淡薄，他的记性也非常靠不住了。

春天，雪化了，在墓园附近的一条山沟里发现了两个部分腐烂的尸体，一个是老太婆，一个是男孩，都带着因伤致死的痕迹。城里人不谈别的，专门谈这两个死尸和没有查明的凶手。伊万·德米特里奇为了不让人家认为是他杀了人，就在街上走来走去，微微笑着，一遇见熟人，脸色就白一阵红一阵，开始表白说再也没有比杀害弱小和无力自卫的人更卑鄙的罪行了。可是这种作假的行为不久就弄得他厌烦了，他略略想了一阵，就决定处在他的地位，他顶好是躲到女房东的地窖里去。他在地窖里坐了一整天，后来又坐了一夜，和一个白天，实在冷得厉害，挨到天黑就像贼那样悄悄溜回自己的房间里去了。他在房间中央呆站着，一动也不动地听着，直到天亮。大清早，太阳还没出来，就有几个修理炉灶的工人来找女房东。伊万·德米特里奇明明知道这些人是来翻修厨房里的炉灶的，可是恐惧却告诉他说，他们是假扮成修理炉灶工人的警察。他悄悄溜出住所，没穿外衣，没戴帽子，满腔害怕，沿着大街飞跑。狗汪汪叫着在他身后追来，一个农民在他身后什么地方呼喊，风在他耳朵里呼啸，伊万·德米特里奇觉得在他背后，全世界的暴力合成一团，正在追他。

人家拦住他，把他送回家，打发他的女房东去请医师。安德烈·叶菲梅奇（关于他以后还要提到）吩咐在他额头上放个冰袋，要他服一点儿稠樱叶水，忧虑地摇摇头，走了，临行对女房东说，他不再来了，因为人不应该打搅发了疯的人。伊万·德米特里奇在家里没法生活，也得不到医疗，不久就给送到医院里去，安置在花柳病人的病室里。他晚上睡不着觉，任性胡闹，搅扰病人，不久就由安德烈·叶菲梅奇下命令，转送到第六病室去了。

过了一年，城里人已经完全忘掉了伊万·德米特里奇，他的书由女房东堆在一个敞棚底下的一辆雪橇上，给小孩子陆续偷走了。

四

伊万·德米特里奇左边的邻居，我已经说过，是犹太人莫依谢依卡。他右边的邻居是一个农民，胖得臃肿，身材差不多滚圆，脸容痴呆，完全缺乏思想的痕迹。这是一个不动的、贪吃的、不爱干净的动物，早就丧失思想和感觉的能力。他那儿经常冒出一股令人窒息的刺鼻的臭气。

尼基达给他收拾脏东西的时候，总是狠命打他，使足力气，一点儿也不顾惜自己的拳头。可怕的还不是他挨打，这是谁都能习惯的；可怕的倒是这个呆钝的动物挨了拳头，却毫无反应，一声不响，也不动一动，眼睛里没有一点儿表情，光是稍微摇晃几下身子，好比一只沉甸甸的大圆桶。

第六病室里第五个，也就是最后一个病人，是一个小市民，从前做过邮政局的检信员。这是一个矮小的、相当瘦的金发男子，面容善良，可又带点调皮。根据他那对聪明镇静的眼睛闪着明亮快活的光芒来判断，他很有心计，心里有一桩很重大的、愉快的秘密。他在枕头和褥子底下藏着点东西，从来不拿给别人看，倒不是怕人家抢去或者偷走，而是因为不好意思拿出来。有时候他走到窗口，背对着同伴，把一个什么东西戴在胸口上，低下头看它。要是你在这样的时候走到他面前去，他就慌里慌张，赶紧从胸口扯下一个什么东西来。不过要猜破他的秘密，却也不难。

"请您跟我道喜吧，"他常对伊万·德米特里奇说，"我已经由他们呈请授予带星的斯坦尼斯拉夫二等勋章了。带星的二等勋章是只给外国人的，可是不知什么缘故他们愿意为我破例。"他微笑着说，迷惑地耸耸肩膀。"是啊，老实说，我可真没料到！"

"这类事我一点儿也不懂。"伊万·德米特里奇阴郁地声明说。

"可是您知道我早晚还会得着什么勋章吗？"原先的检信员接着说，调皮地眯细眼睛，"我一定会得着瑞典的'北极星'。为了那样的勋章，真值得费点心思呢。那是一个白十字，有一条黑丝带。那是很漂亮的。"

大概别处任什么地方的生活都不及这所厢房里这样单调。早晨，除了瘫子和胖农民以外，病人都到前堂去，在一个大木桶那儿洗脸，用长袍的底襟擦脸。这以后他们就用带把的白铁杯子喝茶,这茶是尼基达从医院主楼拿来的。每人只许喝一杯。中午他们喝酸白菜汤和麦糊,晚上吃中午剩下来的麦糊。空闲的时候,他们就躺着,睡觉,看窗外,从这个墙角走到那个墙角。天天这样。甚至原先的检信员也老是谈他的那些勋章。

第六病室里很难见到新人。医师早已不收疯人了。再者,世界上喜欢访问疯人院的人总是很少的。每过两个月,理发师谢苗·拉扎里奇就到这个厢房里来一趟。至于他怎样给那些疯人理发,尼基达怎样帮他的忙,这个醉醺醺、笑嘻嘻的理发师每次光临的时候病人怎样大乱,我就不愿意再描写了。

除了理发师以外,还从来没有一个人来看一看这个厢房。病人们注定了一天到晚只看见尼基达一个人。

不过近来,医院主楼里却在散布一种相当奇怪的流言。

风传医师开始常到第六病室去了。

五

奇怪的流言!

安德烈·叶菲梅奇·拉京医师从某一点来看是一个与众不同的人。据说他年纪很轻的时候十分信神,准备干教士的行业。一八六三年在中学毕业的时候,他有心进一个宗教学院,可是他父亲,一个内外科的医师,似乎刻薄地挖苦他,干脆声明说,要是他去做教士,就不认他做儿子。这话是真是假,我不知道,不过安德烈·叶菲梅奇不止一回承认他对医学或者一般的专门科学素来不怎么爱好。

不管怎样,总之,他在医科毕业以后,并没出家做教士。他并不显得特别信教,他现在跟初做医师时候一样,不像是宗教界的人。

他的外貌笨重、粗俗,跟农民一样。他的脸相、胡子、平顺的头发、又壮又笨的体格,都叫人联想到大道边上小饭铺里那种吃得挺胖、喝酒太多、脾气很凶的老板。他那严厉的脸上布满细小的青筋,他眼睛小,鼻子红。他身材高,肩膀宽,因而手脚也大,仿佛一拳打出去准能致人死命似的。可是他的脚步轻,走起路来小心谨慎,蹑手蹑脚。要是他在一个窄过道里碰见了谁,他总是先站住让路,说一声"对不起!"而且他那讲话声音,出人意料,并不粗,而是尖细柔和的男高音。他的脖子上长着一个不大的瘤子,使他没法穿浆硬的衣领,因此他老是穿软麻布或者棉布的衬衫。总之,他的装束不像个医生。一套衣服,他一穿就是十年。新的衣服,他通常总是到犹太人的铺子里去买,经他穿在身上以后,就跟旧衣服一样又旧又皱。他看病也好,吃饭也好,拜客也好,总是穿着那套衣服,可是这倒不是因为他吝啬,而是因为对自己的仪表全不在意。

安德烈·叶菲梅奇到这个城里来就职的时候,这个"慈善机构"的情形糟极了。病室里,过道上,医院的院子里,臭得叫人透不过气来。医院的杂役、助理护士和他们的孩子,跟病人一块儿住在病房里。大家抱怨说这地方没法住,因为蟑螂、臭虫、耗子太多。外科病室里丹毒从没绝迹过。整个医院里只有两把外科手术刀,温度计连一个也没有。浴室里存放土豆。总务处长、女管理员、医士,一齐向病人勒索钱财。安德烈·叶菲梅奇的前任是一个老医师,据说似乎私下里卖医院的酒精,还罗致护士和女病人,成立了一个后宫。这些乱七八糟的情形,城里人是十分清楚的,甚至把它说得言过其实,可是大家对待这种现象却满不在乎。有人还辩白说躺在医院里的只有小市民和农民,他们不可能不满意,因为他们家里比医院里还要糟得多。总不能拿松鸡来给他们吃啊!还有人辩白说:没有地方自治局的资助,单靠这个小城本身是没有力量维持一个好医院的,谢天谢地,这个医院即使差一点儿,可是总算有了一个。新成立的地方自治局,在城里也好,在城郊也好,根本没有开办诊疗所,推托说城里已经有医院了。

安德烈·叶菲梅奇视察医院以后,断定这个机构道德败坏,对病人的健康极其有害。依他看来,目前所能做的顶聪明的办法就是把病人放出去,让医院关门。可是他考虑到单是他一个人的意思办不成这件事,况且这样办了也没用,就算把肉体的和精神的污秽从一个地方赶出去,它们也会搬到另外一个地方去。那就只好等它们自己消灭。再说,人们既开办了一个医院,容许它存在下去,可见他们是需要它的。偏见以及日常生活中的种种坏事和丑事都是必要的，因为日子一长，它们就会化为有益的东西，如同粪肥变成黑土一样。人世间没有一种好东西在起源的时候会不沾一点儿肮脏的。

等到安德烈·叶菲梅奇上任办事以后，他对那种乱七八糟的情形分明相当冷淡。他只要求医院的杂役和助理护士不要在病房里过夜，购置了装满两个柜子的外科器械。至于总务处长、女管理员、医士、外科的丹毒等，仍旧维持原状。

安德烈·叶菲梅奇十分喜爱智慧和正直，可是讲到在自己四周建立一种合理而正直的生活，他却缺乏毅力，缺乏信心来维护自己这种权利。下命令、禁止、坚持，他根本办不到。这就仿佛他赌过咒，永远不提高喉咙说话，永远不用命令的口气似的。要他说一句"给我这个"或者"把那个拿来"是很困难的；他要吃东西的时候，总是迟疑地噘一噘喉咙，对厨娘说："给我喝点茶才好……"或者"给我开饭才好"。至于吩咐总务处长别再偷东西，或者赶走他，再不然干脆取消这个不必要的、寄生的职位，他是根本没有力量办到的。安德烈·叶菲梅奇每逢遭到欺骗或者受到奉承，或者看到一份他分明知道是假造的账单送来请他签署的时候，他就把脸涨得跟龙虾一样红，觉着于心有愧，不过还是签了字。每逢病人向他抱怨说他们在挨饿，或者责怪助理护士粗暴，他就发窘，惭愧地嘟哝道：

"好，好，以后我来调查一下……多半这是出了什么误会……"

起初安德烈·叶菲梅奇工作得很勤快。他每天从早晨起到吃午饭的时候止一直给病人看病，动手术，甚至接生。女人们说他工作用心，诊断很灵，特别是妇科病和小儿科病。可是日子一长，因为这工作单调无味而且显然无益，他分明厌烦了。今天接诊三十个病人，到明天一瞧，加到三十五个了，后天又加到四十个，照这样一天天、一年年地干下去，城里的死亡率并没减低，病人仍旧不断地来。从早晨起到吃午饭为止要对四十个门诊病人真正有所帮助，那是体力上办不到的，因此这就不能不成为骗局。一年接诊一万二千个门诊病人，如果简单地想一想，那就等于欺骗了一万二千人。讲到把病重的人送进病房，照科学的规则给他们治病，那也是办不到的，因为规则倒是有，科学却没有。要是他丢开哲学，照别的医生那样一板一眼地依规则办事，那么首先，顶要紧的事情就是消除肮脏，改成干净和通风，取消臭烘烘的酸白菜汤，改成有益健康的营养食品，取消盗贼，改用好的助手。

不过话说回来，既然死亡是每个人正常的、注定的结局，那又何必拦着他死呢？要是一个小商人或者文官多活个五年十载，那又有什么好处呢？要是认为医疗的目的在于借药品减轻痛苦，那就不能不提出一个问题来：为什么要减轻痛苦呢？第一，据说痛苦可以使人达到精神完美的境界；第二，人类要是真学会了用药丸和药水来减轻痛苦，就会完全抛弃宗教和哲学。可是直到现在为止，在这两种东西里，人们不但找到了逃避各种烦恼的保障，甚至找到了幸福。普希金临死受到极大的痛苦，可怜的海涅躺在床上瘫了好几年，那么其余的人，安德烈·叶菲梅奇也好，玛特辽娜·萨维希娜也好，生点病有什么关系？反正他们的生活根本没有什么内容，再要没有痛苦，就会完全空虚，跟阿米巴的生活一样了。

安德列·叶菲梅奇给这类想法压垮，心灰意懒，不再天天到医院里去了。

六

他的生活是这样过的。他照例早晨八点钟起床，穿好衣服，喝茶。然后他在自己的书房里坐下看书，或者到医院里去。那边，在医院里，门诊病人坐在又窄又黑的小过道里等着看病。医院的杂役和助理护士在他们身边跑来跑去，皮靴在砖地上踩得咚咚地响；穿着长袍、形容憔悴的病人也从这儿过路。死尸和装满脏东西的器具也从这儿抬过去。小孩子啼哭，过堂风吹进来。安德列·叶菲梅奇知道这种环境对发烧的、害肺痨的、一般敏感的病人是痛苦的，可是那又有什么办法呢？在候诊室里，他遇见医士谢尔盖·谢尔盖伊奇，那是一个矮胖子，脸蛋儿很肥，洗得干干净净，胡子刮光，态度温和沉稳，穿一身肥大的新衣服，看上去与其说像医士，倒不如说像枢密官。他在城里私人行医，生意做得很大。他打着白领结，自以为此医师精通医术，因为医师不另外私人行医。在候诊室的墙角神龛里放着一个大圣像，面前点着一盏笨重的长明灯，旁边有一个读经台，蒙着白罩子。墙上挂着主教的像、圣山修道院的照片、一圈圈干枯的矢车菊。谢尔盖·谢尔盖伊奇信教，喜欢庄严的仪式。圣像是由他出钱设置的。每到星期日，他指定一个病人在这候诊室里大声念赞美歌。念完以后，谢尔盖·谢尔盖伊奇就亲自拿着手提香炉，摇着它，散出里面的香烟，走遍各病室。

病人很多，可是时间很少，因此诊病工作就只限于简短地问一问病情，发一点儿药品，例如挥发性油膏或者蓖麻油等。安德烈·叶菲梅奇坐在那儿，用拳头支着脸颊，沉思着，随口问话。谢尔盖·谢尔盖伊奇也坐下，搓着手，偶尔插一句嘴。

"我们生病，受穷，"他说，"那是因为我们没有好好地向仁慈的上帝祷告。对了！"

安德烈·叶菲梅奇诊病的时候从来也不动手术。他早已不干这种事，一看见血心里就不愉快地激动起来。每逢他不得不扳开小孩的嘴，看一下喉咙，而小孩哭哭啼啼，极力用小手招架的时候，他耳朵里的闹声就会弄得他头晕，眼睛里涌出眼泪来。他连忙开个药方，摆一摆手，让女人赶快把孩子带走。

在诊病时候，病人的胆怯和前言不搭后语，再加上身边坐着的庄严的谢尔盖·谢尔盖伊奇、墙上的相片、二十多年以来他反反复复问过不知多少次的那些话，不久就弄得他厌烦了。他看过五六个病人以后就走了。他走后，余下的病人由医士接着看下去。

安德烈·叶菲梅奇回到家里，愉快地想到：谢天谢地，他已经很久没有私人行医，现在没有人会来打搅他了，就立刻在书房里桌子旁边坐下，开始看书。他看很多书，老是看得津津有味。他的薪水有一半都用在买书上，他的住处一共有六个房间，其中倒有三个房间堆满了书籍和旧杂志。他最爱看的是历史书和哲学书。医学方面，他却只订了一份《医师》，而且他总是从后面看起。每回看书，他老是一连看好几个钟头，中间不停顿，也不觉着累。他看书不像伊万·德米特里奇过去那样看得又快又急，而是慢慢地看，集中心力，遇到他喜欢的或者不懂的段落常常停一停。书旁边总是放着一小瓶白酒，旁边放一根腌黄瓜或者一个盐渍苹果，不是盛在碟子里，而是干脆放在粗呢桌布上。每过半个钟头，他就倒一杯白酒，慢慢喝下去，眼睛始终没离开书。随后，他不用眼睛去看，光是用手摸到黄瓜，咬下一小截来。

到下午三点钟，他就小心地走到厨房门口，嗽一嗽喉咙说："达留希卡，给我开饭才好……"

吃过一顿烧得很差、不干不净的午饭以后，安德烈·叶菲梅奇就把两条胳膊交叉在胸口上，在房间里走来走去，思索着。钟敲四下，后来敲五下，他始终走来走去思索着。偶尔厨房的门吱吱嘎嘎响起来，达留希卡那张带着睡意的红脸从门里探出来。

"安德烈·叶菲梅奇，到您喝啤酒的时候了吧？"她操心地问。

"没有，还没到时候……"他回答，"我要等一会儿……我要等一会儿……"

照例，到了傍晚，邮政局长米哈依尔·阿韦良内奇来了，他在全城当中是唯一没有惹得安德烈·叶菲梅奇讨厌的人。米哈依尔·阿韦良内奇从前是个很有钱的地主，在骑兵队里当差，后来家道中落，为贫穷所迫，晚年就到邮政部门里做事了。他精神旺盛，相貌健康，白色络腮胡子蓬蓬松松，风度文雅，嗓音响亮而好听。他心眼好，感情重，可是脾气躁。每逢邮政局里有个主顾提出抗议，或者不同意他的话，或者刚要辩理，米哈依尔·阿韦良内奇就涨红脸，周身发抖，用雷鸣般的声调叫道："闭嘴！"因此这个邮政局早就出了名，到这个机关去一趟真要战战兢兢。米哈依尔·阿韦良内奇喜欢而且尊重安德烈·叶菲梅奇，因为他有学问，心灵高尚。可是他对本城的别的居民总是很高傲，仿佛他们是他的部下似的。

"我来了！"他走进安德烈·叶菲梅奇的房间说，"您好，老兄！您恐怕已经讨厌我了吧，对不对？"

"刚好相反，我很高兴，"医师回答说，"我见着您总是很高兴。"

两个朋友在书房里一张长沙发上坐下来，沉默地抽一会儿烟。

"达留希卡，给我们拿点啤酒来才好！"安德烈·叶菲梅奇说。

他们仍旧一句话也不说，把第一瓶酒喝完。医师沉思着，米哈依尔·阿韦良内奇现出畅快活泼的神情，仿佛有什么极其有趣的事要讲一讲似的。谈话总是由医师开头。

"多么可惜啊，"他轻轻地、慢慢地说，摇着头，没有瞧他朋友的脸（他从来不瞧人家的脸）。"真是可惜极了，尊敬的米哈依尔·阿韦良内奇，我们城里简直没有一个人能够聪明而有趣地谈一谈天，他们也不喜欢谈天。这对我们就是很大的苦事了。甚至知识分子也不免于庸俗。我跟您保证，他们的智力水平一点儿也不比下层人高。"

"完全对。我同意。"

"您知道，"医师接着轻声说，音调抑扬顿挫，"在这个世界上，除了人类智慧的最崇高的精神表现以外，一切都是无足轻重而没有趣味的。智慧在人和兽类中间画了一条明显的界线，暗示人类的神圣性，甚至在一定程度上由它代替了实际并不存在的不朽。因此，智慧成为快乐的唯一可能的源泉了。可是在我们四周，我们却看不见，也听不见智慧，这就是说我们的快乐被剥夺了。不错，我们有书，可是这跟活跃的谈话和交际根本不一样。要是您容许我打个不完全恰当的比喻的话，那我就要说，书是音符，谈话才是歌。"

"完全对。"

接着是沉默。达留希卡从厨房里走来，站在门口，用拳头支住下巴，带着茫然的哀伤神情，想听一听。

"唉！"米哈依尔·阿韦良内奇叹口气，"要希望现在的人有脑筋，那可是休想！"

他就叙述过去的生活是多么健康、快乐、有趣，从前俄罗斯的知识分子多么聪明，他们对名誉和友情有多么高尚的看法。借出钱去不要借据。朋友遭了急难而自己不出力帮忙，那是被人看作耻辱的。而且从前的出征、冒险、交锋是什么样子啊！什么样的朋友，什么样的女人！再说高加索，好一个惊人的地区！有一个营长的妻子，是个怪女人，常穿上军官的军服，傍晚骑马到山里去，单身一个人，向导也不带。据说她跟一个山村里的小公爵有点风流韵事。

"圣母啊，母亲啊……"达留希卡叹道。

"那时候我们怎样地喝酒！我们怎样地吃饭啊！那时候有多么激烈的自由主义者！"

安德烈·叶菲梅奇听着，却没听进去。他一边喝啤酒，一边在想什么。

"我常常盼望有些聪明的人，跟他们谈一谈天，"他忽然打断米哈依尔·阿韦良内奇的话说，"我父亲使我受到很好的教育，可是他在六十年代的思想影响下，硬叫我做医生。我觉得当时要是没听从他的话，那我现在一定处在智力活动中心了。我多半做了大学一个系里的教员了。当然，智慧也不是永久的，而是变动无常的，可是您已经知道我为什么对它有偏爱。生活是恼人的牢笼。一个有思想的人到了成年时期，思想意识成熟了，就会不由自主地感到他关在一个无从脱逃的牢笼里面。确实，他从虚无中活到世上来原是由不得自己做主，被偶然的条件促成的……这是为什么呢？他想弄明白自己生活的意义和目的，人家却什么也说不出来，或者跟他说些荒唐话。他敲门，可是门不开。随后死亡来找他，这也是由不得他自己做主的。因此，如同监狱里的人被共同的灾难联系着，聚在一块儿就觉得轻松得多一样，喜欢分析和归纳的人只要凑在一起，说说彼此的骄傲而自由的思想来消磨时间，也就不觉得自己是关在牢笼里了。在这个意义上说来，智慧是没有别的东西可以代替的快乐。"

"完全对。"

安德烈·叶菲梅奇没有瞧朋友的脸，继续轻声讲聪明的人，讲跟他们谈天，他的话常常停顿一下，再往下讲。米哈依尔·阿韦良内奇专心听着，同意说："完全对。"

"您不相信灵魂不朽吗？"邮政局长忽然问。

"不，尊敬的米哈依尔·阿韦良内奇，我不相信，而且也没有理由相信。"

"老实说，我也怀疑。不过我又有一种感觉，好像我永远也不会死似的。我暗自想道，得了吧，老家伙，你也该死了！可是我的灵魂里却有个小小的声音说：'别信这话，你不会死的！'……"

九点钟过后不久，米哈依尔·阿韦良内奇就告辞了。他在前堂穿上皮大衣，叹口气说：

"可是命运把我们送到什么样的穷乡僻壤来了！顶恼人的是我们不得不死在这儿。唉！……"

七

安德烈·叶菲梅奇送走朋友以后，就在桌旁坐下，又开始看书。傍晚的宁静以及后来夜晚的宁静，没有一点儿响声来干扰。时间也仿佛停住，跟医师一块儿呆呆地看书，好像除了书和带绿罩子的灯以外什么也不存在似的。医师那粗俗的、农民样的脸渐渐放光，在人的智慧的活动面前现出感动而入迷的笑容。"啊，为什么人类不会长生不死呢？"他想。为什么人要有脑中枢和脑室？为什么人要有视力、说话能力、自觉能力、天才呢？这些不都是注定了要埋进土里，到头来跟地壳一同冷却，然后在几百万年中间随着地球围绕太阳旋转，既没有意义，也没有目的吗？只为了叫人变凉，然后去旋转，那根本用不着把人以及人的高尚的、近似神的智慧从虚无中拉出来，然后仿佛开玩笑似的再把他变成泥土。

这是新陈代谢！可是用这种代替不朽的东西来安慰自己，这是多么懦弱啊！自然界所发生的这种无意识的变换过程甚至比人的愚蠢还要低劣，因为，不管怎样，愚蠢总还含得有知觉和意志，在那种过程里却什么也没有。只有在死亡面前恐惧多于尊严的懦夫才会安慰自己说：他的尸体迟早会长成青草，长成石头，长成癞蛤蟆的……在新陈代谢中见到不朽是奇怪的，就像一个宝贵的提琴砸碎，没用了以后却预言装提琴的盒子会有灿烂的前途一样。

每逢时钟敲响，安德烈·叶菲梅奇就把身子往圈椅的椅背上一靠，闭上眼睛，为的是思索一会儿。他在刚从书上读到的优美思想的影响下，不由得对他的过去和现在看一眼。过去是可憎的,还是不想为妙。可是现在也跟过去一样。他知道:如今正当他的思想随同凉下去的地球围绕太阳旋转的时候,在那跟医师住宅并排的大房子里,人们却在疾病和肉体方面的污秽中受苦,有的人也许没睡觉,正在跟虫子打仗,有的人正在受着丹毒的传染,或者因为绷带扎得太紧而呻吟。也许病人在跟助理护士打牌,喝酒。每年有一万二千个人受到欺骗,全部医院工作跟二十年前一样,建立在偷窃、污秽、毁谤、徇私上面,建立在草率的庸医骗术上面。医院仍旧是个不道德的机构,对病人的健康极为有害。他知道尼基达在那安着铁窗子的第六病室里殴打病人,也知道莫依谢依卡每天到城里走来走去讨饭。

另一方面,他也很清楚地知道:在最近二十五年当中医学起了神话样的变化。当初他在大学念书的时候,觉着医学不久就会遭到炼金术和玄学同样的命运。可是如今每逢他晚上看书,医学却感动他,引得他惊奇,甚至入迷。真的,多么意想不到的辉煌,什么样的革命啊!由于有了防腐方法,伟大的皮罗戈夫认为就连 in spe 都不能做的手术,现在也能做了。普通的地方自治局医师都敢于做截除膝关节的手术。一百例腹腔切开术当中只有一例造成死亡。讲到结石病,那已经被人看作小事,甚至没人为它写文章了,梅毒已经能够根本治疗。另外还有遗传学说、催眠术、巴斯德与科赫的发现、以统计做基础的卫生学,还有我们俄罗斯的地方自治局医师的工作!精神病学以及现代的精神病分类法、诊断法和医疗法,跟过去相比,成了十足的厄尔布鲁士。现在不再往疯子的头上泼冷水,也不再给他们穿紧身衣了,人们用人道态度对待疯子,据报纸上说甚至为他们开舞会,演剧了。安德烈·叶菲梅奇知道,就现代的眼光和水平来看,像第六病室这样糟糕的东西也许只在离铁路线两百俄里远的小城中才会出现,在那样的小城里市长和所有的市议员都是半文盲的小市民,把医生看作术士,即使医生要把烧熔的锡灌进他们的嘴里去,也得相信他,不加一点儿批评,换了在别的地方,社会人士和报纸早就把这个小小的巴士底捣得稀烂了。

"可是这又怎么样呢?"安德烈·叶菲梅奇睁开眼睛,问自己,"由此能得出什么结论来呢?有防腐方法也罢,有科赫也罢,有巴斯德也罢,可是事情的实质却一点儿也没有改变。患病率和死亡率仍旧一样。他们给疯子开舞会、演戏，可是仍旧不准疯子自由行动。可见这都是胡扯和瞎忙，最好的维也纳医院和我的医院实际上并没有什么差别。"

然而悲哀和一种近似嫉妒的感觉却不容他漠不关心。这大概是由于疲劳的缘故吧。他那沉甸甸的头向书本垂下去，他就用两只手托住脸，使它舒服一点儿，暗想道：

"我在做有害的事。我从人们手里领了薪水，却欺骗他们。我不正直。不过，话要说回来，我自己是无能为力的，我只是一种不可避免的社会罪恶的一小部分，所有县里的文官都有害，都白拿薪水……可见我的不正直不能怪我，要怪时代……我要是生在二百年以后，就会成为另一个人了。"

等到时钟敲了三下，他就吹熄灯，走进寝室。他并没有睡意。

八

两年前，地方自治局表示慷慨，议决每年拨出三百卢布作为补助金，供城中医院作扩充医务人员用，直到将来地方自治局的医院开办为止。县医师叶夫根尼·费奥多雷奇·霍博托夫也应邀进城来协助安德烈·叶菲梅奇。这个人还很年轻，甚至没到三十岁。他身量高，头发黑，颧骨高，眼睛小。他的祖先多半是异族人。他来到本城的时候，一个钱也没有，只有一个又小又破的手提箱，还带着一个难看的年轻女人，他管她叫厨娘。这女人有个要喂奶的孩子。叶夫根尼·费奥多雷奇平时脚穿高统皮靴，戴一顶硬帽檐的大檐帽，冬天穿一件短羊皮袄。他跟医士谢尔盖·谢尔盖伊奇和会计主任交成了好朋友，可是不知什么缘故却把别的职员叫作贵族，而且躲着他们。他的整个住宅里只有一本书——《一八八一年维也纳医院最新处方》。他去看病人，总要随身带着这本小书。一到傍晚他就到俱乐部去打台球，他不喜欢打牌。他在谈话中很喜欢用这类字眼："无聊之至""废话连篇""故布疑阵"，等等。

他每个星期到医院里来两次，查病房，看门诊。医院里完全不用消毒方法，放血用拔血罐，这些都使他愤慨，可是他也没有运用新方法，怕的是这样会得罪安德烈·叶菲梅奇。他把他的同行安德烈·叶菲梅奇看作老滑头，疑心他有很多的钱，私下里嫉妒他。他恨不得占据到他的职位才好。

九

那是春天，三月底，地上已经没有积雪，椋鸟在医院的花园里啼叫了。一天黄昏，医师送他的朋友邮政局长走到大门口。正巧这当儿犹太人莫依谢依卡带着战利品回来，走进院子里。他没戴帽子，一双光脚上套着低勒雨鞋，手里拿着一小包人家施舍的东西。

"给我一个小钱！"他对医师说，微微笑着，冷得直哆嗦。

安德烈·叶菲梅奇素来不肯回绝别人的要求，就给他一个十戈比的银币。

"这多么糟，"他瞧着犹太人的光脚和又红又瘦的足踝，暗想，"瞧，脚都湿了。"

这在他心里激起一种又像是怜悯又像是厌恶的感情，他就跟在犹太人的身后，时而看一看他的秃顶，时而看一看他的足踝，走进了那幢厢房。医师一进去，尼基达就从那堆破烂东西上跳下来，立正行礼。

"你好，尼基达，"安德烈·叶菲梅奇温和地说，"发一双靴子给那个犹太人穿才好，不然他就要着凉了。"

"是，老爷。我去报告总务处长。"

"劳驾。你用我的名义请求他好了。就说是我请他这么办的。"

从前堂通到病室的门敞开着。伊万·德米特里奇躺在床上，用胳膊支起身子，惊慌地听着不熟悉的声音，忽然认出了来人是医师。他气得周身发抖，从床上跳下来，脸色气愤、发红，眼睛暴出来，跑到病室中央。

"大夫来了！"他喊一声，哈哈大笑。"到底来了！诸位先生，我给你们道喜。大夫赏光，到我们这儿来了！该死的败类！"他尖声叫着，带着以前病室里从没见过的暴怒，跺一下脚，"打死这个败类！不，打死还嫌便宜了他！把他淹死在粪坑里！"

安德烈·叶菲梅奇听见这话，就从前堂探进头去，向病室里看，温和地问道：

"这是为什么？"

"为什么？"伊万·德米特里奇嚷道，带着威胁的神情走到他面前，急忙把身上的长袍裹紧一点儿。"为什么？你是贼！"他带着憎恶的神情说，努起嘴唇像要啐出一口痰去，"骗子！刽子手！"

"请您消一消气，"安德烈·叶菲梅奇说，抱愧地微笑着，"我跟您担保我从没偷过什么东西；至于别的话，您大概说得大大地过火了。我看得出来您在生我的气。我求您，消一消气，要是可能的话，请您冷静地告诉我：您为什么生气？"

"那么您为什么把我关在这儿？"

"因为您有病。"

"不错，我有病。可是要知道，成十成百的疯子都逍遥自在地走来走去，因为您糊涂得分不清疯子跟健康的人。那么，为什么我跟这些不幸的人必得像替罪羊似的替大家关在这儿？您、医士、总务处长、所有你们这医院里的混蛋，在道德方面不知比我们每个人要低下多少，那为什么关在这儿的是我们而不是你们？道理在哪儿？"

"这跟道德和道理全不相干。一切都要看机会。谁要是关在这儿，谁就只好待在这儿。谁要是没关起来，谁就可以走来走去，就是这么回事。至于我是医生，您是精神病人，这是既说不上道德，也讲不出道理来的，只不过是刚好机会凑巧罢了。"

"这种废话我不懂……"伊万·德米特里奇用闷闷的声调说，在自己床上坐下来。

尼基达不敢当着医师的面搜莫依谢依卡。莫依谢依卡就把一块块面包、纸片、小骨头摊在他自己的床上。他仍旧冻得打哆嗦，用犹太话讲起来，声音像唱歌，说得很急。他多半幻想自己在开铺子了。

"放我出去吧。"伊万·德米特里奇说，他的嗓音发颤。

"我办不到。"

"可是为什么？为什么呢？"

"因为这不是我能决定的。请您想想看,就算我放您出去了,那于您又有什么好处呢?您出去试试看。城里人或者警察会抓住您,送回来的。"

"不错,不错,这倒是实话……"伊万·德米特里奇说,用手心擦着脑门儿,"这真可怕!可是我该怎么办呢?怎么办呢?"

安德烈·叶菲梅奇喜欢伊万·德米特里奇的声调、他那年轻聪明的容貌和那种愁苦的脸相。他有心对这年轻人亲热点,安慰他一下。他就在床边挨着他坐下,想了一想,开口说:

"您问我该怎么办。处在您的地位,顶好是从这儿逃出去,然而可惜,这没用处。您会被人捉住。社会在防范罪人、精神病人和一般不稳当的人的时候,总是不肯善罢甘休的。剩下来您就只有一件事可做,那就是心平气和地认定您待在这个地方是不可避免的。"

"这是对任何什么人都没有必要的。"

"只要有监狱和疯人院,那就总得有人关在里面才成。不是您,就是我。不是我,就是另外一个人。您等着吧,到遥远的未来,监狱和疯人院绝迹的时候,也就不会再有窗上的铁格,不会再有这种长袍了。当然,那个时代是早晚要来的。"

伊万·德米特里奇冷笑。

"您说起笑话来了,"他说,眯细了眼睛,"像您和您的助手尼基达之流的老爷们跟未来是一点儿关系也没有的。不过您放心就是,先生,美好的时代总要来的!让我用俗话来表一表我的看法,您要笑就尽管笑好了:新生活的黎明会放光,真理会胜利,那时候节日会来到我们街上!我是等不到那一天了,我会死掉,不过总有别人的曾孙会等到的。我用我整个灵魂向他们欢呼,我高兴,为他们高兴!前进啊!求主保佑你们,朋友们!"

伊万·德米特里奇闪着亮晶晶的眼睛站起来,向窗子那边伸出手去,继续用激动的声调说:

"我从这铁格窗里祝福你们!真理万岁!我高兴啊!"

"我看不出有什么特殊的理由要高兴,"安德烈·叶菲梅奇说,他觉得伊万·德米特里奇的举动像是演戏,不过他也还是很喜欢,"将来,监狱和疯人院都不会有，真理会像您所说的那样胜利，不过要知道，事物的本质不会变化，自然界的规律也仍旧一样。人们还是会像现在这样害病、衰老、死掉。不管将来会有多么壮丽的黎明照亮您的生活，可是您到头来还是会躺进棺材，钉上钉子，扔到墓穴里去。"

"那么，长生不死呢？"

"唉，算了吧！"

"您不相信，可是我呢，却相信。不知是在陀思妥耶夫斯基还是伏尔泰的一本书里，有一个人物说：要是没有上帝，人就得臆造出一个来。我深深地相信：要是没有长生不死，伟大的人类智慧早晚也会把它发明出来。"

"说得好，"安德烈·叶菲梅奇说，愉快地微笑着，"您有信心，这是好事。人有了这样的信心，哪怕幽禁在四堵墙当中，也能生活得很快乐。您以前大概在哪儿念过书吧？"

"对了，我在大学里念过书，可是没有毕业。"

"您是个有思想、爱思考的人。在随便什么环境里，您都能保持内心的平静。那种极力要理解生活的、自由而深刻的思索，那种对人间无谓纷扰的十足蔑视，这是两种幸福，比这更高的幸福人类还从来没有领略过。您哪怕生活在三道铁栅栏里，却仍旧能够享受这种幸福。第奥根尼住在一个桶子里，可是他比世界上所有的皇帝都幸福。"

"您那个第奥根尼是傻瓜，"伊万·德米特里奇阴郁地说，"您干吗跟我提什么第奥根尼，说什么理解生活？"他忽然生气了，跳起来叫道。"我爱生活，热烈地爱生活！我害被虐狂，心里经常有一种痛苦的恐惧。不过有时候我充满生活的渴望，一到那种时候我就害怕自己会发疯。我非常想生活，非常想！"

他激动得在病室里走来走去，然后压低了嗓音说：

"每逢我幻想起来，我脑子里就生出种种幻觉。有些人走到我跟前来了，我听见说话声和音乐声了，我觉得我好像在一个树林里漫步，或者沿海边走着，我那么热烈地渴望着纷扰，渴望着奔忙……那么，请您告诉我，有什么新闻吗？"伊万·德米特里奇问，"外头怎么样了？"

"您想知道城里的情形呢,还是一般的情形?"

"哦,先跟我讲一讲城里的情形,再讲一般的情形吧。"

"好吧。城里乏味得难受……你找不着一个人来谈天,也找不着一个人可以让你听他谈话。至于新人是没有的。不过最后倒是来了一个姓霍博托夫的年轻医师。"

"居然在我还活着的时候就有人来了。他是怎么样的一个人,粗俗吗?"

"对了,他不是一个有教养的人。您知道,说来奇怪……凭各种征象看来,我们的大城里并没有智力停滞的情形,那儿挺活跃,可见那边一定有真正的人,可是不知什么缘故,每回他们派到我们这儿来的都是些看不上眼的人。这真是个不幸的城!"

"是的,这是个不幸的城!"伊万·德米特里奇叹道,他笑起来,"那么一般的情形怎么样?人家在报纸和杂志上写了些什么文章?"

病室里已经暗下来了。医师站起来,立在那儿,开始叙述国内外发表了些什么文章,现在出现了什么样的思想潮流。伊万·德米特里奇专心听着,提出些问题,可是忽然间,仿佛想起什么可怕的事,抱住头,在床上躺下,背对着医师。

"您怎么了?"安德烈·叶菲梅奇问。

"您休想再听见我说一个字!"伊万·德米特里奇粗鲁地说,"躲开我!"

"这是为什么?"

"我跟您说:躲开我!干吗一股劲儿地追问?"

安德烈·叶菲梅奇耸一耸肩膀,叹口气,出去了。他走过前堂的时候说:

"把这儿打扫一下才好,尼基达……气味难闻得很!"

"是,老爷。"

"这个年轻人多么招人喜欢!"安德烈·叶菲梅奇一面走回自己的寓所,一面想,"从我在此地住下起,这些年来他好像还是我所遇见的第一个能够谈一谈的人。他善于思考,他所关心的也正是应该关心的事。"

这以后,他看书也好,后来上床睡觉也好,总是想着伊万·德米特里奇。第二天早晨他一醒，就想起昨天他认识了一个头脑聪明、很有趣味的人，决定一有机会就再去看他一趟。

+

伊万·德米特里奇仍旧照昨天那种姿势躺着，双手抱住头，腿缩起来。他的脸却看不见。

"您好，我的朋友，"安德烈·叶菲梅奇说，"您没有睡着吧？"

"第一，我不是您的朋友；"伊万·德米特里奇把嘴埋在枕头里说，"第二，您白忙了，您休想再听见我说一个字。"

"奇怪……"安德烈·叶菲梅奇狼狈地嘟哝着，"昨天我们谈得挺和气，可是忽然间不知什么缘故，您怄气了，一下子什么也不肯谈了……大概总是我说了什么不得体的话，再不然也许说了些不合您的信念的想法……"

"是啊，居然要我来相信您的话！"伊万·德米特里奇说，欠起身来，带着讥讽和惊慌的神情瞧着医师，他的眼睛发红，"您尽可以上别处去侦察，探访，可是您在这儿没什么事可做。我昨天就已经明白您为什么上这儿来了。"

"古怪的想法！"医师笑着说，"那么您当我是密探吗？"

"对了，我就是这么想的……密探也好，大夫也好，反正是奉命来探访我的，这总归是一样。"

"唉，真的，原谅我说句实话，您可真是个……怪人啊！"

医师在床旁边一张凳子上坐下，不以为然地摇摇头。

"不过，姑且假定您的话不错吧，"他说，"就算我在阴险地套出您的什么话来，好把您告到警察局去。于是您被捕，然后受审。可是您在法庭上和监狱里难道会比待在这儿更糟吗？就算您被判终身流放，甚至服苦役刑，难道这会比关在这个厢房里还要糟吗？我觉得那也不见得更糟……那么您有什么可怕的呢？"

这些话分明对伊万·德米特里奇起了作用。他安心地坐下了。

这是下午四点多钟，在这种时候安德烈·叶菲梅奇通常总是在自己家中各房间里走来走去，达留希卡问他到了喝啤酒的时候没有。外面没有风，天气晴朗。

"我吃完饭出来溜达溜达，顺便走进来看看您，正像您看到的那样，"医师说，"外面完全是春天了。"

"现在是几月？三月吗？"伊万·德米特里奇问。

"是的，三月尾。"

"外面很烂吗？"

"不，不很烂。花园里已经有路可走了。"

"眼下要是能坐上一辆四轮马车到城外什么地方去走一趟，倒挺不错，"伊万·德米特里奇说，揉揉他的红眼睛，好像半睡半醒似的，"然后回到家里，走进一个温暖舒适的书房……请一位好大夫来治一治头痛……我已经好久没有照普通人那样生活过了。这儿糟透了！糟得叫人受不了！"

经过昨天的兴奋以后，他累了，无精打采，讲话不大起劲。他的手指头发抖，从他的脸相看得出他头痛得厉害。

"温暖舒适的书房跟这个病室并没有什么差别，"安德烈·叶菲梅奇说，"人的恬静和满足并不在人的外部，而在人的内心。"

"您这话是什么意思？"

"普通人从身外之物，那就是说从马车和书房，寻求好的或者坏的东西，可是有思想的人却在自己内心寻找那些东西。"

"请您到希腊去宣传那种哲学吧。那边天气暖和，空中满是酸橙的香气，这儿的气候却跟这种哲学配不上。我跟谁谈起第奥根尼来着？大概就是跟您吧？"

"对了，昨天跟我谈过。"

"第奥根尼用不着书房或者温暖的住处，那边没有这些东西也已经够热了。只要睡在桶子里，吃吃橙子和橄榄就成了。可是如果他有机会到俄罗斯来生活，那他慢说在十二月，就是在五月里也会要求住到屋里去。他准会冻得缩成一团呢。"

"不然。寒冷如同一般说来任何一种痛苦一样，人能够全不觉得。马可·奥勒留说：'痛苦是一种生动的痛苦概念：运用意志的力量改变这个概念，丢开它，不再诉苦，痛苦就会消灭了。'这话说得中肯。大圣大贤，或者只要是有思想、爱思索的人，他们之所以与众不同就在于蔑视痛苦，他们永远心满意足，对任何事都不感到惊讶。"

"那么我就是呆子了，因为我痛苦、不满足，对人的卑劣感到惊讶。"

"您这话说错了。只要您多想一想，您就会明白那些搅得我们心思不定的外在事物都是多么渺小。人得努力理解生活，真正的幸福就在这儿。"

"理解……"伊万·德米特里奇说，皱起眉头。"什么外在、内在的……对不起，我实在不懂。我只知道，"他说，站起来，怒气冲冲地瞧着医师，"我只知道上帝是用热血和神经把我创造出来的，对了，先生！人的机体组织如果是有生命的，对一切刺激就一定有反应。我就有反应！受到痛苦，我就用喊叫和泪水来回答；遇到卑鄙，我就愤慨；看见肮脏，我就憎恶。依我看来，说实在的，只有这才叫作生活。这个有机体越低下，它的敏感程度也越差，对刺激的反应也就越弱。机体越高级，也就越敏感，对现实的反应也就越有力。这点道理您怎么会不懂？您是医师，却不懂这些小事！为何要蔑视痛苦，永远知足，对任何什么事也不感到惊讶，人得先落到这种地步才成。"伊万·德米特里奇就指了指肥胖的、满身是脂肪的农民说，"要不然，人就得在苦难中把自己磨炼得麻木不仁，对苦难失去一切感觉，换句话说，也就是停止生活才成。对不起，我不是大圣大贤，也不是哲学家，"伊万·德米特里奇愤愤地接着说，"那些道理我一点儿也不懂。我也不善于讲道理。"

"刚好相反，您讲起道理来很出色。"

"您模仿的斯多葛派，是些了不起的人，可是他们的学说远在两千年前就已经停滞不前，一步也没向前迈进，将来也不会前进，因为那种学说不切实际，不合生活。那种学说只在那些终生终世致力于研究和赏玩各种学说的少数人当中才会得到成功，可是大多数人都不懂。任何鼓吹对富裕冷淡、对生活的舒适冷淡、对痛苦和死亡加以蔑视的学说，对绝大部分人来说是完全没法理解的，因为这大部分人从来也没有享受过富裕，也从没享受过生活的舒适。对他们来说，蔑视痛苦就等于蔑视生活本身，因为人的全部实质就是由饥饿、寒冷、委屈、损失等感觉以及哈姆莱特式的怕死感觉构成的。全部生活不外乎这些感觉。人也许会觉得生活苦恼，也许会痛恨这种生活，可是绝不会蔑视它。对了，所以，我要再说一遍：斯多葛派的学说绝不会有前途。从开天辟地起一直到今天，您看得明白，不断进展着的是奋斗、对痛苦的敏感、对刺激的反应能力……"

伊万·德米特里奇忽然失去思路，停住口，烦躁地揉着额头。

"我本来想说一句重要的话，可是我的思路断了，"他说，"我刚才说什么来着？哦，对了！我想说的是这个：有一个斯多葛派为了给亲人赎身，就自己卖身做了奴隶。那么，您看，这意思是说，就连斯多葛派对刺激也是有反应的，因为人要做出这种舍己救人的慷慨行为，就得有一个能够同情和愤慨的灵魂才成。眼下，我关在这个监狱里，已经把以前所学的东西忘光了，要不然我还能想起一点别儿的事情。拿基督来说，怎么样呢？基督对现实生活的反应是哭泣、微笑、忧愁、生气，甚至难过。他并没有带着微笑去迎接痛苦，他也没有蔑视死亡，而是在客西马尼花园里祷告，求这杯子离开他。"

伊万·德米特里奇笑起来，坐下去。

"就算人的安宁和满足不在外界，而在自己的内心，"他说，"就算忍得蔑视痛苦，对任什么事也不感到惊讶。可是您到底根据什么理由鼓吹这些呢？您是圣贤？是哲学家？"

"不，我不是哲学家，不过人人都应当鼓吹这道理，因为这是入情入理的。"

"不，我要知道您凭什么自以为有资格谈理解生活，谈蔑视痛苦等？难道您以前受过苦？您懂得什么叫作痛苦？容我问一句，您小时候挨过打吗？"

"没有，我的父母是厌恶体罚的。"

"我父亲却死命地打过我。我父亲是个很凶的、害痔疮的文官，鼻子挺长，脖子发黄。不过，我们还是来谈您。您有生以来从没被人用手指头碰过一下，谁也没有吓过您，打过您，您结实得跟牛一样。您在您父亲的翅膀底下长大成人，用他的钱求学，后来一下子就谋到了这个俸禄很高而又清闲的差使。您有二十多年一直住着不花钱的房子，有炉子，有灯火，有仆人，同时您有权利爱怎么干就怎么干，爱干多少就干多少，哪怕不做一点儿事也不要紧。您本性是一个疲沓的懒汉，因此您把您的生活极力安排得不让任何什么事来打搅您，不让任何什么事来惊动您，免得您动一动。您把工作交给医士跟别的坏蛋去办。您自己呢，找个温暖而又清静的地方坐着，攒钱，看书，为了消遣而思索各种高尚的无聊问题，而且，"说到这儿，伊万·德米特里奇看着医师的红鼻子，"喝酒。总之，您并没见识过生活，完全不了解它，对现实只有理论上的认识。至于您蔑视痛苦，对任什么事都不感到惊讶，那完全是出于一种很简单的理由。什么四大皆空啦，外界和内部啦，把生活、痛苦、死亡看得全不在意啦，理解生活啦、真正的幸福啦，这都是最适合俄罗斯懒汉的哲学。比方说，您看见一个农民在打他的妻子。何必出头打抱不平呢？让他去打好了，反正他俩早晚都要死的。况且打人的人在打人这件事上所侮辱的倒不是挨打的人，而是他自己。酗酒是愚蠢而又不像样子的，可是喝酒的结果也是死，不喝酒的结果也是死。一个农妇来找您，她牙痛……哼，那有什么要紧？痛苦只不过是痛苦的概念罢了。再说，人生在世免不了灾病，大家都要死的，因此，娘儿们，去你的吧，别妨碍我思索和喝酒。一个青年来请教：他该怎样做，怎样生活才对。换了别人，在答话以前总要好好想一想，可是您的回答却是现成的：努力去理解啊，或者努力去追求真正的幸福啊。可是那个荒唐的'真正的幸福'究竟是什么东西呢？当然，回答是没有的。在这儿，我们关在铁格子里面，长期幽禁，受尽折磨，可是这很好，合情合理，因为这个病室跟温暖舒适的书房之间根本没有什么分别。好方便的哲学：不用做事而良心清清白白，并且觉着自己是大圣大贤……不行，先生，这不是哲学，不是思想，也不是眼界开阔，而是懒惰，托钵僧作风，浑浑噩噩的麻木……对了！"伊万·德米特里奇又生气了，"您蔑视痛苦，可是如果用房门把您的手指头夹一下，您恐怕就要扯着嗓门儿大叫起来了！"

"可是也许我并不叫呢。"安德烈·叶菲梅奇说，温和地笑笑。

"对，当然！瞧着吧，要是您一下子中了风，或者假定有个傻瓜和蛮横的家伙利用他自己的地位和官品当众侮辱您一场，而且您知道他侮辱了您仍旧可以逍遥法外，哼，到那时候您才会明白您叫别人去理解和寻求真正的幸福是怎么回事了。"

"这话很有独到之处，"安德烈·叶菲梅奇说，愉快地笑起来，搓着手，"您那种对于概括的爱好使我感到愉快的震动。多承您刚才把我的性格勾勒一番，简直精彩得很。我得承认，跟您谈话使我得到很大的乐趣。好，我已经听完您的话，现在要请您费心听我说一说了……"

十一

这次谈话接下去又进行了一个多钟头，分明给安德烈·叶菲梅奇留下了深刻的印象。从此他天天到这个厢房里来。他早晨去，吃过午饭后也去，到了天近黄昏，他往往仍旧在跟伊万·德米特里奇交谈。起初伊万·德米特里奇见着他还有点拘束，疑惑他存心不良，就公开表示自己的敌意，可是后来他跟他处熟了，他那声色俱厉的态度就换成了鄙夷讥诮的态度。

不久医院里传遍一种流言，说是安德烈·叶菲梅奇医师开始常到第六病室去了。谢尔盖·谢尔盖伊奇也好，尼基达也好，助理护士也好，谁都不明白他为什么到那儿去，为什么在那儿一连坐上好几个钟头，到底谈了些什么，为什么不开药方。他的行动显得古怪。米哈依尔·阿韦良内奇常常发现他不在家，这在过去是从来没有过的事。达留希卡也很心慌，因为现在医师不按一定的时候喝啤酒，有时候连吃饭都耽误了。

有一天，那已经是在六月末尾，霍博托夫医师去看望安德烈·叶菲梅奇，商量点事。他发现医师没有在家，就到院子里去找他。在那儿有人告诉他，说老医师到精神病人那儿去了。霍博托夫走进厢房，在前堂里站住，听见下面的谈话：

"我们永远也谈不拢，您休想叫我改信您那种信仰，"伊万·德米特里奇愤愤地说，"您完全不熟悉现实，您从来没有受过苦，反而像蚂蟥那样靠别人的痛苦生活着，我呢，从生下来那天起直到今天却一直不断地受苦。

因此我老实对您说，我认为在各方面我都比您高明，比您有资格。您不配教导我。"

"我根本没有存心叫您改信我的信仰，"安德烈·叶菲梅奇低声说，惋惜对方不肯了解他的心意，"问题不在这儿，我的朋友。问题不在于您受过苦而我没受过。痛苦和欢乐都是暂时的，我们不谈这些，不去管它吧。问题在于您跟我都在思考，我们看出彼此都是善于思考和推理的人，那么不管我们的见解多么不同，这却把我们联系起来了。我的朋友，要是您知道我是多么厌恶那种普遍存在的狂妄、平庸、愚钝，而我每次跟您谈话的时候是多么高兴就好了！您是有头脑的人，我觉得跟您相处很快活。"

霍博托夫推开一点儿门缝，往病室里看了一眼。戴着睡帽的伊万·德米特里奇跟安德烈·叶菲梅奇医师并排坐在床上。疯子愁眉苦脸，打哆嗦，颤巍巍地裹紧身上的长袍。医师一动不动地坐在那儿，头低垂着，脸色发红，显得凄苦而悲伤。霍博托夫耸一耸肩膀，冷笑一声，跟尼基达互相看一眼。尼基达也耸一耸肩膀。

第二天霍博托夫跟医士一块儿到厢房里来。两个人站在前堂里偷听。

"咱们的老大爷似乎完全疯了！"霍博托夫走出厢房时候说。

"主啊，饶恕我们这些罪人吧！"庄重的谢尔盖·谢尔盖伊奇叹道，小心的绕过泥塘，免得弄脏他那双擦得很亮的靴子，"老实说，尊敬的叶夫根尼·费奥多雷奇，我早就料到会出这样的事了！"

十二

这以后，安德烈·叶菲梅奇开始发觉四周有一种神秘的空气。杂役、助理护士、病人，一碰见他就追根究底地瞧他，然后交头接耳地说话。往常他总是喜欢在医院花园里碰见总务处长的女儿玛霞小姑娘。可是现在每逢他带着笑容向她跟前走过去，想摩挲一下她的小脑袋，不知因为什么缘故她却躲开他，跑掉了。邮政局长米哈依尔·阿韦良内奇听他讲话，也不再说"完全对"，却莫名其妙地慌张起来，含糊地说："是啊，是啊，是啊……"而且带着悲伤的、深思的神情瞧他。不知什么缘故，他开始劝他的朋友戒掉白酒和啤酒，不过他是一个有礼貌的人，在劝的时候并不直截了当地说，只是用了种种暗示，先对他讲起一个营长，那是一个极好的人，然后谈到团里的神甫，也是一个很好的人，他俩怎样贪酒，害了病，可是戒掉酒以后，病就完全好了。安德烈·叶菲梅奇的同事霍博托夫来看过他两三回，也劝他戒酒，而且无缘无故地劝他服用溴化钾。

八月里安德列·叶菲梅奇收到市长一封信，说是有很要紧的事情请他去谈一谈。安德烈·叶菲梅奇按照约定的时间到了市政厅，发现在座的有军事长官、政府委派的县立学校的校长、市参议员、霍博托夫，还有一位胖胖的、头发金黄的先生，经过介绍，原来是一位医师。这位医师姓一个很难上口的波兰姓，住在离城三十俄里远的一个养马场上，现在凑巧路过这个城。

"这儿有一份申请关系到您的工作部门，"等到大家互相招呼过，围着桌子坐下来以后，市参议员对安德烈·叶菲梅奇说，"叶夫根尼·费奥多雷奇刚才在这儿对我们说起医院主楼里的药房太窄了，应当把它搬到一个厢房里去。这当然没有问题，要搬也可以搬，可是主要问题在于厢房需要修理了。"

"对了，不修理不行了，"安德烈·叶菲梅奇想了一想，说，"比方说，要是把院子角上那个厢房布置出来，改作药房的话，我想至少要用五百卢布。这是一笔不生产的开支。"

大家沉默了一会儿。

"十年前我已经呈报过，"安德烈·叶菲梅奇低声说下去，"照现在的形式存在着的这个医院对这个城市来说，是一种超过了它负担能力的奢侈品。这个医院是在40年代建起来的，不过那时候的经费跟现在不同。这个城市在不必要的建筑和多余的职位方面花的钱太多了。我想，换一个办法就可以用同样多的钱来维持两个模范的医院。"

"好，那您就提出另外一个办法吧！"市参议员活跃地说。

"我已经向您呈请过把医疗部门移交地方自治局管理。"

"对，您要是把钱移交地方自治局，他们就会把它贪污了事。"头发金黄的医师笑着说。

"这是照例如此的。"市参议员同意道，也笑了。

安德烈·叶菲梅奇用无精打采、暗淡无光的眼睛瞧着金黄头发的医师说：

"我们得公道才对。"

他们又沉默了一会儿。茶端上来了。不知什么缘故，军事长官很窘，就隔着桌子碰了碰安德烈·叶菲梅奇的手说：

"您完全把我们忘了，大夫。不过，您是个修士：您既不打牌，也不喜欢女人。您跟我们这班人来往一定觉着没意思。"

大家谈起一个正派人住在这个城里多么无聊。没有剧院，没有音乐，俱乐部最近开过一次跳舞晚会，女人倒来了二十个上下，男舞伴却只有两个。青年男子不跳舞，却一直聚在小卖部附近，或者打牌。安德烈·叶菲梅奇没有抬起眼睛瞧任何人，低声慢慢讲起来，说到城里人把他们生命的精力、他们的心灵和智慧，都耗费在打牌和造谣上，不善于，也不愿意，把时间用在有趣的谈话和读书方面，不肯享受智慧所提供的快乐，这真是可惜，可惜极了。只有智慧才有趣味，才值得注意，至于别的一切东西，那都是卑贱而渺小的。霍博托夫专心地听他的同事讲话，忽然问道：

"安德烈·叶菲梅奇，今天是几月几号？"

霍博托夫听到回答以后，就和金黄头发的医师用一种连自己也觉得不高明的主考人的口气开始盘问安德烈·叶菲梅奇今天是星期几，一年当中有多少天，第六病室里是不是住着一个了不起的先知。

回答最后一个问题的时候，安德烈·叶菲梅奇脸红了，说：

"是的，他有病，不过他是一个有趣味的年轻人。"

此外他们没有再问他别的话。

他在前厅穿大衣的时候，军事长官伸出一只手来放在他的肩膀上，叹口气说：

"现在我们这些老头子到退休的时候了！"

安德烈·叶菲梅奇走出市政厅，才明白过来，原来这是一个奉命考查他的智力的委员会。他回想他们对他提出的种种问题，就涨红了脸，而且现在，不知因为什么缘故，生平第一回沉痛地为医学惋惜。

"我的上帝啊，"他想起那些医师刚才怎样考查他，不由得暗想，"要知道，他们前不久刚听完精神病学的课，参加过考试，怎么会这样一窍不通呢？他们连精神病学的概念都没有！"

他生平第一回感到受了侮辱，生气了。

当天傍晚，米哈依尔·阿韦良内奇来看他。这个邮政局长没有向他打招呼，径直走到他跟前，拉住他的双手，用激动的声调说：

"我亲爱的，我的朋友，请您向我表明您相信我的真诚的好意，把我看作您的朋友！……我的朋友！"他不容安德烈·叶菲梅奇开口讲话，仍旧激动地接着说下去："我因为您有教养，您心灵高尚而喜爱您。听我说，我亲爱的。那些医生受科学规章的限制，不能对您说真话，可是我要像军人那样实话实说：您的身体不大好！请您原谅我，我亲爱的，不过这是实情，您四周的人早就注意到这一点了。叶夫根尼·费奥多雷奇医师刚才对我说：为了有利于您的健康，您务必要休养一下，散散心才成。完全对！好极了！过几天我就要度假日，出外去换一换空气。请您表明您是我的朋友，我们一块儿走！仍照往日那样，我们一块儿走。"

"我觉得我的身体十分健康，"安德烈·叶菲梅奇想了一想，说，"我不能走。请您容许我用别的办法来向您表明我的友情。"

丢开书本，丢开达留希卡，丢开啤酒，一下子打破已经建立了二十年的生活秩序，出外走一趟，既不知道到哪儿去，也不知道为什么要去，这种想法一开头就使他觉着又荒唐又离奇。可是他想起了市政厅里的那番谈话，想起了他从市政厅出来，在回家的路上经历到的沉重心情，那么认为暂时离开这个城，躲开那些把他看作疯子的蠢人，倒也未尝不可。

"那么您究竟打算到哪儿去呢？"他问。

"到莫斯科去、彼得堡去、华沙去……在华沙，我消磨过我一生中最幸福的五个年头。那是多么了不起的城啊！去吧，我亲爱的！"

十三

一个星期以后，人们向安德烈·叶菲梅奇建议，要他休养一下，也就是说要他提出辞呈，他满不在乎地照着做了。再过一个星期，米哈依尔·阿韦良内奇就和他坐上一辆邮车，到就近的火车站去了。天气凉快、晴朗，天空蔚蓝，远处风景看得清清楚楚。他们离火车站有两百俄里远，坐马车走了两天，在路上住了两夜。每逢在驿站上他们喝的茶用没有洗干净的杯子盛来，或者车夫套马车费的时间久了一点儿，米哈依尔·阿韦良内奇就涨紫了脸，周身打抖，嚷道："闭嘴！不准强辩！"一坐上马车，他就一会儿也不停地说话，讲起他当初在高加索和波兰帝国旅行的情形。他有过多少奇遇，有过什么样的遭际啊！他讲得很响，同时还惊奇地瞪起眼睛，弄得听的人以为他是在说谎。再者，他一面说话，一面对着安德烈·叶菲梅奇的脸喷气，对着他的耳朵哈哈大笑。这弄得医师很别扭，妨碍他思考，不容他聚精会神地思索。

为了省钱，他们在火车上乘三等车，坐在一个不准吸烟的车厢里。有一半的乘客是上等人。米哈依尔·阿韦良内奇不久就跟所有的人认识了，从这个座位换到那个座位，大声地说他们大不该在这样糟糕的铁路上旅行。简直是骗人上当！如果骑一匹好马赶路，那就大不相同：一天走一百俄里的路，赶完了路还精神抖擞，身强力壮。讲到我们收成不好，那是因为宾斯克沼泽地带排干了水。总之，什么事都乱七八糟。他兴奋起来，讲得很响，不容别人开口。这种夹杂大声哄笑和指手画脚的不停的扯淡，闹得安德烈·叶菲梅奇很疲劳。

"我们这两个人当中究竟谁是疯子呢？"他懊恼地想，"究竟是我这个极力不惊吵乘客的人呢，还是这个自以为比大家都聪明有趣，因此不容人消停的利己主义者？"

在莫斯科，米哈依尔·阿韦良内奇穿上没有肩章的军衣和镶着红丝绦的裤子。他一上街就戴上军帽，穿上军大衣，兵士们见着他都立正行礼。安德烈·叶菲梅奇现在觉得这个人把原来所有的贵族气派中的一切优点都丢掉,只留下了劣点。他喜欢有人伺候他,哪怕在完全不必要的时候也是一样。火柴就在他面前的桌子上,他自己也看见了,却对仆役嚷叫,要他拿火柴来。有女仆在场,他却只穿着衬里衣裤走来走去,并不觉着难为情。他对所有的仆人,哪怕是老人,也一律称呼"你",遇到他生了气,就骂他们是傻瓜和蠢货。安德烈·叶菲梅奇觉得这是老爷派头,可是恶劣得很。

首先,米哈依尔·阿韦良内奇领他的朋友到伊文尔斯卡雅教堂去。他热心地祷告、叩头、流泪,完事以后,深深地叹口气说:

"即使人不信神,可是祷告一下,心里也好像踏实点。吻圣像吧,我亲爱的。"

安德烈·叶菲梅奇很窘,吻了吻圣像,同时米哈依尔·阿韦良内奇努起嘴唇,摇头,小声祷告,眼泪又涌上了眼眶。随后,他们到克里姆林宫去,观看皇家的炮和皇家的钟,甚至伸出手指头去摸一摸。他们欣赏莫斯科河对面的风景,游览救世主教堂和鲁缅采夫博物馆。

他们在捷斯托夫饭店吃饭。米哈依尔·阿韦良内奇把菜单看了很久,摩挲着络腮胡子,用一种素来觉得到了饭店就像到了家里一样的美食家的口气对仆役说:

"我们倒要瞧瞧今天你们拿什么菜来给我们吃,天使!"

十四

医师走来走去,看这看那,吃啊喝的,可是他只有一种感觉:恼恨米哈依尔·阿韦良内奇。他一心想离开他的朋友休息一下,躲着他,藏起来,可是那位朋友却认为自己有责任不放医师离开身边一步,尽量为他想出种种消遣办法。到了没有东西可看的时候,他就用谈天来给他解闷。安德烈·叶菲梅奇一连隐忍了两天,可是到第三天他就向朋友声明他病了,想留在家里待一整天。他的朋友回答说,既是这样,那他也不出去。实在也该休息一下了,要不然两条腿都要跑断了。安德烈·叶菲梅奇在一个长沙发上躺下,脸对着靠背,咬紧牙齿,听他朋友热烈地向他肯定说:法国早晚一定会打垮德国,莫斯科有很多骗子,单凭马的外貌绝看不出马的长处。

医师耳朵里嗡嗡地响起来，心怦怦地跳，可是出于客气，又不便请他的朋友走开或者住口。幸亏米哈依尔·阿韦良内奇觉着坐在旅馆房间里闷得慌，饭后就出去散步了。

等到只剩下自己一个人，安德烈·叶菲梅奇就让自己沉湎于休息的感觉里。一动不动地躺在长沙发上，知道屋里只有自己一个人，这是多么痛快啊！没有孤独就不会有真正的幸福。堕落的天使之所以背弃上帝，大概就因为他一心想孤独吧，而天使们是不知道什么叫作孤独的。安德烈·叶菲梅奇打算想一想近几天来他看见了些什么，听见了些什么，可是米哈依尔·阿韦良内奇却不肯离开他的脑海。

"话说回来，他度假日，跟我一块儿出来旅行，还是出于友情，出于慷慨呢，"医师烦恼地想，"再也没有比这种友情的保护更糟糕的事了。本来他倒好像是个好心的、慷慨的、快活的人，不料是个无聊的家伙。无聊得叫人受不了。有些人就是这样，平素说的都是聪明话、好话，可是人总觉得他们是愚蠢的人。"

这以后一连几天，安德烈·叶菲梅奇声明他生病了，不肯走出旅馆的房间。他躺着，用脸对着长沙发的靠背，遇到他的朋友用谈话来给他解闷，他总是厌烦。遇到他的朋友不在，他就养神。他生自己的气，因为他跑出来旅行，他还生他朋友的气，因为他一天天地变得贫嘴，放肆了。他无论如何也不能把他的思想提到严肃高尚的方面去。

"这就是伊万·德米特里奇所说的现实生活了，它把我折磨得好苦，"他想，气恼自己这样小题大做，"不过这也没什么要紧……将来我总要回家去，一切就会跟先前一样了……"

到了彼得堡，局面仍旧是那样。他一连好几天不走出旅馆的房间，老是躺在长沙发上，只有为了喝啤酒才起来一下。

米哈依尔·阿韦良内奇时时刻刻急着要到华沙去。

"我亲爱的，我上那儿去干什么？"安德烈·叶菲梅奇用恳求的声音说，"您一个人去，让我回家好了！我求求您了！"

"那可无论如何也不成！"米哈依尔·阿韦良内奇抗议道，"那是个了不起的城。在那儿，我消磨过我一生中顶幸福的五个年头儿呢！"

安德烈·叶菲梅奇缺乏坚持自己主张的性格，勉强到华沙去了。到了那儿，他没有走出过旅馆的房间，躺在长沙发上，生自己的气，生朋友的气，生仆役的气，这些仆役固执地不肯听懂俄国话。米哈依尔·阿韦良内奇呢，照常健康快活，精神抖擞，一天到晚在城里溜达，找他旧日的熟人。他有好几回没在旅馆里过夜。有一天晚上他不知在一个什么地方过了一夜，一清早回到旅馆里，神情激动极了，脸涨得绯红，头发乱蓬蓬。他在房间里从这头走到那头，走了很久，自言自语，不知在讲些什么，后来站住说：

"名誉第一啊！"

他又走了一阵，忽然双手捧住头，用悲惨的声调说：

"对了，名誉第一啊！不知我为什么起意来游历这个巴比伦，真是该死！我亲爱的，"他接着对医师说，"请您看轻我吧，我打牌输了钱！请您给我五百卢布吧！"

安德烈·叶菲梅奇数出五百个卢布，一句话也没有说就交给了他的朋友。他的朋友仍旧因为羞臊和气愤而涨红了脸，没头没脑地赌了一个不必要的咒，戴上帽子，走出去了。大约过了两个钟头，他回来了，往一张圈椅上一坐，大声叹一口气说：

"我的名誉总算保住了！走吧，我的朋友！在这个该死的城里，我连一分钟也不愿意再待了。骗子！奥地利的间谍！"

等到两个朋友回到他们自己的城里，那已经是十一月了，街上积了很深的雪。霍博托夫医师接替了安德烈·叶菲梅奇的职位。他仍旧住在原来的寓所，等安德烈·叶菲梅奇回来，腾出医院的寓所。那个被他称作"厨娘"的丑女人已经在一个厢房里住下了。

关于医院又有新的流言在城里传布。据说那丑女人跟总务处长吵过一架，总务处长就跪在她的面前告饶。

安德烈·叶菲梅奇回到本城以后第一天就得出外去找住处。

"我的朋友，"邮政局长不好意思地对他说，"原谅我提一个唐突的问题：您手里有多少钱？"

安德烈·叶菲梅奇一句话也没有说，数一数自己的钱说：

"八十六卢布。"

"我问的不是这个，"米哈依尔·阿韦良内奇慌张地说，没听懂他的意思，"我问的是您一共有多少家底？"

"我已经告诉您了，八十六卢布……以外我什么也没有了。"

米哈依尔·阿韦良内奇素来把医师看作正人君子，可是仍旧疑心他至少有两万存款。现在听说安德烈·叶菲梅奇成了乞丐，没有钱来维持生活，不知什么缘故他忽然流下眼泪，拥抱他的朋友。

十五

安德烈·叶菲梅奇在一个女小市民别洛娃家一所有三个窗子的小房子里住下来。在这所小房子里，如果不算厨房，就只有三个房间。医师住在朝街的两个房间里，达留希卡和带着三个孩子的女小市民住在第三个房间和厨房里。有时候女房东的情人，一个醉醺醺的农民，上她这儿来过夜。他晚上吵吵闹闹，弄得达留希卡和孩子们十分害怕。他一来就在厨房里坐下，开始要酒喝，大家就都觉着很不自在。医师动了怜悯的心，把啼哭的孩子带到自己的房间里，让他们在地板上睡下。这样做，使他感到很大的快乐。

他跟先前一样，八点钟起床，喝完早茶以后坐下来看自己的旧书和旧杂志。他已经没有钱买新的了。要就是因为那些书都是旧的，要就是或许因为环境变了，总之，书本不再像从前那样紧紧抓住他的注意力，他看书感到疲劳了。为了免得把时间白白度过，他就给他的书开一个详细书目，在书脊上粘贴小签条；这种机械而费事的工作，他倒觉着比看书还有趣味。这种单调费事的工作不知怎么弄得他的思想昏睡了。他什么也不想，时间过得很快。即使坐在厨房里跟达留希卡一块儿削土豆皮，或者挑出荞麦粒里的皮屑，他也觉着有趣味。一到星期六和星期日，他就到教堂去。他站在墙边，眯细眼睛，听着歌声，想起他的父亲、他的母亲，想起大学，想起各种宗教，他心里变得平静而忧郁。事后他走出教堂，总惋惜礼拜式结束得太快。

他有两次到医院里去看望伊万·德米特里奇，想跟他谈天。可是那两回伊万·德米特里奇都非常激动、气愤；他请医师不要来搅扰他，因为他早就讨厌空谈了。他说他为自己的一切苦难只向那些该死的坏蛋要求一种补偿：单人监禁。难道连这么一点儿要求他们也会拒绝他吗？那两回安德烈·叶菲梅奇向他告辞，祝他晚安的时候，他没好气地哼一声，回答说：

"滚你的吧！"

现在安德烈·叶菲梅奇不知道该不该再去看望他。不过他心里还是想去。

从前，在吃完午饭以后的那段时间，安德烈·叶菲梅奇总是在房间里走来走去，思索，可是现在从吃完午饭起直到喝晚茶的时候止，他却一直躺在长沙发上，脸对着靠背，满脑子的浅薄思想，无论如何也压不下去。他想到自己做了二十几年的事，既没有得到养老金，也没有得到一次发给的补助金，不由得愤愤不平。不错，他工作得不勤恳，不过话说回来，所有的工作人员，不管勤恳也好，不勤恳也好，是一律都领养老金的。当代的正义恰好就在于官品、勋章、养老金等不是根据道德品质或者才干，却是一般地根据服务，不论什么样的服务，而颁给的。那为什么只有他一个人是例外呢？他已经完全没有钱了。他一走过小杂货店，一看见女老板，就觉着害臊。到现在他已经欠了三十二个卢布的啤酒钱。他也欠小市民别洛娃的钱。达留希卡悄悄地卖旧衣服和旧书，还对女房东撒谎，说是医师不久就要收到很多很多钱。

他恼恨自己，因为他在旅行中花掉了他积蓄的一千卢布。那一千卢布留到现在会多么有用啊！他心里烦躁，因为人家不容他消消停停过日子。霍博托夫认为自己有责任偶尔来看望这个有病的同事。安德烈·叶菲梅奇觉得他处处都讨厌：胖胖的脸、恶劣而尊大的口气、"同事"那两个字、那双高统皮靴。顶讨厌的是他自以为有责任给安德烈·叶菲梅奇医病，而且自以为真的在给他看病。每回来访，他总带来一瓶溴化钾药水和几粒大黄药丸。

　　米哈依尔·阿韦良内奇也认为自己有责任来看望这个朋友，给他解闷。每一回他走进安德烈·叶菲梅奇的屋里总是装出随随便便的神情，不自然地大声笑着，开始向他保证说今天他气色大好。谢谢上帝，局面有了转机。从这样的话里，人就可以推断他认为他朋友的情形没有希望了。他还没有归还他在华沙欠下的债，心头压着沉重的羞愧，觉着紧张，因此极力大声地笑，说些滑稽的话。他的奇闻逸事现在好像讲不完了，这对安德烈·叶菲梅奇也好，对他自己也好，都是痛苦的。

　　有他在座，安德烈·叶菲梅奇照例躺在长沙发上，脸对着墙，咬紧牙关听着，他的心上压着一层层的水锈。他的朋友每来拜访一回，他就觉着这些水锈堆得更高一点儿，好像就要涌到他的喉头来了。

　　为了压下这些无聊的感触，他就赶紧唔想：他自己也罢，霍博托夫也罢，米哈依尔·阿韦良内奇也罢，反正早晚都会死亡，甚至不会在大自然中留下一点儿痕迹。要是想象一百万年以后有个精灵飞过地球上空，那么这个精灵就只会看见黏土和光秃的峭壁。一切东西，文化也好，道德准则也好，都会消灭，连一棵牛蒡也不会长出来。那么，在小店老板面前觉着害臊，有什么必要呢？那个不足道的霍博托夫，或者米哈依尔·阿韦良内奇的讨厌的友情，有什么道理呢？这一切都琐琐碎碎，毫无意义。

　　可是这样的想法已经无济于事了。他刚刚想到一百万年以后的地球，穿着高筒靴的霍博托夫或者勉强大笑的米哈依尔·阿韦良内奇就从光秃的峭壁后面闪出来，甚至可以听见含羞带愧的低语声："讲到华沙的债，好朋友，过几天我就还给您……一定。"

十六

　　有一天，米哈依尔·阿韦良内奇饭后来了，安德烈·叶·菲梅奇正躺在长沙发上。凑巧，霍博托夫同时带着溴化钾药水也来了。安德烈·叶菲梅奇费力地爬起来，坐好，把两条胳膊支在长沙发上。

　　"今天您的气色比昨天好多了，我亲爱的，"米哈依尔·阿韦良内奇开口说,"对了,您显得挺有精神。真的,挺有精神!"

"您也真的到了该复原的时候了,同事,"霍博托夫说,打个哈欠,"大概这种无聊的麻烦事您自己也腻烦了。"

"咱们会复原的!"米哈依尔·阿韦良内奇快活地说,"咱们会再活一百年的!一定!"

"一百年倒活不了,再活二十年是总能行的,"霍博托夫安慰说,"没关系,没关系,同事,别灰心……那种病只不过是给您故布疑阵罢了。"

"我们还要大显身手呢!"米哈依尔·阿韦良内奇哈哈大笑,拍一拍他朋友的膝头,"我们还要大显身手呢!明年夏天,求上帝保佑,咱们到高加索去玩一趟,骑着马到处逛一逛——驾!驾!驾!等到我们从高加索回来,瞧着吧,大概还要热热闹闹地办一回喜事呐。"讲到这儿,米哈依尔·阿韦良内奇调皮地眨一眨眼,"我们会给您说成一门亲事的,好朋友……我们会给您说成一门亲事的……"

安德烈·叶菲梅奇忽然觉着那点水锈涌到喉头上来了。他的心猛烈地跳起来。

"这是庸俗!"他说,很快地站起来走到窗子那边去,"难道你们不明白你们说的是些庸俗的话吗?"

他本来想温和而有礼貌地讲下去头,可是他违背本心,忽然攥紧拳头高高地举到自己的头顶上。

"躲开我!"他嚷道,嗓音变了,脸涨得通红,浑身打抖,"出去,你们俩都出去!你们俩!"

米哈依尔·阿韦良内奇和霍博托夫站起来,瞧着他,先是愣住,后来害怕了。

"出去,你们俩!"安德烈·叶菲梅奇不断地嚷道,"蠢材!愚人!我既不要你们的友情,也不要你的药品,蠢材!庸俗!可恶!"

霍博托夫和米哈依尔·阿韦良内奇狼狈地互相看一眼,跟跄地退到门口,走进了前堂。安德烈·叶菲梅奇抓起那瓶溴化钾,对他们背后扔过去。药水瓶摔在门槛上,砰的一声碎了。

"滚蛋！"他跑进前堂，用含泪的声音嚷道，"滚！"

等到客人走了，安德烈·叶菲梅奇就在长沙发上躺下来，像发烧一样地哆嗦，反反复复说了很久：

"蠢材！愚人！"

等到他的火气平下来，他首先想到可怜的米哈依尔·阿韦良内奇现在一定羞愧得不得了，心里难受，他想到这件事做得真可怕。以前还从来没有出过这样的事。他的智慧和客气到哪儿去了？对人间万物的理解啦，哲学性质的淡漠啦，都到哪儿去了？

医师又是羞愧，又是生自己的气，一夜也没有能够睡着，第二天早晨大约十点钟就动身到邮局去，向邮政局长道歉。

"以前发生的事，我们不要再提了，"米哈依尔·阿韦良内奇十分感动，握紧他的手，叹口气说，"谁再提旧事，就叫谁的眼睛瞎掉。留巴甫金！"他忽然大喊一声，弄得所有的邮务人员和顾客都打了个哆嗦。"搬椅子来。你等着！"他对一个农妇嚷道，她正把手伸进铁栅栏，向他递过一封挂号信来，"难道你没看见我忙着吗？过去的事我们就不要再提了，"他接着温和地对安德烈·叶菲梅奇说，"我恳求您，坐下吧，我亲爱的。"

他沉默了一会儿，揉着自己的膝头，然后说：

"我心里一点儿也没有生您的气。害病可不是闹着玩的事，我明白。昨天您发了病，吓坏了医师跟我，事后关于您我们谈了很久。我亲爱的，您为什么不肯认真地治一治您的病呢？难道可以照这样下去吗？原谅我出于友情直爽地说一句，"米哈依尔·阿韦良内奇小声说，"您生活在极其不利的环境里：狭窄，肮脏，没有人照料您，也没有钱治病……我亲爱的朋友，我跟医师全心全意地恳求您听从我们的忠告：到医院里去养病吧！在那儿有滋补的吃食，有照应，有人治病。咱们背地里说一句，叶夫根尼·费奥多雷奇虽然举止粗俗，不过他精通医道，咱们倒可以完全信任他。他已经答应我说他要给您治病。"

安德烈·叶菲梅奇被这种真诚的关心和忽然在邮政局长脸颊上闪光的眼泪感动了。

"我尊敬的朋友，不要听信那种话！"他小声说，把手按在胸口上，"不要听信那种话！那全是骗人的！我的病只不过是这么回事：二十年来我在全城只找到一个有头脑的人，而他又是个疯子。我根本没有害病，只不过我落进了一个魔圈里，出不来了。我觉得随便怎样都没关系，我准备承担一切。"

"进医院去养病吧，我亲爱的。"

"我是无所谓的，哪怕进深渊也没关系。"

"好朋友，答应我：您样样都听叶夫根尼·费奥多雷奇的安排。"

"遵命，要我答应我就答应。可是我再说一遍，我尊敬的朋友，我落进了一个魔圈里。现在不管什么东西，就连朋友的真心同情在内，也只有一个结局：引我走到灭亡。我正在走向灭亡，我也有勇气承认这个事实。"

"好朋友，您会复原的。"

"何必再说这种话呢？"安德烈·叶菲梅奇愤愤地说，"很少有人在一生的结尾不经历到我现在所经历到的情形。临到有人告诉您说您肾脏有病或者心房扩大之类的话，因此您开始看病的时候，或者有人告诉您说您是疯子或者罪犯，总之换句话说，临到人家忽然注意您，那您就得知道您已经落进魔圈里，再也出不来了。您极力想逃出来，可是反而陷得越发深了。那您就索性听天由命吧，因为任何人力都已经不能挽救您了。我觉得就是这样。"

这当儿窗洞那里挤满了人。为了免得妨碍人家的工作，安德烈·叶菲梅奇就站起来告辞。米哈依尔·阿韦良内奇又一次取得他的诺言，然后送他到外边门口。

当天，将近傍晚，出人意料，霍博托夫穿着短羊皮袄和高筒靴到安德烈·叶菲梅奇家里来了，用一种仿佛昨天根本没出过什么事的口气说道：

"我是有事来找您的，同事。我来邀请您：您愿意不愿意跟我一块儿去参加会诊？啊？"

安德烈·叶菲梅奇心想霍博托夫大概要他出去散步解一解闷，或者真的要给他一个赚点钱的机会，就穿上衣服，跟他一块儿走到街上。他暗自高兴，总算有个机会可以把他昨天的过失弥补一下，就此和解了。他心里感激霍博托夫，因为昨天的事他绝口不提，分明原谅他了。这个没有教养的人会有这样细腻的感情，倒是很难料到的。

"您的病人在哪儿？"安德烈·叶菲梅奇问。

"在我的医院里。我早就想请您去看一看了……那是一个很有趣的病例。"

他们走进医院的院子，绕过主楼，向那住着疯人的厢房走去。不知什么缘故他们走这一路都没有说话。他们一走进厢房，尼基达照例跳起来，挺直了身子立正。

"这儿有一个病人两侧肺部忽然害了并发症，"霍博托夫跟安德烈·叶菲梅奇一块儿走进病室，低声说，"您在这儿等一会儿，我马上就来。我只是为了去拿我的听诊器。"

说完，他就出去了。

十七

天渐渐黑下来。伊万·德米特里奇躺在床上，把脸埋在枕头里。那个瘫子一动也不动地坐着，轻声地哭，努动嘴唇。胖农民和从前的检信员睡觉了。屋里寂静无声。

安德烈·叶菲梅奇在伊万·德米特里奇的床上坐下，等着。可是半个钟头过去了，霍博托夫没有来，尼基达却抱着一件长袍、一身不知什么人的衬里衣裤、一双拖鞋，走进病室里来。

"请您换衣服，老爷，"他轻声说，"您的床在这边，请到这边来，"他又说，指一指一张空床，那分明是不久以前搬进来的，"不要紧，求上帝保佑，您会复原的。"

安德烈·叶菲梅奇心里全明白了。他一句话也没说，依照尼基达的指点，走到那张床边坐下。他看见尼基达站在那儿等着，就脱光身上的衣服，觉着很害臊。然后他穿上医院的衣服，衬裤很短，衬衫却长，长袍上有熏鱼的气味。

"求上帝保佑，您会复原的。"尼基达又说一遍。

他把安德烈·叶菲梅奇的衣服收捡起来，抱在怀里，走出去，随手关上了门。

"没关系……"安德烈·叶菲梅奇想，害臊地把长袍的衣襟掩上，觉着穿了这身新换的衣服像是一个囚犯，"这也没关系……礼服也好，制服也好，这件长袍也好，反正是一样……"

可是他的怀表怎么样了？侧面衣袋里的笔记簿呢？他的纸烟呢？尼基达把他的衣服拿到哪儿去了？这样一来，大概直到他死的那天为止，他再也没有机会穿长裤、背心、高筒靴了。这种事，乍一想，不知怎的，有点古怪，甚至不能理解。安德烈·叶菲梅奇到现在还相信小市民别洛娃的房子跟第六病室没有什么差别，这世界上的一切都无聊、空虚。然而他的手发抖，脚发凉，一想到待一会儿伊万·德米特里奇起来，看见他穿着长袍，就不由得害怕。他站起来，在房间里走了一个来回，又坐下。

在那儿，他已经坐了半个钟头，一个钟头，他厌烦得要命。难道在这种地方人能住一天、一个星期，甚至像这些人似的一连住好几年吗？是啊，他已经坐了一阵，走了一阵，又坐下了。他还可以再走一走，瞧一瞧窗外，再从这个墙角走到那个墙角。可是这以后怎么样呢？就照这样像个木头人似的始终坐在这儿思考吗？不，这样总不行啊。

安德烈·叶菲梅奇躺下去，可是立刻坐起来，用衣袖擦掉额头上的冷汗，于是觉着整个脸上都有熏鱼的气味了。他又走来走去。

"这一定是出了什么误会……"他说，茫然摊开两只手，"这得解释一下才成，一定是出了什么误会……"

这当儿伊万·德米特里奇醒来了。他坐起来，用两个拳头支着腮帮子。他吐了口唾沫。然后他懒洋洋地瞧一眼医师，起初分明不明白这是怎么回事。可是不久他那带着睡意的脸就现出了恶毒的讥讽神情。

"啊哈！好朋友，他们把您也关到这儿来了！"他眯细一只眼睛，用带着睡意而发哑的声音说，"我很高兴。您以前吸别人的血，现在人家要吸您的血了。好极了！"

"这一定是出了什么误会，"安德烈·叶菲梅奇给伊万·德米特里奇的话吓坏了，慌张地说。他耸一耸肩膀，再说一遍："这一定是出了什么误会……"

伊万·德米特里奇又吐口唾沫，躺下去。

"该诅咒的生活！"他嘟哝说，"这种生活真叫人痛心，感到气愤，要知道它不是以我们的痛苦得到补偿来结束，不是像歌剧里那样庄严地结束，却是用死亡来结束。临了，来几个医院杂役，拉住死尸的胳膊和腿，拖到地下室去。呸！不过，那也没关系……到了另一个世界里，那就要轮着我们过好日子了……到那时候我要从那个世界到这里来显灵，吓一吓这些坏蛋。我要把他们吓得白了头。"

莫依谢依卡回来了，看见医师，就伸出手。

"给我一个小钱！"他说。

十八

安德烈·叶菲梅奇走到窗口去，瞧着外面的田野。天已经黑下来，右面天边一个冷冷的、发红的月亮升上来了。离医院围墙不远，至多不出一百俄丈的地方，矗立着一所高大的白房子，由一道石墙围起来。那是监狱。

"这就是现实生活！"安德烈·叶菲梅奇想，他觉着害怕了。

月亮啦，监狱啦，围墙上的钉子啦，远处一个烧骨场上腾起来的火焰啦，全都可怕。他听见身后一声叹息。安德烈·叶菲梅奇回过头去，看见一个人胸前戴着亮闪闪的星章和勋章，微微笑着，调皮地眨眼。这也显得可怕。

安德烈·叶菲梅奇极力对自己说：月亮或者监狱并没有什么蹊跷的地方。勋章是就连神智健全的人也戴的，人间万物早晚会腐烂，化成黏土。可是他忽然满心绝望，双手抓住窗上的铁窗格，使足力气摇它。坚固的铁窗格却一动也不动。

随后，为了免得觉着可怕，他走到伊万·德米特里奇的床边，坐下。

"我的精神支持不住了,我亲爱的,"他喃喃地说,发抖,擦掉冷汗,"我的精神支持不住了。"

"可是您不妨谈点哲学啊。"伊万·德米特里奇讥诮地说。

"我的上帝,我的上帝啊……对了,对了……有一回您说俄罗斯没有哲学,然而大家都谈哲学,连小人物也谈。其实,小人物谈谈哲学,对谁都没有什么害处啊。"安德烈·叶菲梅奇说,那声音仿佛要哭出来,引人怜悯似的,"可是我亲爱的,为什么您发出这种幸灾乐祸的笑声呢?小人物既然不满意,怎么能不谈哲学呢?一个有头脑、受过教育的人,他有神那样的相貌,有自尊心,爱好自由,却没有别的路可走,只能到一个肮脏愚蠢的小城里来做医师,把整整一辈子消磨在拔血罐、蚂蟥、芥子膏上面!欺骗,狭隘,庸俗!啊,我的上帝!"

"您在说蠢话了。要是您不愿意做医师,那就去做大臣好了。"

"不行,我什么也做不成。我们软弱啊,亲爱的。以前我满不在乎,活泼清醒地思考着,可是生活刚刚粗暴地碰到我,我的精神就支持不住……泄气了……我们软弱啊,我们不中用……您也一样,我亲爱的。您聪明,高尚,从母亲的奶里吸取了美好的激情,可是刚刚走进生活就疲乏,害病了……我们软弱啊,软弱啊!"

随着黄昏来临,除了恐惧和屈辱的感觉以外,另外还有一种没法摆脱的感觉不断折磨安德烈·叶菲梅奇。临了,他明白了:他想喝啤酒,想抽烟。

"我要从这儿出去,我亲爱的,"他说,"我要叫他们在这儿点个灯……这样我可受不了……我不能忍受下去……"

安德烈·叶菲梅奇走到门口,开了门,可是尼基达立刻跳起来,挡住他的去路。

"您上哪儿去?不行,不行!"他说,"到睡觉的时候了!"

"可是我只出去一会儿,在院子里散一散步!"安德烈·叶菲梅奇慌张地说。

"不行,不行。这是不许可的。您自己也知道。"

尼基达砰的一声关上房门，用背抵住门。

"可是，就算我出去一趟，对别人又有什么害处呢？"安德烈·叶菲梅奇问，耸一耸肩膀。"我不明白！尼基达，我一定要出去！"他用发颤的嗓音说，"我要出去！"

"不许捣乱，这可要不得！"尼基达告诫说。

"鬼才知道这是怎么回事！"伊万·德米特里奇忽然叫道，他跳下床。"他有什么权利不放我们出去？他们怎么敢把我们关在这儿？法律上似乎明明说着不经审判不能剥夺人的自由啊！这是暴力！这是专横！"

"当然，这是专横！"安德烈·叶菲梅奇听到伊万·德米特里奇的叫声，添了点勇气，说道，"我一定要出去，非出去不可！他没有权利！我跟你说：你放我出去！"

"听见没有，愚蠢的畜生？"伊万·德米特里奇叫道，用拳头砰砰地敲门，"开门！要不然我就把门砸碎！残暴的家伙！"

"开门！"安德烈·叶菲梅奇叫道，浑身发抖，"我要你开门！"

"你尽管说吧！"尼基达隔着门回答道，"随你去说吧！"

"至少去把叶夫根尼·费奥多雷奇叫到这儿来！就说我请他来……来一会儿！"

"明天他老人家自己会来。"

"他们绝不会放我们出去！"这当儿，伊万·德米特里奇接着说，"他们要把我们在这儿折磨死！啊，主，难道下一个世界里真的没有地狱，这些坏蛋会得到宽恕？正义在哪儿？开门，坏蛋，我透不出气来啦！"他用沙哑的声调喊着，用尽全身力量撞门，"我要把我的脑袋碰碎！杀人犯！"

尼基达很快地开了门，用双手和膝盖粗暴地推开安德烈·叶菲梅奇，然后抡起胳膊，一拳打在他的脸上。安德烈·叶菲梅奇觉着有一股咸味的大浪兜头盖上来，把他拖到床边去。他嘴里真的有一股咸味：多半他的牙出血了。他好像要游出这股大浪似的挥舞胳膊，抓住什么人的床架，同时觉得尼基达在他背上打了两拳。

伊万·德米特里奇大叫一声。大概他也挨打了。

然后一切都安静了。淡淡的月光从铁格子里照进来,地板上铺着一个像网子那样的阴影。这是可怕的。安德烈·叶菲梅奇躺在那儿,屏住呼吸:他战战兢兢地等着再挨打。他觉着好像有人拿一把镰刀,刺进他的身子,在他胸中和肠子里搅了几下似的。他痛得咬枕头,磨牙,忽然在他那乱糟糟的脑子里清楚地闪过一个可怕的、叫人受不了的思想:这些如今在月光里像黑影一样的人,若干年来一定天天都在经受这样的痛苦。这种事他二十多年以来怎么会一直不知道,也不想知道?他不懂痛苦,根本没有痛苦的概念,可见这不能怪他,不过他那跟尼基达同样无情而粗暴的良心却使得他从后脑勺直到脚后跟都变得冰凉了,他跳起来,想用尽气力大叫一声,赶快跑去打死尼基达,然后打死霍博托夫、总务处长、医士,再打死他自己。可是他的胸膛里却发不出一点儿声音,他的腿也不听他使唤了。他喘不过气来,拉扯胸前的长袍和衬衫,撕得粉碎,然后倒在床上,不省人事了。

十九

第二天早晨他头痛,耳朵里嗡嗡地响,觉得周身不舒服。他想起昨天他的软弱,并不害臊。昨天他胆怯,甚至怕月亮,而且真诚地说出了这以前他万没料到自己会有的感情和思想。比方说,想到小人物爱谈哲学是由于不满足。可是现在,他什么也不在意了。

他不吃不喝,躺在那儿一动也不动,也不说话。

"对我说来,什么都一样了,"他们问他话的时候,他想,"我不想回答了……对我说来,什么都一样了。"

午饭后,米哈依尔·阿韦良内奇来了,送给他四分之一磅的茶叶和一磅果冻。达留希卡也来了,在床边站了整整一个钟头,脸上现出茫然的悲伤神情。霍博托夫医师也来看他。他拿来一瓶溴化钾药水,吩咐尼基达烧点什么熏一熏病室。

将近傍晚,安德烈·叶菲梅奇因为中风而死了。起初他感到猛烈的寒战和恶心,仿佛有一种使人恶心的东西浸透他的全身,甚至钻进他的手指头，从肚子里往上冒，涌到他的脑袋里，淹没他的眼睛和耳朵。一切东西在他眼前都变成绿色了。安德烈·叶菲梅奇明白他的末日已经到了，想起伊万·德米特里奇、米哈依尔·阿韦良内奇、成百万的人，都相信长生不死。万一真会不死呢？可是他并不希望不死，他只想了一想就算了。他昨天在书上读到过一群非常美丽优雅的鹿，如今在他的面前跑过去。随后有一个农妇向他伸出手来，手里拿着一封挂号信……米哈依尔·阿韦良内奇说了句什么话。后来一切都消散，安德烈·叶菲梅奇永远昏过去了。

杂役们走来，抓住他的胳膊和腿，把他抬到小教堂里去了。在那儿他躺在桌子上，睁着眼睛，晚上月光照着他。到早晨，谢尔盖·谢尔盖伊奇来了，对着耶稣钉在十字架上的雕像虔诚地祷告一番，把他前任长官的眼睛合上了。

第二天安德烈·叶菲梅奇下了葬。送葬的只有米哈依尔·阿韦良内奇和达留希卡。

1892年

情境赏析

《第六病室》显示出小说家契诃夫善于通过真实的细节向读者揭露生活的本质的艺术才能。例如，他凭借灰色的围墙、围墙上尖端朝天的钉子、病房窗子里边的铁格子、颜色灰白尽是木刺的地板等给读者造成一种印象：第六病室所属的医院正是一座监狱。但就在这个"监狱"似的背景上，拉京认为"最好的维也纳医院和我们的医院实际上并没有什么区别"，这绝妙的一笔立刻使读者不禁为拉京的冷漠感到心寒。但就是这同一个拉京，当他被送进第六病室后，在一个月夜里看到"天已经黑了，右面天边上来一个冷冷的、发红的月亮。离医院围墙不远，至多不出一百俄丈的地方，矗立着一座高大的白房子，被一道石墙围起来"。他认出，"这是监狱"。这时，他醒悟了，认识到他过去管理的医院实质上就是一座监狱。他感叹道："原来现实是这样！"这时，如周围的月亮、监狱、围墙上的钉子、远处一个烧骨场上腾起来的火焰，都使他感到是那样的可怕。契诃夫就这样很自然地推开了医院的围墙，巧妙地把窒息人的第六病室同可怕的现实联系起来，赋予作品更为深广的内容。《第六病室》标志着契诃夫创作中的转折。从此以后，契诃夫的中短篇小说具有了更强烈的社会性、批判性和民主性，其艺术形式也日臻完善，内容和形式达到了完美的统一：真实、朴素、深刻、动人。

名家点评

《第六病室》是一部多么高超和深刻的作品！这不是生活，而是用小说对生活所做的一种思索。

——（英）伏尼契

我有这样一种感觉，好像我也被关进了第六病室。

——（苏）列宁

挂在脖子上的安娜

老头子莫杰斯特平时吝啬得出奇，买了瓶矿泉水喝得"眼泪都涌到眼睛里来了"，也不给妻子剩一滴。但是，自从他的上司——"礼服上挂着两个星章的大人"对他的妻子安娜馋涎欲滴的那天起，他一反常态，听任妻子成百卢布去挥霍。他放弃了对妻子的全面统治，安娜骂他"蠢货"也不吭声。通过同一人物前后矛盾状态的对比，一个官迷心窍、灵魂丑恶的伪君子形象跃然纸上。

一

婚礼以后，就连清淡的凉菜也没有；新婚夫妇各自喝下一杯酒，就换上衣服，坐马车到火车站去了。他们没有举行欢乐的结婚舞会和晚餐，没有安排音乐和跳舞，却到二百俄里以外参拜圣地去了。许多人都赞成这个办法，说莫杰斯特·阿列克谢伊奇已经身居要职，而且年纪也不算轻，热闹的婚礼或许不大相宜了。再者，一个五十二岁的官吏跟一个刚满十八岁的姑娘结婚，音乐就叫人听着乏味了。大家还说：莫杰斯特·阿列克谢伊奇是一个循规蹈矩的人，其所以想出到修道院去旅行一趟，是特意要让年轻的妻子知道：就连在婚姻中，他也把宗教和道德放在第一位。

人们纷纷到车站去给这对新婚夫妇送行。一群亲戚和同事站在那儿，手里端着酒杯，专等火车一开就嚷"乌拉"，新娘的父亲彼得·列昂契奇戴一顶高礼帽，穿着教员制服，已经喝醉，脸色很苍白，不住地端着酒杯向窗子那边伸过头去，恳求地说：

"阿纽达！阿尼娅，阿尼娅！有一句话要跟你说！"

阿尼娅在窗口弯下腰来凑近他，他就凑着她的耳朵小声说话，用一股酒臭气熏着她，用呼出来的气吹着她的耳朵，结果她什么也听不明白。他在她脸上、胸上、手上画十字，同时他的呼吸发颤，眼泪在他眼睛里发亮。阿尼娅的兄弟，那两个中学生，彼佳和安德留沙，在他背后拉他的制服，用忸怩的口气悄悄说：

"爸爸，够了……爸爸，别说了……"

火车开了，阿尼娅看见她父亲跟着车厢跑了几步，脚步踉跄，他的酒也洒了，他的面容多么可怜、善良、惭愧啊。

"乌——拉！"他嚷道。

现在只剩下这对新婚夫妇在一起了。莫杰斯特·阿列克谢伊奇瞧一下车室，把东西放到架子上去，在年轻的妻子对面坐下来，微微笑着。他是个中等身材的官吏，相当丰满，挺胖，保养得很好，留着长长的络腮胡子，却没留上髭。他那剃得光光、轮廓鲜明的圆下巴看上去像是脚后跟。他脸上最有特色的一点是没有唇髭，只有光秃秃的、新近剃光的一块肉，那块肉渐渐过渡到像果冻一样颤抖的肥脸蛋上去。他风度尊严，动作从容，态度温和。

"现在我不由得想起一件事情来了，"他微笑着说，"五年前柯索罗托夫接受二等圣安娜勋章，去向大人道谢的时候，大人说过这样的话：'那么您现在有三个安娜了：一个挂在您的纽扣眼上，两个挂在您的脖子上。'这得说明一下。当时柯索罗托夫的太太，一个爱吵架的轻佻女人，刚刚回到他家里来，她的名字就叫作安娜。我希望等我接受二等安娜勋章的时候，大人不会有理由对我说这种话。"

他那双小眼睛微笑着。她也微笑，可是一想到这个人随时会用他那黏湿的厚嘴唇吻她，而且她没有权利拒绝，就觉着心慌。他那胖身子只要微微一动，就会吓她一跳；她觉得又可怕又恶心。他站起来，不慌不忙地从脖子上取下勋章，脱掉上衣和坎肩，穿上长袍。

"这样就舒服一点儿了。"他在阿尼娅身边坐下来说。

她想起参加婚礼的时候多么痛苦，那时候她觉着不管司祭也好，来宾也好，总之，教堂里所有的人都忧愁地瞧着她，暗自问着：这么一个可爱的漂亮姑娘为什么，究竟为什么嫁给这么一个没有趣味、上了岁数的人呢？

只不过那天早晨，她还因为一切布置得很好而高兴，可是后来在举行婚礼的时候，现在坐在火车车厢里的时候，她却觉着做错了事，上了当，荒唐可笑了。现在她跟一个阔人结婚了，可是她仍旧没有钱，她的结婚礼服是赊账缝制的。今天她父亲和弟弟来给她送行，她从他们的面容看得出他们身边连一个小钱也没有。今天他们有晚饭吃吗？明天呢？不知什么缘故她觉着眼下她不在家，她父亲和那两个男孩坐在家里正在挨饿，而且跟母亲下葬后第一天傍晚那样感到凄凉。

"啊，我是多么不幸！"她想，"为什么我那么不幸啊？"

莫杰斯特·阿列克谢伊奇是个庄重的、不惯于跟女人打交道的人，他挺别扭地搂一搂她的腰，拍一拍她的肩膀。她却想着钱，想着母亲，想着母亲的死。她母亲去世以后，她父亲彼得·列昂契奇，一个中学里的图画和习字教员，喝上了酒，紧接着家里就穷了。男孩们没有皮靴和雨鞋穿，她父亲给拉到调解法官那儿去，有一个法警跑来把家具列了清单……多么丢脸啊！阿尼娅只得照料喝醉的父亲，给弟弟补袜子，上市场。遇到有人称赞她年轻漂亮，风度优雅，她就觉着全世界都在瞧她的便宜的帽子和靴子上用墨水染过的窟窿。每到夜里她就哭，心里充满不安的、摆脱不掉的思想，老是担心她父亲很快就会因为他的嗜好而被学校辞退，那他会受不了，于是也跟母亲一样死掉。可是后来他们所认识的一些太太们出头张罗起来，开始替阿尼娅找一个好男人。不久她们就找到了这个莫杰斯特·阿列克谢伊奇，既不年轻，也不好看，可是有钱。他在银行里大约有十万存款，还有一个租赁出去的祖传的田庄。这个人规规矩矩，很得上司的赏识。人家对阿尼娅说，要他请求大人写封信给中学校长，甚至给督学，以免彼得·列昂契奇被辞掉，那在他是很容易办到的……

她正在回想这些事，却忽然听见音乐声飘进窗口来，掺杂着嗡嗡的说话声。原来火车在一个小车站上停住了。月台后面的人群里，有一个手风琴和一个吱嘎吱嘎响的便宜提琴正在奏得热闹，军乐队的声音从高高的桦树和白杨后面，从浸沉在月光中的别墅那边传来。别墅里一定在开跳舞晚会。别墅的住客和城里人遇到好天气，总要到这儿来透一透新鲜空气，如今他们正在月台上走来走去。这当中有一个人是所有的消夏别墅的房东、富翁，他是一个又高又胖的黑发男子，姓阿尔狄诺夫。他生着暴眼睛，脸长得像亚美尼亚人，穿一身古怪的衣服。他上身穿一件衬衫，胸前没系扣子，脚上穿一双带马刺的高统靴，一件黑斗篷从肩膀上耷拉下来，拖在地上像长后襟一样。两条猎狗跟在他身后，用尖鼻子嗅着地面。

眼泪仍旧在阿尼娅的眼睛里闪亮，可是她现在不再回想她母亲，不再想到钱，不再想到她的婚事了。她跟她认得的中学生和军官们握手，欢畅地微笑着，很快地说：

"你们好！生活得怎么样？"

她走出去，站在两个车厢中间的小平台上，让月光照着她，好让大家都看见她穿着漂亮的新衣服，戴着帽子。

"为什么我们的火车停在这儿不走？"她问。

"这儿是个让车站，"别人回答她说，"他们在等邮车开来。"

她看见阿尔狄诺夫在看她，就卖弄风情地眯细眼睛，大声讲法国话。于是，因为她自己的声音那么好听，因为她听见了音乐，因为月亮映在水池上，又因为阿尔狄诺夫，那出名的风流男子和幸运的宠儿，那么热切而好奇地瞧着她，还因为大家的兴致都很好，她忽然觉着快活起来。等到火车开动，她所认识的军官们向她行军礼告别，她索性哼起树林后面军乐队轰轰响着送来的波尔卡舞曲了。她一面走回车室，一面觉得方才在那小车站上好像已经得到保证：不管怎样，她将来一定会幸福的。

这对新婚夫妇在修道院里盘桓了两天，然后回到城里。他们住在公家的房子里。每逢莫杰斯特·阿列克谢伊奇出去办公，阿尼娅就弹钢琴，或者郁闷得哭一阵，再不然就在一个躺椅上躺下来，看小说，或者翻时装杂志。吃饭时候，莫杰斯特·阿列克谢伊奇吃得很多，谈政治，谈任命、调职、褒奖，还谈到人必须辛苦工作，说是家庭生活不是取乐，而是尽责，说一个个的戈比都当心着用，卢布自然就会来了，又说他把宗教和道德看得比世界上任何东西都要紧。他手里捏紧一把餐刀像拿着一把剑似的，说：

"各人都应当有各人的责任！"

阿尼娅听着他讲话，心里害怕，吃不下去，通常总是饿着肚子从桌旁站起来。饭后她丈夫睡午觉，鼾声很响，她就出门回到自己家去。她父亲和弟弟带着一种特别的神情瞧她，仿佛刚才在她进门以前，他们正在骂她不该为钱嫁给一个她并不爱的枯燥无味的男子似的。她的沙沙响的衣服、她的镯子、她周身上下那种太太气派，使他们觉得拘束，侮辱了他们。他们在她面前有点窘，不知道该跟她谈什么好，不过他们还是跟从前那样爱她，吃饭时候她不在座还会觉着不惯。她坐下来跟他们一块儿喝白菜汤，喝粥，吃那种有蜡烛气味的羊油煎出来的土豆。彼得·列昂契奇用发抖的手拿起小酒瓶斟满他的酒杯，带着贪馋的神情，带着憎恶的神情匆匆喝干，然后喝第二杯，第三杯……彼佳和安德留沙，那两个生着大眼睛的、又白又瘦的男孩，夺过小酒瓶来，着急地说：

"喝不得了，爸爸……够了，爸爸……"

阿尼娅也不安，央求他别再喝了。他却忽然冒火了，用拳头捶桌子。

"我不准人家管我！"他嚷着，"顽皮的男孩！淘气的姑娘！我要把你们统统赶出去！"

不过他的声音流露出软弱和忠厚，谁也不怕他。饭后他总是仔细地打扮自己。他脸色苍白，下巴上因为刮胡子不小心而留下一个口子，他伸长了瘦脖子，在镜子前面足足站半个钟头，加意修饰，一会儿梳头，一会儿捋黑唇髭，周身洒上香水，把领带打成花结，然后他戴上手套和高礼帽，出门教家馆去了。如果那是放假的日子，他就待在家里绘画或者弹小风琴，那个琴就呼呼响，咕咕叫起来。他极力弹出匀称和谐的声音，边弹边唱，要不然就向男孩们发脾气：

"可恶的东西！坏蛋！你们把这乐器弄坏了！"

每到傍晚，阿尼娅的丈夫就跟那些同住在公家房子里的同事们打牌。在打牌的时候，那些官员的太太也聚到一起来，她们都是些丑陋的、装束粗俗的、跟厨娘一样粗鲁的女人。于是种种诽谤的话就在这房子里传开了，那些话跟这些官太太本身一样的丑恶和粗俗。有时候莫杰斯特·阿列克谢伊奇带着阿尼娅到剧院去。在休息时间，他从不放她离开身边一步，挽着她的胳臂走过走廊和休息室。每逢他跟什么人打过招呼以后，就立刻小声对阿尼娅说："他是五等文官……大人接见过他……"或者"这人家道殷实……有房产……"他们走过小吃部的时候，阿尼娅很想吃点甜食，她喜欢吃巧克力糖和苹果糕，可是她没有钱，又不好意思问丈夫要。他呢，拿起一个梨，用手指头揉搓一阵，犹疑不定地问：

"多少钱一个？"

"二十五个戈比！"

"好家伙！"他回答，把那只梨放回原位。不过不买东西就走出小吃部又不像话，他就要了瓶矿泉水，自己把一瓶全喝光，眼泪都涌到他眼睛里来了。在这种时候，阿尼娅总是恨他。

或者他忽然涨得满脸通红，很快地对她说：

"向那位老太太鞠躬！"

"可是我不认识她。"

"没关系。她是税务局长的太太！我说，你倒是鞠躬啊！"他固执地埋怨道，"你的脑袋又不会掉下来。"

阿尼娅就鞠躬，她的脑袋也果然没有掉下来，可是这使她难过。她丈夫要她做什么她就做，同时她又恼恨自己，因为他把她当作最傻的傻瓜那样欺骗她。她原是只为了钱才跟他结婚的，不料现在她比婚前更缺钱。早先，她父亲至少有时候还给她一枚二十戈比银币，可是现在她连一个小钱也没有。偷偷拿钱，或者跟他要钱，她都办不到。她怕她丈夫，她在他面前发抖。她觉着她灵魂里仿佛早就存着对这个人的惧怕似的。从前她小时候总是觉得中学校长永远是世界上顶威严可怕的一种力量，好比乌云似的压下来，或者像火车头似的开过来，要把她压死似的。另一个同样的力量是大人，这是全家常常谈起，而且不知因为什么缘故大家都害怕的一个人。此外还有十个别的力量，不过少可怕一点儿，其中有一个中学教师，他上髭刮得光光的，严厉、无情。现在，最后来了莫杰斯特·阿列克谢伊奇这个循规蹈矩的人，他连相貌都长得像校长。在阿尼娅的想象中所有这些力量合成一个力量，活像一只可怕的大白熊，威逼着像她父亲那样的弱者和罪人。她不敢说顶撞的话，勉强赔着笑脸，每逢受到粗鲁的爱抚，被那种使她心惊胆战的搂抱所玷污的时候，还要装出快乐的神情。

彼得·列昂契奇只有一回大着胆子向他借五十卢布，好让他还一笔很讨厌的债，可是那是多么受罪啊！

"好吧，我给您这笔钱，"莫杰斯特·阿列克谢伊奇想了一想说，"可是我警告您，往后您要是不戒酒，我就再也不帮您忙了。一个在政府机关里做事的人养成这样的嗜好是可耻的！我不能不向您提起一件人人都知道的事实：许多有才干的人都是被这种嗜好毁掉的，然而他们一戒掉酒，也许能逐渐成为头面人物。"

随后是很长的句子："按照……""由于这种情形的结局……""只因为上述的种种。"可怜的彼得·列昂契奇受了侮辱而十分难堪，反倒更想喝酒了。

男孩们总是穿着破靴子和破裤子来看望阿尼娅，他们也得听取他的教训。

"各人都应当有各人的责任！"莫杰斯特·阿列克谢伊奇对他们说。

他不给他们钱。可是他送给阿尼娅镯子、戒指、胸针，说是这些东西留到急难的日子自有用处。他常常打开她锁着的五屉柜，查看一下那些东西还在不在。

二

这当儿冬天来了。还在圣诞节以前很久，当地报纸就发布消息，说一年一度的冬季舞会"定于"十二月二十九日在贵族俱乐部举行。每天傍晚打完牌以后，莫杰斯特·阿列克谢伊奇总是很兴奋，跟那些官太太们交头接耳，担心地打量阿尼娅，随后在房间里从这头走到那头，走上很久，想心事。最后，一天晚上，夜深了，他在阿尼娅面前站定，说：

"你应当做一件跳舞衣服。听明白没有？只是请你跟玛丽亚·格里戈里耶夫娜和娜塔利娅·库兹明尼希娜商量一下。"

他给了她一百卢布。她收下钱，可是她在定做跳舞衣服的时候并没有找谁商量，只跟父亲提了一下。她极力揣摩她母亲会穿什么样的衣服参加舞会。她那故去的母亲素来打扮得最时髦，老是为阿尼娅忙碌，把她打扮得漂漂亮亮跟洋娃娃一样，教她说法国话，教她把马祖尔卡舞跳得极好（她在婚前做过五年家庭女教师）。阿尼娅跟母亲一样会用旧衣服改成新装，用汽油洗手套，租赁 bijoux 穿戴起来。她也跟母亲一样善于眯细眼睛，娇声娇气地说话，做出妩媚的姿势，遇到必要时候装得兴高采烈，或者做出哀伤的、叫人琢磨不透的神情。她从父亲那儿继承了黑色的头发和眼睛、神经质、经常打扮得很漂亮的习惯。

在动身去参加舞会的半个钟头以前，莫杰斯特·阿列克谢伊奇没穿礼服走进她的房间，为了在她的穿衣镜面前把勋章挂在自己脖子上，他一见她的美丽和那身新做的轻飘衣服的灿烂夺目，不由得着了迷，得意地摩挲着他的络腮胡子说：

"原来我的太太能够变成这个样子……原来你能够变成这个样子啊！阿纽达！"他接着说下去，却忽然换了庄严的口气，"我已经使得你幸福了，那么今天你也可以办点事来使我幸福一下。我请求你想法跟大人的太太拉拢一下！看在上帝的分儿上，求你办一办！有她出力，我就能谋到高级陈报官的位子！"

他们坐车去参加舞会。他们到了贵族俱乐部，门口有看门人守着。他们走进前厅，那儿有衣帽架、皮大衣，仆役川流不息，袒胸露背的太太们用扇子遮挡着穿堂风。空气里有煤气灯和士兵的气味。阿尼娅挽着丈夫的胳膊走上楼去，耳朵听着音乐声，眼睛看着大镜子里她全身给许多灯光照着的影子，心头不由得涌上来一股欢乐，就跟那回在月夜下在小车站上一样感到了幸福的预兆。她带着自信的心情骄傲地走着，她第一回觉得自己不是姑娘，而是成年的女人，她不自觉地模仿故去的母亲的步态和气派。这还是她生平第一回觉得自己阔绰和自由。就连丈夫在身旁，她也不觉得难为情，因为她跨进俱乐部门口的时候，已经本能地猜到：老丈夫在身旁不但一点儿也不会使她减色，反而会给她添上一种男人十分喜欢的、搔得人心痒的神秘意味。大厅里乐队已经在奏乐，跳舞开始了。阿尼娅经历过公家房子里的那段生活以后，目前遇到这种亮光、彩色、音乐、闹声，就向大厅里扫了一眼,暗自想道:"啊,多么好啊!"她立刻在人群里认出了她所有的熟人,所有以前在晚会上或者游园会上见过的人,所有的军官、教师、律师、文官、地主、大官、阿尔狄诺夫和那些上流社会的太太们。这些太太有的浓妆艳抹,有的露出大块肩膀和胸脯,有的漂亮,有的难看,她们已经在慈善市场的小木房和售货亭里占好位子,开始卖东西,替穷人募捐了。有一个身材魁伟、戴着肩章的军官(她还是当初做中学生的时候在旧基辅街跟他认识的,可是现在想不起他的姓名了)好像从地底下钻出来一样,请她跳华尔兹舞。她就离开丈夫,翩翩起舞,马上觉得自己好像在大风暴中坐着一条小帆船随波起伏,丈夫已经远远地留在岸上了似的……她热烈而痴迷地跳华尔兹舞,然后跳波尔卡舞,再后跳卡德里尔舞,从这个舞伴手上飞到另一个舞伴手上,给音乐声和嘈杂声闹得迷迷糊糊,讲起话来俄国话里夹几句法国话,发出娇滴滴的声调,不住嘻嘻地笑,脑子里既没有想她丈夫,也没有想别的人、别的事。她引得男子纷纷艳羡,这是明明白白的,而且也不可能不这样。她兴奋得透不出气,颤巍巍地抓紧扇子,觉得口渴。她父亲彼得·列昂契奇穿一件有汽油味的、揉皱的礼服,走到她面前,递给她一小碟红色冰激凌。

"今天傍晚你真迷人,"他快活地瞧着她说,"我从没像今天这么懊悔过,你不该急急忙忙地结婚……何必结婚呢?我知道你是为我们的缘故才结婚的,可是……"他用发抖的手拿出一卷钞票来,说:"今天我收到了教家馆的薪水,可以还清我欠你丈夫的那笔钱了。"

她把小碟递到他手里,立刻就有人扑过来,一转眼间就把她带到远处去了。她从舞伴的肩膀上望出去,一眼看见她父亲搂住一位太太,在镶木地板上滑着走,带她在大厅里回旋。

"他在没有喝醉的时候多么可爱啊!"她想。

她跟原先那个魁伟的军官跳马祖尔卡舞;他庄严而笨重,像一具穿着军服的兽尸,一面走动一面微微扭动肩膀和胸脯,微微顿着脚,仿佛他非常不想跳舞。她呢,在他四周轻盈地跳来跳去,用她的美貌和裸露的脖子打动他的心。她的眼睛兴奋地燃烧着,她的动作充满热情。他却变得越来越冷淡，像皇帝发了慈悲似的向她伸出手去。

"好哇，好哇！……"旁观的人们说。

可是魁伟的军官也渐渐的来劲了。他活泼起来，兴奋起来，已经给她的妩媚迷住，满腔热火，轻盈而年轻地跳动着，她呢，光是扭动肩膀，调皮地瞟着他，仿佛她已经是皇后，而他是奴隶似的。这当儿她觉着整个大厅里的人都在瞟他们，每个人都呆住了，而且嫉妒他们。魁伟的军官还没来得及为这场舞蹈向她道谢，忽然人群让出一条路来，男人们有点古怪地挺直身子，垂下两只手贴在裤缝上……原来，燕尾服上挂着两颗星章的大人向她走过来了。是的，大人确实向她走过来了，因为他的眼睛直勾勾地瞟着她，脸上现出甜蜜的笑容，同时像在咀嚼什么东西似的舔着自己的嘴唇，他每逢看见漂亮女人总要这样。

"真高兴，真高兴……"他开口了，"我要下命令罚您的丈夫坐禁闭室，因为他把这样一宗宝贝一直藏到现在，瞒住我们。我是受我妻子的委托来找您的，"他接着说，向她伸出胳膊，"您得帮帮我们的忙……嗯，对了……应当照美国人的办法那样……发给您一份美人奖金才对……嗯，对了……美国人……我的妻子等得您心焦了。"

他带她走到小木房那儿，给她引见一个上了岁数的太太，那太太的脸下半部分大得不成比例，因此看上去倒好像她嘴里含着一块大石头似的。

"帮帮我们的忙吧，"她带点鼻音娇声娇气地说，"所有的美人都在为我们的慈善市场工作，只有您一个人不知什么缘故却在玩乐。为什么您不肯帮帮我们的忙呢？"

她走了，阿尼娅就接替她的位子，守着茶杯和银茶炊。她这儿的生意马上就兴隆起来。阿尼娅卖一杯茶至少收一个卢布，硬逼那个魁伟的军官喝了三杯。富翁阿尔狄诺夫生着一双暴眼睛，害着气喘病，也走过来了。他不像夏天阿尼娅在火车站看见的那样穿一身古怪的衣服，而是跟大家一样穿着燕尾服了。他两眼盯紧阿尼娅，喝下一杯香槟酒，付了一百卢布，然后喝点茶，又给了一百，始终没开口说话，因为他害气喘病而透不过气来……阿尼娅招来买主，收下他们的钱，她已经深深相信：她的笑容和眼光一定能给这些人很大的快乐。她这才明白：她生下来是专为过这种热闹、灿烂、有音乐和舞蹈、获得许多崇拜者的欢笑生活。她许久以来对于那种威逼着她、要把她活活压死的力量的恐惧依她看来显得可笑了，现在她谁也不怕，只是惋惜母亲已经去世，要是如今在场，一定会为她的成功跟她一块儿高兴呢。

彼得·列昂契奇脸色已经发白，不过两条腿还算站得稳，他走到小木房这儿来，要一小杯白兰地喝。阿尼娅脸红了，料着他会说出什么不得体的话（她已经因为自己有一个这样穷酸、这样平凡的爸爸而觉得难为情了），可是他喝干那杯酒，从他那卷钞票里抽出十卢布来往外一丢，一句话也没说就尊严地走了。过了一会儿，她看见他跟一个舞伴参加大圆舞，这时候脚步已经不稳，嘴里不断地嚷着什么，弄得他的舞伴十分狼狈。阿尼娅想起二年前他在舞会上也这样脚步踉跄、吵吵嚷嚷，结果被派出所长押回家来睡觉，第二天校长威吓他说要革掉他的差使。这种回忆来得多么不是时候啊！

等到小木房里的茶炊熄灭，疲乏的女慈善家们把自己的进款交给那位嘴里含着石头的上了岁数的太太，阿尔狄诺夫就伸出胳膊来挽住阿尼娅，走到大厅里去，那儿已经为全体参加慈善市场的人们开好了晚饭。吃晚饭的只不过二十来个人，可是很热闹。大人提议干杯："在这堂皇的餐厅里，应当为今天市场的服务对象，那些廉价食堂的兴隆而干杯。"陆军准将提议"为那种就连大炮也要屈服的力量干杯"，大家就纷纷举起酒杯跟太太们碰杯。真是快活极了，快活极了！

临到阿尼娅由人送回家去，天已经大亮，厨娘们上市场去了。她高高兴兴，带着醉意，脑子里满是新印象，累得要命，就脱掉衣服，往床上一躺，立刻睡着了……

当天下午一点多钟，女仆来叫醒她，通报说阿尔狄诺夫先生来拜访了。她赶快穿好衣服，走进客厅。阿尔狄诺夫走后不久，大人就来了，为她参加慈善市场工作而向她道谢。他带着甜蜜蜜的笑容瞧她，像是在咀嚼什么东西似的舔着嘴唇，吻她的小手，请求她准许他以后再来拜访，然后告辞走了。她呢,站在客厅中央,又吃惊又迷惑,不相信她的生活这么快就起了变化,惊人的变化。这当儿她丈夫莫杰斯特·阿列克谢伊奇走进来了……现在他站在她面前也现出那种巴结的、谄笑的、奴才般的低声下气神情了,这样的神情在他遇见权贵和名人的时候她常在他脸上看见。她又是快活,又是气愤,又是轻蔑,而且相信自己无论说什么话也没关系,就咬清每个字的字音说:

"滚开,蠢货!"

从这时候起,阿尼娅再也没有一个空闲的日子了,因为她时而参加野餐,时而出去游玩,时而演出。她每天都要到半夜以后才回家,在客厅地板上睡一觉,过后却又动人地告诉大家说她怎样在花丛底下睡觉。她需要很多的钱,不过她不再怕莫杰斯特·阿列克谢伊奇了,花他的钱就跟花自己的一样。她不央求他,也不硬逼他,光是派人给他送账单或者条子去。"交来人二百卢布"或者"即付一百卢布"。

到复活节,莫杰斯特·阿列克谢伊奇领到了二等安娜勋章。他去道谢的时候,大人放下报纸,在圈椅上坐得更靠后一点儿。

"那么现在您有三个安娜了,"他说,看着自己的白手和粉红色的指甲,"一个挂在您的纽扣眼上,两个挂在您的脖子上。"

莫杰斯特·阿列克谢伊奇出于谨慎举起两个手指头来放在嘴唇上,免得笑声太响。他说:

"现在我只巴望小符拉吉米尔出世了。我斗胆请求大人做教父。"

他指的是四等符拉吉米尔勋章。他已经在揣想将来他怎样到处去讲自己这句妙语双关的话了。这句话来得又机智又大胆,妙极了,他本来还想说点同样妙的话,可是大人又埋下头去看报,光是对他点一点头……

阿尼娅老是坐上三匹马拉着的车子到处奔走,她跟阿尔狄诺夫一块儿出去打猎,或是演独幕剧,或是出去吃晚饭,越来越不大去找自己家里的人。现在他们吃饭没有她来做伴了。彼得·列昂契奇酒瘾比以前更大,钱却没有,小风琴早已卖掉抵了债。现在男孩们不放他一个人上街去,总是跟着他,生怕他跌倒。每逢他们在旧基辅街上遇见阿尼娅坐着由一匹马驾辕、一匹马拉套的双马马车出来兜风，同时阿尔狄诺夫代替车夫坐在车夫座上的时候，彼得·列昂契奇就脱下高礼帽，想对她嚷一声，可是彼佳和安德留沙揪住他的胳膊，恳求地说：

"不要这样，爸爸……别说了，爸爸！……"

1895年

情境赏析

《挂在脖子上的安娜》中，安娜就是一个被裹着走的人，当然我们不是批评裹着走的人。半生不熟的女人树立了错误的性别意识，她走两个极端，要么她自卑得可怜，她唉声叹气地诉说身为女人的不幸，她觉得必须依赖男人，没有他们她就不知道怎么活，她完全丧失了自我，她是《挂在脖子上的安娜》，她是唠唠叨叨的怨妇弃妇。要么她自信得可笑，她觉得女人天生是为欺负男人而来，她是半吊子女权主义者，她要求全方位的平等，她不但坚决地不进厨房，还声称不让她的裤子从前边开口是对她权利的侵犯，她要求站着撒尿，她要求女上位，要求在宪法条文中不写"男女平等"而写成"女男平等"。同时她的观点中还透着不自信，因为她居然把性当成了武器，她要么滥用它，以为凭这个能够所向披靡，以为可以通过利用男人的缺点征服他们；她要么不用它，她被一些鬼话欺骗，以为那层薄膜果真是处女证明，以为一个女人的纯洁全部维系在一层膜上，而不是心灵上，有了它她像公鸡般骄傲，失去了就痛不欲生。

名家点评

"用最刻苦的方法来认识人生，用最坚定的方向去走自己的路，而不是被裹着走。"《挂在脖子上的安娜》针砭了追求虚荣、庸俗无聊、鼠目寸光的人生哲学。

——鲁迅

农民

> 尼古拉和他的妻子奥莉加带着女儿萨莎回到父母兄弟所在的茹科沃村。尼古拉身患重病,他回到家乡原本是为了疗养。然而三口之家一来到父母身旁,却激化了一系列矛盾……

一

没有背景的铺陈,直接引出主人公,毫不停滞地展开情节。这种直接的开发性给人以强烈印象,体现了契诃夫作品"一下子印进人的脑筋"的艺术特点。

莫斯科旅馆"斯拉夫商场"的一个仆役尼古拉·契基尔杰耶夫害病了。他的两条腿麻木,脚步不稳,因此有一天他手里托着一个盘子,盘子里盛着一份火腿加豌豆,顺过道走着,绊一个跟头,摔倒了。他只好辞去职务。他已经把他自己和他妻子所有的钱都花在治病上,他们没法生活了,而且闲着没事做也无聊,就决定应该回家乡,回村子里去。在家里不但养病便当些,生活也便宜些。俗语说"在家千日好,出门一时难",这话不是没有道理的。

将近黄昏,他到了他的故乡茹科沃。据他小时候的记忆,故乡的那个家在他的心目中是个豁亮、舒服、方便的地方,可是现在一走进木房,他简直吓一跳,那么黑、那么窄、那么脏。他妻子奥莉加和他女儿萨莎是跟他同路来的,她们瞧着那个不像样的大炉子发了呆,它差不多占据半间屋子,给煤烟和苍蝇弄得污黑。好多的苍蝇哟!炉子歪了,墙上的原木歪歪斜斜，好像小木房马上就要坍下来似的。在前面墙角靠近圣像的地方。贴着瓶子上的商标纸和剪下来的报纸，这些是用来代替画片的。穷啊，穷啊！大人一个也不在家。大家都收庄稼去了。炉台上坐着一个八岁上下的、淡黄色头发的姑娘，没洗脸，露出冷冷淡淡的神情，她甚至没有看一眼这些走进来的人。下面，一只白猫正在炉叉上蹭痒痒呢。

"猫咪，猫咪！"萨莎叫它。"猫咪！"

"我们这只猫听不见，"那小姑娘说，"它聋了。"

"为什么？"

"是啊。它挨了打。"

尼古拉和奥莉加头一眼就瞧出来这儿的生活是什么样子，可是彼此都没说话。他们一声不响地放下包袱，一声不响地走出门外，到街上去了。从尽头数起他们的木房算是第三家，看上去好像是顶穷苦、顶古老的一家。第二家也好不了多少。可是尽头的一家却有铁皮房顶，窗上挂着窗帘。那所木房孤零零地立在那儿，四周没有围墙，那是一个小饭铺。所有的木房排成一单行，整个小村子安静而沉思，从各处院子里伸出柳树、接骨木、山梨树的枝子，有一种愉快的景象。

在农民住房的背后，有一道土坡溜到河边，直陡而险峻，这儿那儿的黏土里露出一块块大石头。在陡坡上，有一条小路顺着那些石头和陶工所挖的坑旁边蜿蜒出去。一堆堆碎陶器的破片，有棕色的，有红色的，在各处垒得很高。坡下面铺展着一片广阔、平整、碧绿的草场，草已经割过，如今农民的牲口正在那儿溜达。那条河离村子有一俄里远，在美丽的、树木茂密的两岸中间弯弯曲曲流过去。河对岸又是一个广阔的草场，有一群牲口和长长的好几排白鹅。过了草场，跟河这边一样，有一道陡坡爬上山去。坡顶上有一个村子和耸起五个拱顶的教堂，再远一点儿是一个老爷的房子。

> 简洁地勾勒出悲惨的农村生活图景，语言精练而朴素，具有生动的口语特色。

"你们这儿真好!"奥莉加说,对着教堂在胸前画十字,"主啊,多么宽敞啊!"

正好这当儿钟声响起来,召人去做彻夜祈祷(这是星期六的黄昏)。下面有两个小姑娘,抬着一桶水,回过头去瞧着教堂,听那钟声。

"这会儿,'斯拉夫商场'正在开饭……"尼古拉沉思地说。

> 借人物活动的环境来强化性格中诗意的情感。

尼古拉和奥莉加坐在陡坡的边上,观赏日落,看金黄和绯红的天空怎样映在河面上,映在教堂的窗子上,映在空气中。空气柔和、沉静、难以形容的纯净,这在莫斯科是从来也没有的。太阳下山,成群的牲口走过去,咩咩地、哞哞地叫着,鹅从对岸飞过河来,然后四下里又沉静了。柔和的亮光溶解在空气里,昏暗的暮色很快地降下来。

这当儿尼古拉的父母,两个干瘦的、驼背的、掉了牙的老人,身材一般高,回家来了。两个女人,儿媳妇玛丽亚和菲奥克拉,本来在对岸的地主庄园上工作,也回家来了。玛丽亚是尼古拉的哥哥基里亚克的妻子,有六个孩子。菲奥克拉是他弟弟杰尼斯的妻子,有两个孩子,杰尼斯出外当兵去了。尼古拉一走进木房,看见全家的人,看见高板床上、摇篮里、各处墙角里那些动弹着的大大小小的身体,看见两个老人和那些女人怎样用黑面包泡在水里,狼吞虎咽地吃下去,他就暗想:他这么生着病,一个钱也没有,回到这里来,而且带着家眷,是做错了,做错了!

"哥哥基里亚克在哪儿?"他们互相招呼过后,他问。

"他在一个商人那儿做看守人,"他父亲回答,"他住在那边树林子里。他呢,倒是个好样儿的庄稼汉,就是酒喝得太厉害。"

"他不是挣钱的人!"老太婆辛酸地说,"咱们这一家的庄稼汉都倒霉，都不带点什么回家来，反倒从家里往外拿。基里亚克喝酒，老头子呢，也认得那条上小饭铺去的路，这种罪孽也用不着瞒了。这是圣母生了咱们的气。"

由于来了客人，他们烧起茶炊来。茶有鱼腥气，糖是灰色的，而且已经有人咬过。蟑螂在面包和碗盏上爬来爬去。喝这种茶叫人恶心，谈话也叫人不舒服，谈来谈去总离不了穷和病。可是他们还没喝完一杯茶，忽然院子里传来响亮的、拖长的、醉醺醺的声音：

"玛——丽亚！"

"看样子好像基里亚克来了，"老头子说，"说起他，他就来了。"

一片沉寂。过了不大工夫，嚷叫声又响起来，又粗又长，好像是从地底下发出来的：

"玛——丽亚！"

大儿媳妇玛丽亚脸色变白，缩到炉子那边去，这个结实的、宽肩膀的、难看的女人的脸上会现出这么害怕的神情，看上去很有点古怪。她女儿，那个原先坐在炉台上、神情淡漠的小姑娘，忽然大声哭起来。

"你号什么，讨厌鬼！"菲奥克拉对她吆喝道，她是一个漂亮的女人，身体也结实，肩膀也宽，"他不会打死她，不用怕！"

尼古拉已经从老头子口里听说玛丽亚不敢跟基里亚克一块儿住在树林子里。每逢他喝醉酒，他总来找她，大吵大闹，死命地打她一顿。

"玛——丽亚！"嚷叫声从门口传来。

"看在基督面上，救救我，亲人们，"玛丽亚嘟嘟哝哝地说，喘着气，仿佛浸在很冷的水里似的，"救救我，亲人们……"

木房里的孩子有那么多，他们一齐哭起来。萨莎学他们

生动而形象地描写了农村的穷困、可怜与不幸。

通过外貌写出玛丽亚内心的恐惧，也从另一个角度折射出了基里亚克的凶暴。

的样,也哭起来。先是传来一声醉醺醺的咳嗽,随后有一个身材高大、满脸黑胡子的农民,戴着一顶冬天的帽子走进木房里来,由于小灯射出昏暗的光,他的脸看不清,显得很吓人。这人就是基里亚克。他走到妻子跟前,抡起胳膊,一拳头打在她脸上。她没喊出一点儿声音就给这一拳打昏了,一屁股坐下去,她的鼻子里立刻流出血来。

> 不集中描写基里亚克,而是把人物肖像与性格逐次展现,这是契诃夫最惯用的手法之一。

"好不害臊,好不害臊,"老头子嘟哝着,爬到炉台上去,"而且当着客人的面!造孽哟!"

老太婆一声不响地坐在那儿,躬着身子想心事。菲奥克拉摇着摇篮……显然,基里亚克感到自己招人害怕,心里得意,索性抓住玛丽亚的胳膊,拉她到门口,像野兽似的吼叫,为了显得更可怕些,可是这当儿他忽然瞧见客人,就停住手。

"哦,他们已经来了……"他说,放了妻子,"亲兄弟跟他家里的人……"

他在圣像前面念完祷告,摇摇晃晃,睁大他那发红的醉眼,接着说:

"亲兄弟跟他家里的人到爹娘家里来了……就是说,打莫斯科来的。就是说,莫斯科那个古时候的京城,所有的城市的母亲……原谅我……"

他在靠近茶炊的一张长凳上坐下,开始喝茶,在一片沉寂里独有他凑着小碟大声地喝茶……他喝了十来杯,然后在长凳上躺下,打起鼾来。

他们分头睡下。尼古拉因为有病,就跟老头子一块儿睡在炉台上。萨莎躺在地板上,奥莉加跟别的女人一块儿到板棚里去了。

"算了,算了,亲人,"她说,挨着玛丽亚在干草上躺下来,"眼泪消不了愁!忍一忍就行了。《圣经》上说:谁要是打你的右脸,就把左脸也送上去……算了,算了,亲人!"

然后，她压低嗓音用唱歌样的声调跟她们讲莫斯科，讲她的生活，讲她怎样在那些带家具的房间里做女仆。

"在莫斯科呀，房子都挺大，是用石头砌的，"她说，"教堂好多好多哟，四十个四十都不止，亲人。那些房子里都住着上等人，真好看，真文雅！"

玛丽亚说她不但从来没有到过莫斯科，就连故乡的县城也没去过。她认不得字，也不会祷告，就连"我们的父"也不知道。她和她的弟媳菲奥克拉（这时候她坐在不远的地方听着呢）都什么也不懂。她们俩都不喜欢自己的丈夫。玛丽亚怕基里亚克。每逢只剩下她一个人跟他待在一块儿，她就害怕得发抖，而且一挨近他就总是被他喷出的浓烈的酒气和烟气熏得头痛。菲奥克拉一听到人家问起丈夫不在，是不是闷得慌，就没好气地回答说：

"滚他妈的！"

她们谈了一会儿，就不响了……

天气凉了。一只公鸡在板棚附近逼尖了喉咙喔喔地啼着，搅得人睡不着。等到淡蓝色的晨光射进每条板缝，菲奥克拉就悄悄地爬起来，走出去，随后听见她匆匆地跑到什么地方去了，她那双光脚踩出一片吧嗒吧嗒的声音。

二

奥莉加到教堂里去，带着玛丽亚一路去了。她们顺小路下坡，向草场走去，两个人兴致都挺好。奥莉加喜欢空旷的乡野。玛丽亚觉着这个妯娌是一个贴心的亲人。太阳升上来了。一只带着睡意的鹰在草场上面低低地飞翔，河面黯淡无光，有些地方有雾飘浮，可是从对面的高岸上面已经伸过一长条亮光来。教堂发亮了，白嘴鸦在地主的花园里哇哇地叫得很欢。

> 与上段形成鲜明的身份对比，强大的心理落差，使自己很无奈。

> 清新优美的景物描写从一个侧面衬托了奥莉加与玛丽亚的心情。

"老头子倒没什么，"玛丽亚讲起来，"可是老奶奶挺凶，总是吵架。咱们自己的粮食只够吃到谢肉节，现在我们在小饭铺里买面粉，所以她不痛快。她说：'你们吃得太多了。'"

"算了，算了，亲人！忍一忍就行了。经上写着：上我这儿来吧，所有你们这些辛苦劳累的人。"

> 语言富于个性化，反映了奥莉加作为一个信徒的宽容、温顺、同情。

奥莉加用唱歌样的声调平心静气地说着，她的步子像参拜圣地的女人的那种步子，又快又急，她每天念《福音书》，念得挺响，学教堂执事的那种腔调，有很多地方她看不懂，可是那些神圣的句子却把她感动得流泪，她一念到"如果"和"暂且"那类字，就觉着晕晕乎乎，心都不跳了。她信仰上帝、信仰圣母、信仰圣徒。她相信不管欺负什么人，普通人也好、德国人也好、茨冈人也好、犹太人也好，都不应该。她相信甚至不怜恤动物的人都会倒霉。她相信这些是写在圣书上的，因此，每逢她念《圣经》上的句子，即使念到不懂的地方，她的面容也会变得怜悯、感动、放光。

"你是哪儿的人？"玛丽亚问她。

"我是弗拉基米尔省的人，可是我早就到莫斯科去了，那时候我才八岁。"

她们走到河边。河对岸有个女人站在水边上，正在脱衣服。

"那是咱们家的菲奥克拉，"玛丽亚认出来了，"她刚才过河到老爷的庄园上去了。她去找老爷手下的男管事，她胡闹，爱骂人，真不得了！"

眉毛乌黑，头发蓬松的菲奥克拉年纪还轻，身体跟姑娘家一样结实，从岸坡上跳下去，用脚拍水，向四面八方送出浪花去。

> 优美的环境描写，渲染一种详和的气氛。

"她爱胡闹，真不得了！"玛丽亚又说一遍。

河上架着一道摇晃的小木桥，桥底下清洁透亮的河水里游着成群的、宽额头的鲦鱼。碧绿的灌木丛倒映在水里，绿叶上的露珠闪闪发亮。天气暖起来，使人感到愉快。多么美丽的早晨啊！要是没有贫穷，没有那种可怕的、无尽头的、使人躲也没处躲的赤贫，大概人世间的生活也会那样美丽吧！这时候只要回头看一眼村庄，昨天发生的一切事情就会生动地想起来，她们本来在四周的风光里感到的那种令人陶醉的幸福，这时候就一下子消失了。

她们走进教堂。玛丽亚站在门口，不敢再往前走。虽然要到八点多钟教堂才会打钟做弥撒，她却不敢坐下去。她始终照这样站在那儿。

正在念《福音书》的时候，人群忽然分开，闪出一条路来让地主一家人走过去。有两个姑娘穿着白色连衣裙，戴着宽边帽子，走进来，跟她们一块儿来的还有一个脸蛋儿又胖又红的男孩，穿着海军服。他们一来，感动了奥莉加。她第一眼看去，就断定她们是上流社会的、有教养的、优雅的人。可是玛丽亚皱起眉头阴沉而郁闷地瞟着她们，仿佛进来的不是人，而是妖怪，要是她不让出路来，就会被踩死似的。

农村的贫富分化现象比较严重，地主与农民相差悬殊。

每回辅祭用男低音高声念着什么，她总觉着仿佛听见了一声喊叫："玛——丽亚！"她就打冷战。

三

村子里的人已经听说这些客人来了，做完弥撒以后，马上有许多人聚到那小木房里去。列昂内切夫家的人、玛特维伊切夫家的人、伊里巧夫家的人，都来打听他们那些在莫斯科做事的亲戚。茹科沃村所有的青年，只要认得字、会写字，就都送到莫斯科去，专门在旅馆或者饭馆里做仆役（就跟河对面那个村子里的青年都送到面包房里去做学徒一样）。这早已成了风气，从农奴制时代就开始了。先是有一个茹科沃的农民名叫卢卡·伊万内奇的，现在已经成为传奇人物了，那时候在莫斯科的一个俱乐部里做食堂的侍役，只肯推荐同乡去做事。等到那些乡亲得了势，就找他们的亲戚来，把他们安插在旅馆里和饭馆里。从那时候起，附近一带的居民就把茹科沃这个村子不叫做别的，只叫做下贱村或者奴才村了。尼古拉在十一岁那年给送到莫斯科去，由玛特维伊切夫家的伊万·马卡雷奇谋了个事，当时伊万·马卡雷奇在隐居饭店当差。现在，尼古拉带着一本正经的神情对玛特维伊切夫家的人说：

> 人物对话透露出人物的形象。

"伊万·马卡雷奇是我的恩人，我得日日夜夜为他祷告上帝，因为多亏他提拔，我才成了上流人。"

"我的爷啊，"伊万·马卡雷奇的妹妹，一个身材很高的老太婆，含着泪说，"我们一直没得着一点儿他的消息，那个亲人。"

"去年冬天他在奥蒙那一家当差，听说这一季他到城外一个花园饭店去了……他老了！是啊，往年夏天，他每天总要带着大约十个卢布回家，可是现在到处生意都清淡，这就苦了老人家了。"

女人们和那些老太婆瞧着尼古拉的穿了毡靴的脚，瞧着他那苍白的脸，悲凉地说：

"你不是挣钱的人了，尼古拉·奥西培奇，你不是挣钱的人了！真的不行了！"

> 通过对比，把一个小姑娘的外貌描写得细致、入微，生动传神。

大家全都疼爱萨莎。她已经满十岁了，可是她个子小，很瘦，看上去不过七岁的样子。别的小姑娘，都是脸蛋儿晒得黑黑的，头发胡乱地剪短，穿着褪了色的长衬衫，她夹在她们当中，却脸蛋儿白白的，眼睛又大又黑，头发上系着红丝带，显得滑稽可笑，倒好像她是一头小野兽，在旷野上给人捉住，带到小木房里来了似的。

"她认得字呐！"奥莉加夸道，温柔地瞧着她的女儿，"念一念吧，孩子！"她说，从墙角拿出一本《福音书》来，"你念，让那些正教徒听一听。"

那本《福音书》又旧又重，皮封面，书边摸脏了。它带来一种空气，仿佛修士们走进房里来了似的。萨莎抬起眉毛，用唱歌样的声音响亮地念起来：

"'他们去后有主的使者……向约瑟梦中显现，说：起来，带着小孩子同他母亲……'"

"'小孩子同他母亲。'"奥莉加跟着念了一遍，激动得涨红了脸。

"'逃往埃及……住在那里，等我吩咐你，因为希律必寻找小孩了，要除灭他……'"

听到这里，奥莉加再也忍不住，就哭起来。玛丽亚看着她那样子，就也抽抽搭搭地哭了，随后伊万·马卡雷奇的妹妹也跟着哭。老头子不住咳嗽起来，跑来跑去要找一件礼物送给孙女，可是什么也没找到，只好挥一挥手，算了。等到念完经，邻居们就走散，回家去了。他们都深受感动，十分满意奥莉加和萨莎。

由于这天是节日，一家人就在家里待了一天。老太婆（不管丈夫也好、儿媳妇也好、孙子孙女也好，统统都叫她老奶奶）样样事情都要亲自做。她亲自生炉子、烧茶炊，甚至自己给田里的男人们送午饭去，事后却又抱怨说累得要死。她老是担心家里人吃得太多，担心丈夫和儿媳妇闲坐着不做事。一会儿，她仿佛听见饭铺老板的鹅从后面溜进她的菜园里来了，她就捞起一根长棍子跑出小木房，到那些跟她自己一样瘦小干瘪的白菜旁边尖声喊上半个钟头，一会儿，她又觉得仿佛有一只乌鸦偷偷来衔她的小鸡，就一边骂着，一边向乌鸦冲过去。她一天到晚生气，发牢骚，常常叫骂得那么

写出了老奶奶的腐朽、专横、暴戾。

响，弄得街上的行人都站住脚听。

　　她待她的老头子很不和气，一会儿骂他懒骨头，一会儿骂他瘟疫。他是个没有主张而很不可靠的人，要不是因为她经常督促他，也许他真就什么活儿也不干，光是坐在炉台上扯淡了。他对儿子说起他的一些仇人，讲个没完没了，抱怨邻居每天欺负他，听他讲话是乏味的。

　　"是啊，"他的话头拉开了，手叉在腰上，"是啊……在圣十字架节以后，过了一个星期，我把干草按一普特三十戈比的价钱卖出去了，是我自个儿要卖的……是啊……挺好……所以，你瞧，有一天早晨我把干草搬出去，那是我自个儿要干，我又没招谁惹谁。偏偏赶上时辰不利，我看见村长安契普·谢杰尔尼科夫打小饭铺里出来。'你把它拿到哪儿去，你这混蛋？'他说啊说的，给我一个耳光。"

　　基里亚克害着很厉害的醉后头痛，在他弟弟面前觉得不好意思。

> 一语中的，似乎在为自己的失态而开脱。

　　"这白酒害得人好苦啊。唉，我的天！"他嘟哝着，摇着他那胀痛的脑袋，"看在基督的分儿上，原谅我，亲兄弟和亲弟妹。我自己也不快活啊。"

　　因为这天是节日，他们在小饭铺里买了一条鲟鱼，用鲟鱼头熬汤。中午，他们坐下来喝茶，喝了很久，喝得大家都出了汗。他们真也好像让茶灌得胀大了。然后他们又喝鱼汤，大家都就着一个汤钵舀汤喝。至于鲟鱼，老奶奶却藏起来了。

　　傍晚，一个陶器工人在坡上烧汤钵。下面草场上，姑娘们围成一个圆圈跳舞、唱歌。有人拉手风琴。河对面也在烧窑，也有姑娘唱歌，远远听来歌声柔美而和谐。小饭铺里面和小饭铺左近，农民们闹得正有劲。他们用醉醺醺的嗓音杂七杂八地唱歌，互相咒骂，骂得非常难听，吓得奥莉加只有打抖的分儿，嘴里念着：

"啊，圣徒！……"

使她吃惊的是这种咒骂滔滔不绝，而且骂得顶响、骂得顶久的反而是快要入土的老头子。姑娘们和孩子们听着这种咒骂，一点儿也不难为情，他们明明从小就听惯了。

过了午夜，河两岸陶窑里的火已经微下去，可是在下面的草场上，在小饭铺里，大家仍旧在玩乐。老头子和基里亚克都醉了，胳膊挽着胳膊，肩膀挤着肩膀，走到奥莉加和玛丽亚所睡的板棚那边去。

"算了吧，"老头儿劝道，"算了吧……她是挺老实的娘儿们……这是罪过……"

"玛——丽亚！"基里亚克嚷道。

"算了吧……罪过……她是个很不错的娘儿们。"

两个人在堆房旁边站了一分钟，就走了。

"我啊，爱——野地——里的花！"老头子忽然用又高又尖的中音唱起来，"我啊，爱——到草场上去摘它！"

然后他啐口痰，骂了句难听的话，走进小木房里去了。

四

老奶奶把萨莎安置在菜园附近，吩咐她看守着，别让鹅钻进来。那是炎热的八月天。小饭铺老板的鹅可能从后面钻进菜园里来，可是眼下它们正在干正经事，它们在小饭铺附近拾麦粒，平心静气地一块儿聊天，只有一只公鹅高高地昂起头，仿佛打算看一下老太婆是不是拿着棍子赶过来了。别的鹅也可能从坡下跑上来，可是眼下它们正在远远的河对面打食，在草场上排成白白的一条长带子。萨莎站了一会儿，觉得无聊，看见鹅没来，就跑到陡坡的边上去了。

在那儿她看见玛丽亚的大女儿莫特卡一动也不动地站在

> 童话般的语言表现了萨沙的纯真。

> 表现了玛丽亚生活的不幸与艰辛。

一块大石头上，瞧着教堂。玛丽亚生过十三个孩子，可是只有六个孩子还活着，全是姑娘，没有一个男孩，顶大的才八岁。莫特卡光着脚，穿一件长长的衬衫，站在太阳地里。太阳直直地晒着她的脑袋，可是她不在意，仿佛化成了石头。萨莎站在她旁边，瞧着教堂，说：

"上帝就住在教堂里。人点灯和蜡烛，可是上帝点绿的、红的、蓝的小圣像灯，跟小眼睛似的。夜里上帝就在教堂里走来走去，最神圣的圣母和上帝的侍者尼古拉陪着他走——咚，咚，咚！……守夜人吓坏了，吓坏了！算了，算了，亲人，"她说，学她母亲的话，"等到世界的末日来了，所有的教堂就都飞上天去了。"

> 孩子的纯真与可爱跃然纸上。

"带——着——钟——楼———齐——飞？"莫特卡用低音问道，拖长每个字的字音。

"带着钟楼一齐飞。世界的末日来了，好心的人就上天堂，爱发脾气的人呢，可就要在永远燃着的、不灭的火里烧一烧了，亲人。上帝会对我妈和玛丽亚说：'你们从没欺负过人，那就往右走，上天堂去吧。'可是对基里亚克和老奶奶呀，他就要说：'你们往左走，到火里去。'在持斋的日子吃了荤腥东西的人也要送到火里去。"

她抬头看天，睁大眼睛，说：

"瞧着天空，别眨眼睛，那你就会看见天使。"

莫特卡也开始看天，在沉静中过了一分钟。

"看见没有？"萨莎问。

"没有。"莫特卡用低音说。

"可是我看见了。天空中有些小天使在飞，扇着小翅膀，一闪一闪的，跟小蚊子一样。"

> 萨沙继承了母亲奥莉加的诗意、宗教情感和同情心。

莫特卡想了一想，眼睛瞧着地下问：

"老奶奶会遭到火烧吗？"

"会的，亲人。"

从这块石头直到紧底下，有一道光滑的慢坡，长满柔软的绿草，谁一看见，就想伸出手去摸一摸，或者在那上面躺一躺。萨莎躺下，滚到坡底下去了。莫特卡现出庄重而严肃的脸相喘着气，也躺下去，往下滚。她往下一滚，衬衫就卷到她肩膀上去了。

"多好玩呀！"萨莎说，高兴得很。

她们俩走到顶上预备再滚下去，可是正好这当儿那熟悉的尖嗓音响起来了。啊呀，多么可怕！那老奶奶，没了牙、瘦得皮包骨、驼着背、短短的白发在风里飘动，正拿着一根长棍子把鹅赶出菜园去，哇哇地叫着：

"它们糟践了所有的白菜，这些该死的东西！把你们宰了才好，你们这些该诅咒三次的恶鬼，祸害，为什么你们不死哟！"

她一眼看见那两个小女孩，就丢下棍子，拾起一根枯树枝，伸出又干又硬的手指头一把掐住萨莎的脖子，活像加了一个套包子，开始抽她。萨莎又痛又怕，哭起来，这当儿那只公鹅却伸直脖子，摇摇摆摆迈动两条腿，走到老太婆这边来，咭咭地叫了一阵，这才归到它的队里去，招得所有的雌鹅都用称赞的口气向它致敬："嘎——嘎——嘎！"后来，老奶奶又打莫特卡。这一打，莫特卡的衬衫就又卷上去了。萨莎伤透了心，大声哭着，跑到小木房里去申诉。莫特卡跟着她跑，她也哭，可是嗓音粗得多，眼泪也不擦，脸湿得仿佛在水里泡过一样。

"我的圣徒啊！"奥莉加瞧见她俩走进小木房来，吓慌了，叫道，"圣母啊！"

萨莎刚开头讲她的事，老奶奶就尖声叫着，骂着，走进来了，然后菲奥克拉生气了，屋子里闹得乱哄哄的。

孩子的哭声，鹅的叫声，产生了强烈的效果。

"没关系，没关系！"奥莉加脸色苍白，心里很乱，摩挲萨莎的脑袋，极力安慰这孩子，"她是你的奶奶，生她的气是罪过的。没什么，孩子。"

> 尼古拉的自尊，却又不得不屈从于自己所看不起的生活。

尼古拉本来已经给这种不断的吵嚷、饥饿、烟子、臭气闹得筋疲力尽，本来已经痛恨而且看不起贫穷，本来已经在妻子和女儿面前为自己的爹妈害臊，这时候就把两条腿从炉台耷拉下来，用气恼的、含泪的声音对他母亲说：

"您不能打她！您根本没有权利打她！"

"得了吧，你就待在炉台上等着咽气吧，你这病包儿！"菲奥克拉恶狠狠地顶撞他，"鬼支使你们上这儿来的，你们这些吃闲饭的！"

萨莎和莫特卡和家里所有的小女孩都躲到炉台上尼古拉的背后去，缩在一个角落里，在那儿一声不响，害怕地听着大人讲话，人可以听见她们的小小的心在怦怦地跳。每逢一个家庭里有人害很久的病，没有养好的希望了，就往往会发生一种可怕的情形：所有那些跟他贴近的人都胆怯地、悄悄地在心底里盼望着他死，只有小孩子才害怕亲近的人会死，一想到这个总要战战兢兢。现在，那些小姑娘屏住气息，脸上现出凄凉的神情，瞧着尼古拉，暗想他不久就要死了，她们就想哭，一心想对他说点什么亲切的、怜恤的话才好。

> 人们因贫穷而滋生出的冷漠无情与小孩的善良、天真、温情形成鲜明对比。

他呢，紧挨着奥莉加，仿佛求她保护他似的，用颤抖的声音轻轻对她说：

"奥里亚，亲爱的，我在这儿住不下去了。我没有力量了。看在上帝的分儿上，看在天上的基督的分儿上，你写封信给你妹妹克拉夫季·阿勃拉莫芙娜吧。叫她把她所有的东西都卖掉，当掉，叫她把钱给我们寄来，我们好离开这儿。啊，上帝呀，"他痛苦地接着说，"哪怕让我看一眼莫斯科也好！哪怕让我梦见它也是好的，亲爱的！"

黄昏来了，小木房里黑了，大家心里都发闷，一句话也说不出来。生气的老奶奶拿黑面包的碎皮泡在一个碗里，吃了很久，足足有一个钟头。玛丽亚给奶牛挤完奶，提进一桶牛奶来，放在一张凳子上。然后老奶奶把桶里的牛奶灌进罐子里，也灌了很久，不慌不忙，明明很满意，因为眼下正是圣母升天节的斋期，谁也不能喝牛奶，这些牛奶就可以原封不动地留下来了。她只在一个茶碟里倒了一点点，留给菲奥克拉的小娃娃吃。等到老奶奶和玛丽亚把罐子送到地窖里去，莫特卡却忽然跳起来，从炉台上溜下去，走到凳子那儿，瞧见凳子上摆着那个装着面包皮的木头碗，就把茶碟里的牛奶倒一点儿在碗里。

　　老奶奶回到小木房里来，又吃她的面包皮。这当儿萨莎和莫特卡坐在炉台上瞧着她，心里暗暗高兴，因为她已经吃了荤腥，现在包管要下地狱了。她们得了安慰，就躺下去睡觉。萨莎一面迷迷糊糊地睡着，一面暗自描画最后审判的可怕情景：有一个大炉子烧着火，那炉子像陶窑，魔鬼长着牛样的犄角，周身漆黑，用一根长棍子把老奶奶赶进火里去，就跟刚才老奶奶自己赶鹅一样。

> 孩子们天真的想法，含蓄地表达了对老奶奶的厌恶、憎恨。

五

　　圣母升天节晚上十点多钟，正在坡下草场上游玩的男孩和女孩，忽然大惊小怪地叫起来，往村子那边跑。那些上边，坐在峭壁边上的人起初怎么也弄不明白这是怎么回事。

　　"着火了！着火了！"焦急地嚷叫声从底下传上来，"村里着火了！"

　　坐在坡上的人回头一看，就有一幅可怕的、不同寻常的景象映进他们的眼帘。村子尽头的几个小木房中，有一个小木房的草顶上升起一个火柱，有一俄丈高，火舌往上卷着，向四面八方撒出火星去，仿佛喷泉在喷水。猛然间，整个房顶燃成一片明亮的火焰，火烧的爆裂声传过来。

月光朦胧，整个村子已经笼罩在颤抖的红光里。黑影在地面上移动，空中弥漫着烧焦的气味。从坡底下跑上来的人一个劲儿地喘气，抖得一句话也说不出来，他们互相推挤，摔倒，他们不习惯明亮的光芒，变得什么也看不见，彼此都认不清了。这真吓人。特别吓人的是在火焰上空，烟雾里面，飞着一些鸽子。小饭铺里还不知道起火的事，大家继续在唱歌，拉手风琴，仿佛压根儿没出什么岔子似的。

"谢苗大叔家里着火了！"有人粗声粗气地大叫一声。

> 在玛丽亚的身上，在人的所有感情中似乎只留下了一种感情：恐惧。她是如此胆怯和软弱。

玛丽亚在她的小木房附近跑来跑去、哭哭啼啼、绞着手、牙齿打战，其实火还远得很，在村子的那一头呢。尼古拉穿着毡靴走出来，孩子们穿着小衬衣一个个往外跑。乡村警察小屋左近，一块铁板敲响了。当当当的声音飘过空中。这急促而不停的响声闹得人心里发紧，浑身发凉。那些老太婆站在一旁，举着圣像。母羊、小牛、奶牛，从院子里给赶到街上来了。衣箱啦，羊皮袄啦，桶啦，也搬出来了。一匹黑毛的雄马，素来跟成群的马隔开，因为它踢它们，伤它们，这时候却撒开了缰，嘶叫着，踏得咚咚响地在村子里跑来跑去，跑了一两个来回，后来忽然在一辆大车旁边猛地站住，扬起后蹄踢那车子。

河对面教堂里的钟也响起来。

在起火的小木房旁边又热又亮，地上的每一根小草都可以看清楚。在一口抢救出来的衣箱上坐着谢苗，这是一个生着棕红色头发的农民，长着大鼻子，穿一件上衣，戴一顶便帽，扣在脑袋上，一直碰到耳朵。他的妻子扑在地上，脸朝下，神志不清，嘴里哼哼唧唧。一个八十岁上下的老头儿，身材矮小，留一把大胡子，看上去活像一个地精。他不是本村的人，可显然跟这场火灾有关系，他在火场旁边走来走去，没戴帽子，抱着一个白包袱。火焰映在他的秃顶上。村长安契普·谢杰尔尼科夫，黑黑的脸，黑黑的头发，跟茨冈人一样，手里拿着一把斧子，走到小木房那儿，把一个个的窗子接连砍掉（谁也不知道为什么缘故），然后开始砍门廊。

"娘儿们，拿水来！"他嚷道，"把机器弄来！快办！"

方才在小饭铺里闹酒的农民们把救火的机器拉来了。他们全醉了，不断地绊绊跌跌，脸上露出束手无策的神情，眼睛里泪汪汪的。

"姑娘们，拿水来！"村长嚷着，他也醉了，"快办，姑娘们！"

妇女和姑娘跑下坡到泉水那儿，再提着装满水的大桶和小桶爬上坡，把水倒进机器里，再跑下坡去。奥莉加、玛丽亚、萨莎、莫特卡，都去取水。女人们和男孩们用唧筒压水，水龙带咝咝地响，村长把水龙带时而指着门，时而指着窗子，有时候用手指头堵住水流，这样一来，吱吱声越发尖了。

"真是一条好汉，安契普！"好些人的称赞声音嚷着，"加一把劲儿！"

安契普蹿进起火的过道屋，在里面哇哇地喊：

"用唧筒压水！惨遭不幸，教徒们，出力啊！"

一群农民站在旁边，什么也不干，瞧着火发呆。谁也不知道该做什么，他们什么事也不会做。而四周围全是麦子垛、干草、板棚、成堆的枯树枝。基里亚克和他父亲老奥西普，两人都带着几分醉意，也站在那儿。仿佛要为自己的袖手旁观辩护似的，老奥西普对伏在地上的女人说：

"何必拿脑袋撞地，大嫂？这小木屋保过火险啊，那你还愁什么？"

谢苗把起火原因一会儿对这个人讲一遍，一会儿又对那

> 表现了契诃夫对麻木不仁的农民的讽刺，"哀其不幸，怒其不争"。

个人讲一遍：

"就是那个老头子，那个抱着包袱的老头子，茹科夫将军的家奴……他从前在我们的将军家里做厨子，但愿将军的灵魂升入天堂！今天傍晚他上我家来，'留我在这儿过夜吧，'他说……是啊，当然，我们就喝了一小盅……老婆忙着烧茶炊，想请老头子喝点茶，可是活该倒霉，她把茶炊搁在门道上了，烟囱里的火星一直吹到顶棚上，吹到干草上，就这么出了事。我们自己都差点儿给烧死。老头子的帽子烧掉了，真罪过！"

那块铁板被人不断地敲着，河对岸教堂里的钟一个劲儿地鸣响。奥莉加周身给火光照着，气也透不出来，害怕地瞧着红色的羊和在烟雾里飞翔的粉红色鸽子。她时而跑下坡去，时而跑上来。她觉得钟声跟尖刺似的钻进她的灵魂，觉得这场火永远也烧不完，觉得萨莎丢了……等到小木屋的天花板咔嚓一声坍下来，她心想这一下子包管全村都要起火，就浑身发软，再也提不动水，在岸坡的边上坐下来，把桶子放在身旁。她的身旁和她的身后都有农妇们坐着号啕大哭，仿佛在哭死人一样。

> 写出了奥莉加的迷惘以及内心的恐惧。

这当儿，从河对岸地主的庄园里来了两辆大车，车上坐着地主家的管事们和工人们，带着一架救火机。有一个年纪很轻的大学生骑着马赶来，穿着白色海军上衣，敞着怀。他们用斧子劈砍，声音很响，又把梯子安在起火的房架子上，立刻有五个人由大学生带头爬上去。那大学生涨红了脸，用尖利的嘶哑声调和仿佛干惯了救火的事的口气嚷着。他们拆开那个小木屋，把一根根木头卸下来，把畜栏、篱笆、附近的干草堆都移开了。

"不准他们捣毁东西！"人群里有人用很凶的声音喊叫，"不准！"

基里亚克带着坚决的神气走到小木屋去,仿佛要拦阻新来的人毁掉东西似的,可是有一个工人把他一把拉回来,在他脖子上打了一拳。这引起了笑声,那工人又打他一拳,基里亚克就倒下去,四肢着地,爬回人群里去了。

从河对岸还来了两个戴帽子的漂亮姑娘,大概是大学生的姊妹。她们站在远点的地方,看这火灾。拆下来的木头不再燃烧,可是冒着浓烟。大学生操纵水龙带,先对着木头冲,然后对着农民冲,再后又对那些提水的女人冲。

"乔治!"两个姑娘责备地、不安地斥责他,"乔治!"

火烧完了。直到人群开始走散,他们才注意到天亮了,大家的脸色苍白,有点发青,——清早残星在天空消失的时候人的脸色总是这样的。农民们一面走散,一面笑着,拿如科夫将军的厨子和他那顶烧掉的帽子说了一阵笑话。他们已经有意把这场火灾变成笑谈,甚至好像惋惜火熄得太快了。

"您救火很有本事,少爷!"奥莉加对大学生说,"您应当到我们莫斯科去,那儿差不多天天有火灾!"

"您莫非是从莫斯科来的?"一位小姐问。

"正是这样。我丈夫原先在斯拉夫商场当差。这是我女儿,"她说,指一指萨莎,萨莎觉着冷,正偎在她身边,"她也是莫斯科人。"

两位小姐跟大学生说了一句法国话,他就给萨莎一个二十戈比的钱。老奥西普看在眼里,他的脸上顿时放出了希望的光。

"感谢上帝,老爷,幸好没风,"他对大学生说,"要不然下了就都烧光了。老爷,好心的贵人,"他又说,声音放低了,而且觉着不好意思,"清早天冷,想法暖一暖才好……求您恩典赏几个钱买一小瓶酒喝吧。"

他没得着钱,就大声嗽了嗽喉咙,磨磨蹭蹭走回家去了。

后来奥莉加站在岸坡的边上,瞧那两辆车子涉水过河,看那位少爷穿过草场。河对岸有一辆马车等着他们。她走进小木屋,对丈夫赞赏地说:

"那几个人真好!长得也好看!两位小姐出落得跟天使一样。"

"叫她们咽了气才好!"困倦的菲奥克拉恶狠狠地说。

六

玛丽亚认定自己不幸,常说巴不得死了才好,菲奥克拉却刚好相反,觉得这生活里样样东西,例如穷困、肮脏、不停地咒骂,都合她的胃口。人家给她什么,她不分好歹拿着就吃。不管到了哪儿,也不用被褥,她倒头就睡。她把脏水随手倒在门廊上,或者从门槛上泼出去,然后再光着脚蹚着泥水走过去。从头一天起她就恨尼古拉和奥莉加,这也正是因为他们不喜欢这生活。

> 实质上是农村与城市两种生活方式的冲突。

"我倒要看看你们在这儿吃什么,莫斯科的贵人!"她幸灾乐祸地说,"我倒要看看!"

有一天早晨,那已经是九月初了,菲奥克拉从坡下担着两桶水回来,脸冻得发红,健康而美丽,这当儿玛丽亚和奥莉加正坐在桌子旁边喝茶。

"又是茶又是糖!"菲奥克拉讥诮地说,"两位贵夫人!"她放下水桶,补了一句,"她们倒养成了天天喝茶的派头。小心点,别让茶胀死!"她接着说,憎恨地瞧着奥莉加,"她在莫斯科养得肥头胖脸,这油篓子!"

她抡起扁担来,一下子打在奥莉加的肩头上,弄得两个妯娌只能把两手举起,轻轻一拍,说:

"啊呀,圣徒!……"

然后菲奥克拉下坡到河边去洗衣服,一路上高声痛骂,弄得木房里都听得见。

白昼过去了，然后来了秋天悠长的黄昏。他们在小木屋里缠丝线，人人都做，只有菲奥克拉例外，她过河去了。他们从附近的工厂里拿来这丝，全家人一齐工作，挣一点点钱，一个星期才挣二十戈比左右。

"当初，在东家手底下，日子倒好过得多，"老头子一面缠丝，一面说，"干完活儿就吃，吃了就睡，一样挨着一样。午饭有白菜汤和麦粥，晚饭也是白菜汤和麦粥。黄瓜和白菜多得是：随你吃，吃得你心满意足。那时候也严得多。人人都守本分。"

小木房里只点一盏小灯，灯光昏暗，灯芯冒烟。要是有人遮住灯光，一个大黑影就会落在窗上，人就能看见明亮的月光。老奥西普不慌不忙地讲起来，说到在农奴解放以前人们怎样生活，说起在这一带，现在固然穷了，生活乏味了，可是当初人们怎样带着猎犬、快腿狗、受过特别训练的猎狗去打猎，在围捕野兽的时候，农民都喝到白酒。成串的大车队怎样载着被打死的飞禽，送到莫斯科年轻的东家那边去。他又说到坏农奴怎样给人用桦树条打一顿，或者发配到特威尔的领地上去，好农奴怎样受到嘉奖。老奶奶也有话讲。她什么都记得，一样也没忘。她讲到她的女东家是一个好心的、信神的女人，她丈夫却是酒徒和浪子，他们所有的女儿都嫁给一些天晓得的人物：一个嫁给酒徒，一个嫁给小市民，一个私奔了（老奶奶当时是个年轻的姑娘，帮过她的忙），她们三个不久都郁郁地死了，她们的母亲也一样。<u>想起这些事，老奶奶甚至洒下几滴眼泪。</u>

忽然有人来敲门，大家都吃一惊。

"奥西普大叔，留我住一夜吧！"

随后走进来一个矮小的、秃顶的老头子，他就是茹科夫

固然：表示承认某个事实，引起下文转折；也表示承认甲事实，也不否认乙事实。

说明老奶奶是一个慈祥、善良的人。

将军的厨子，也就是帽子被烧掉的那个人。他坐下，听着，然后他也开始回忆，讲各式各样的往事。尼古拉坐在炉台上，垂着两条腿，听着，详细问他旧日为老爷烧些什么菜。他们谈到肉饼、肉排、各种汤、各种作料，那厨子样样事情也都记得清楚，举出一些现在已经不烧的菜，比方说有一种用牛眼睛做的菜，名叫"早晨醒"。

"那时候你们烧'上将肉排'吗？"尼古拉问。

"不烧。"

尼古拉不以为然地摇摇头，说：

"唉！你们这些半吊子的厨子！"

小女孩们在炉台上坐着或者躺着，眼也不眨地瞧着炉台下面。那儿好像有很多的孩子，仿佛是云端里的小天使。她们爱听故事。她们时而高兴时而害怕，不住叹气，打冷战，脸色发白。老奶奶讲的故事比所有的故事都有趣味，她们就屏住呼吸听着，动也不敢动。

大家默默地躺下去睡觉。老年人给那些故事搅得心不定，兴奋起来，心想年纪轻轻的，那是多好啊，青春，不管是什么样儿，在人的记忆里留下的总是活泼、愉快、动人的印象。至于死，那是冷酷得多么可怕，而死又不很远了，还是别想它的好！小灯熄了。黑暗啦，给月光照得明晃晃的两个小窗子啦，寂静啦，摇篮的吱吱嘎嘎声音啦，不知什么缘故，只使得他们想到生活已经过去，再也没法子把它拉回来了。刚刚迷迷糊糊，刚刚沉入遗忘的境界，忽然不知什么人碰了碰肩膀，朝自己的脸上吹一口气，睡意就没有了，身体觉着发麻，种种有关死亡的念头钻进脑子里来。翻一个身再睡，死亡倒是忘掉了，可是关于贫穷、饲料、面粉涨价等种种早就有的枯燥而沉闷的思想又在脑子里出现了，过一会儿，又不由得想起生活已经过去，再也没法子把它拉回来了……

> 不以为然：不认为是对的，表示不同意（多含轻视意）。

"唉，主啊！"厨子叹气。

不知什么人轻轻地，轻轻地敲着小窗子。一定是菲奥克拉回来了。奥莉加起来，打个哈欠，小声念一句祷告，开了房门，然后走到外面门道里拉开门栓。可是没有人走进来，只有一阵冷风从街上吹进来，门道忽然给月光照亮了。从敞开的门口可以瞧见寂静而荒凉的街道和在天空浮游的月亮。

"是谁啊？"奥莉加喊一声。

"我，"传来了回答，"是我。"

靠近门口，贴着墙边，站着菲奥克拉，全身一丝不挂。她冻得打哆嗦，牙齿打战，在明亮的月光里显得很白、很美、很怪。她身上的阴影和照在皮肤上的月光，使人看来黑白分明。她的黑眉毛和结实而年轻的乳房特别清楚地显露出来。

> 传神地折射出了菲奥克拉的粗野、放荡又可怜的生活。

"河对岸那些胡闹的家伙把我的衣服剥光，照这样把我赶出来了……"她说，"我只好没穿衣服，走回家来……就这么光着身子。给我拿件衣服穿上吧。"

"你倒是进屋里来啊！"奥莉加小声说，也开始发抖了。

"不要让老家伙们看见才好。"

事实上，老奶奶已经在动弹，咕噜了，老头子问："是谁啊？"奥莉加把她自己的衬衫和裙子送出去，帮菲奥克拉穿上，然后她俩极力不出声地掩上门，轻手轻脚地走进屋里来。

"是你吗，野东西？"老奶奶猜出是谁了，生气地咕噜着，"该死的，夜游鬼……怎么不死哟！"

"没关系，没关系，"奥莉加小声说，给菲奥克拉穿好衣服，"没关系，亲人。"

一切又都沉静了，这屋子里的人素来睡不稳，各人都给一种捣乱的、纠缠不已的东西闹得睡不熟：老头子背痛，老奶奶心里满是焦虑和恶意，玛丽亚担惊害怕，孩子身上疥疮发痒，肚里饥饿。现在他们的睡眠也还是不安。他们不断地翻身，说梦话，起来喝水。

菲奥克拉忽然哇的一声哭了，粗声粗气，可是立刻又忍住，只是时不时地抽抽搭搭，她的哭声越来越轻，越来越含混，到后来就完全静下来了。河对面偶尔传来报时的钟声，可是那钟敲得挺古怪，先是五下，后是三下。

"唉，主啊！"厨子叹道。

瞧着窗口，谁也弄不清究竟是月亮仍旧在照耀呢，还是天已经亮了。玛丽亚起床，走出去。可以听见她在院子里挤牛奶，说："站稳！"老奶奶也出去了。小木屋里还黑着，可是一切物件都已经可以看清楚了。

> 对尼古拉来说，这件燕尾服凝聚着他的一生，他的最宝贵的、最光明的、几乎是神圣的东西，反映了他对过去的留恋、回忆，以及生活中美好希望不可挽回的破灭感。

尼古拉通宵没睡着，从炉台上下来。他从一个绿箱子里拿出自己的燕尾服，穿上，走到窗口，摩平衣袖，揪一揪燕尾服的后襟，微微一笑。然后他小心地脱下这身衣服，放回箱子里，再躺下去。

玛丽亚走进来，开始生炉子。她明明没有睡足，现在一边走才一边醒过来。她一定做了什么梦，或者也许昨晚的故事来到了她的脑海里吧，因为她在炉子前面舒服地伸了个懒腰，说：

"是啊，自由好得多！"

七

老爷来了，村里的人这样称呼县警察所长。他什么时候来，为什么来，大家早在一个星期以前就知道了。茹科沃村只有四十家人，可是他们欠下官府和地方自治局的税款已经积累到两千多卢布了。

县警察所长在小饭铺里停下。在那儿，他"喝了两杯茶"，然后步行到村长家里去。村长家门的附近已经有一群欠缴税款的人等着了。村长安契普·谢杰尔尼科夫尽管年轻，只不过三十岁出点头，却很凶，总是帮着上级说话，其实他自己挺穷，也总不能按期纳税。大概他很喜欢做村长，喜欢权力的感觉，他没有别的法子，只好借严厉来表现他的权力。在全村开会时候，人人怕他，听他的话。往往，在街上，或者在小饭铺附近，他忽然抓住一个醉汉，倒绑上他的手，把他关进禁闭室里去。有一回他甚至逮捕老奶奶，把她拘留在禁闭室里，关了一天一夜，因为她替奥西普出席村会，在会上骂街。他从没在城里住过，也从没看过书，可是他不知从哪儿学来各式各样文绉绉的字眼，喜欢插在谈话里用一用，人家虽然不能常常听懂他的意思，倒也因此敬重他。

奥西普带着他的缴税底册走进村长的小木屋，那县警察所长，一个瘦瘦的老头子，生着又长又白的络腮胡子，穿一件灰色衣服，正坐在过道屋墙角一个桌子那儿，写什么东西。小木屋里干干净净，四壁贴着从杂志上剪下来的画片，花花绿绿，在靠近圣像顶显眼的地方贴一张以前保加利亚巴丹堡公爵的照片。桌子旁边站着安契普·谢杰尔尼科夫，两条胳膊交叉在胸口上。

"他欠一百十九个卢布，大人，"轮到奥西普的时候，他说，"在复活节以前他付过一卢布，打那时候以后没给过一个钱。"

县警察所长抬头看奥西普，问：

"这是为什么，老兄？"

"发发慈悲吧，大人，"奥西普开口了，激动起来，"容我回禀，去年从留托列茨基来的一位老爷对我说，'奥西普，'他说，'把你的干草卖给我……你卖了吧。'那有什么不行？我有大约一百普特要卖呢，都是娘儿们在水草场上割来的……好，我们就成交了……这事儿干得挺好，我自个儿要卖的……"

文绉绉(zhōu)：形容人谈吐、举止文雅的样子。

他抱怨村长，一个劲儿扭回头去瞧那些农民，倒好像要请他们来做见证似的，他脸红，冒汗，他的眼睛变得尖利而凶狠。

"我不懂你说这些干什么，"县警察所长说，"我问你……我问你为什么不缴欠款？你们都不缴，难道这要我来负责吗？"

"我缴不出来嘛！"

"这些话是岂有此理，大人，"村长说，"固然，契基尔杰耶夫家道贫寒，不过请您问问别人好了，此中症结都在白酒上，他们是一班胡作非为之徒。糊涂之至。"

> 胡作非为：不顾法纪或舆论，任意行动。

县警察所长写下几个字，然后镇静地对奥西普说话，口气平和，仿佛跟他要一杯水喝似的：

"出去。"

不久他就坐上车走了。他坐上一辆简便的四轮马车，咳嗽着，甚至只凭他那又长又瘦的背影也看得出他已经记不得奥西普、村长、茹科沃的欠款，只在想他自己的心事了。他还没走出一俄里路，安契普·谢杰尔尼科夫已经从契基尔杰耶夫的小木屋里拿着茶炊走出来。老奶奶跟在后面，用尽气力尖声叫道：

"不准你拿走！不准你拿走，该死的！"

他迈开大步，走得很快，她呢，在后面紧紧地追他，驼着背，气冲冲，喘吁吁，差点儿跌倒。她的头巾滑到肩膀上，她的白头发看上去好像带点绿颜色，在风里飘着。她忽然站住，像一个真正的叛党似的，握着拳头使劲捶胸，用拖长的声音比平时更响地嚷着，好像在痛哭似的：

"正教徒啊，信仰上帝的人啊！圣徒啊，他们欺侮我！亲人啊，他们挤对我！哎呀，哎呀，好人啊，替我申冤报仇！"

"老奶奶，老奶奶！"村长厉声说，"不得无理取闹！"

契基尔杰耶夫家的小木屋里缺了茶炊显得沉闷极了。茶炊丢了不要紧，可是这却有点叫人难堪，含着点侮辱意味，仿佛这家的名誉也完了似的。

要是村长拿走桌子、所有的凳子、所有的盆盆罐罐，那倒好些，这地方不会显得这么空荡荡。老奶奶哇哇地叫，玛丽亚呜呜地哭，小姑娘们看见她们流眼泪，也哭了。老头子自觉有罪，坐在墙角，无精打采，闷声不响。尼古拉也一声不响。老奶奶爱他，为他难过，可是现在却忘了怜悯，忽然哇啦哇啦地骂他，责备他，对准他的脸摇拳头。她尖声叫道，这全得怪他不好，是啊，他在信上夸口，说什么在"斯拉夫商场"他一个月挣五十卢布，那为什么他汇给他们那么一点点钱？为什么他上这儿来，而且把家眷也带来？要是他死了，上哪儿去找钱来葬他？……尼古拉、奥莉加、萨莎的样儿，看起来真叫人心酸。

老头子嗽了嗽喉咙，拿起帽子，找村长去了。天擦黑了。安契普·谢杰尔尼科夫正在炉子旁边焊什么东西，鼓起腮帮子，屋里满是炭气。他的孩子们挺瘦，没有洗脸洗手，不见得比契基尔杰耶夫家的小孩强多少，正在地板上爬着玩。他妻子是一个难看而长着雀斑的女人，大着肚子，正在缠丝。他们是一个极穷的、不幸的家庭。只有安契普一个人看上去还算结实、漂亮。有一张长凳上摆着五个茶炊，排成一行。老头子对巴丹堡念了祷告，然后说：

"安契普，发发慈悲，把茶炊还给我吧！看在基督的面上！"

"拿三个卢布来，那你就可以取走。"

"我拿不出来嘛。"

安契普鼓起腮帮子，火呜呜地响，吱吱地叫，亮光映在茶炊上。老头子揉搓着帽子，想了一想，说：

"把它还给我吧！"

用现实的笔法写出了安契普家庭的穷苦，表明了整个农村都是如此落后，更加强烈地突出了农民不幸生活的普遍性与悲剧性。

黑皮肤的村长好像变得完全漆黑，活像一个魔法师。他扭过头来对着奥西普发话，吐字很快，声音很凶：

"这全得由地方行政长官决定。到本月二十六日，你可以到行政会议去口头或者书面申诉你不满的理由。"

奥西普一个字也没听懂，可是也算满意，就回家去了。

过了十天光景，县警察所长又来了，待了一个钟头就坐上车走了。那些天，天气寒冷而且有风，河老早就结冰了，可是雪仍旧没下。道路难走，人们很痛苦。在一个节日的前夜，有几个邻居到奥西普家里来坐着闲谈。他们摸着黑说话，因为做工是有罪的，他们就没点灯。消息倒有几个，不过听着都十分不痛快。例如为了抵欠款，有两三家的公鸡被捉去送到乡公所，不料在那儿死掉了，因为没有人喂它们。羊也给捉去，而且捆在一块儿运走，每过一个村子就换一回大车，其中有一只死掉了。那么现在就有一个问题要解答：这都该怪谁呢？

"该怪地方自治局！"奥西普说，"不怪它，还怪谁？"

"当然，该怪地方自治局。"

虽然谁也不知道地方自治局是什么东西，可是样样事情，什么欠款啦、欺压啦、歉收啦，都怪在地方自治局身上。这种情形从很早以前就开始了，那时候有些富农自己开工厂、商店、客栈，做了地方自治局的议员，却始终不满意地方自治局，便在自己的工厂和酒馆里痛骂它。

> 对过去有趣生活的回忆与现在只谈贫穷和饲料的状况形成对比。

他们谈到上帝还不把雪送下来，谈到该去砍柴了，可是坑坑洼洼的道路上没法走车子，也不能步行。原先，十五年到二十年以前，在如科沃，大家谈的话要有趣味得多。在那年月，看起来每个老人心里好像都藏着一份秘密，仿佛他知道什么，正在盼着什么似的。他们谈加金色火漆印的圣旨，谈土地的划分，谈新土地，谈埋藏的财宝，总之，他们的话里暗示着什么。现在呢,茹科沃的人根本没有什么秘密,他们的全部生活就像都摊在手心上一样,大家看得明明白白。他们没别的可谈,只能谈贫穷和饲料,谈天还不下雪……

大家沉静了一阵。然后他们又想起公鸡和羊,又开始争论该怪谁不对。

"该怪地方自治局!"奥西普垂头丧气地说,"不怪它,还怪谁呢?"

_{谈话中"暗示"着什么?已表现出人们对现实的不满。}

八

教区的教堂在六俄里以外的柯索果罗沃村里,农民们只有不得已的时候,例如给孩子施洗礼,举行婚礼,或者举行教堂葬仪,才去一趟。他们做礼拜,通常是到河对面的教堂去。到了节日,遇上好天气,姑娘们就打扮漂亮,成群结伙地去做弥撒。她们穿着红的、黄的、绿的衣服,走过草场,看上去很快活。不过遇着坏天气,她们就都待在家里了。为了忏悔和领圣餐,她们总是到教区的教堂去。在复活节后的一周内,神甫举着十字架走遍各个小木屋,向每一个在大斋期间没有能够领圣餐的人要十五戈比。

老头子不信上帝,因为他差不多从没想到过上帝。他承认神奇的事,可是他觉得这只可能跟女人有关系。人家在他面前谈起宗教或者奇迹,向他提出关于这类事情的问题,他总是搔搔头皮,勉强地说:

_{表现人物的性格特点。}

"谁知道呢!"

老奶奶信上帝,可是她的信仰有点朦朦胧胧,在她的脑海里一切事情都搀混在一起,她刚想起罪恶、死亡、灵魂的得救,贫穷和烦恼立刻就插进来,盘踞她的脑海,她马上忘了刚才在想什么。祷告词一点儿也记不得,通常在傍晚躺下去睡觉以前,她总站在圣像面前,小声说:

"喀山的圣母,斯摩棱斯克的圣母,三臂的圣母……"

玛丽亚和菲奥克拉经常在胸前画十字,每年持斋,可是完全是应景儿。孩子都没学过祷告,也没人向他们讲起过上帝,传授过训诫,只是不准他们在斋期吃荤腥罢了。别的家庭也差不多,相信的人少,理解的人也少。同时大家又都喜欢《圣经》,温柔而敬仰地喜爱它。可是他们都没有书,也没有人念《圣经》,讲《圣经》。奥莉加有时候对他们念《福音书》,他们就尊敬她,对她和萨莎都恭恭敬敬地称呼"您"。

> 写出了奥莉加对宗教的虔诚,这也是她形成逆来顺受性格的一个原因。

遇到当地教堂的命名节和祷告仪式,奥莉加常常到邻村去,到县城去,县城里有两个修道院和二十七个教堂。她痴痴迷迷,在朝圣的路上完全忘了家人,一直到回来的路上才会忽然发现自己有丈夫、有女儿,就高兴起来,笑眯眯、喜洋洋地说:

"上帝赐福给我了!"

> 村里的农民酗酒,是他们思想麻木、不知觉醒、愚昧的突出表现。

村子里发生的事,她觉得厌恶,使她痛苦。到圣伊利亚节,他们喝酒。到圣母升天节,他们喝酒。到圣十字架节,他们喝酒。圣母节是茹科沃教区的节日,逢到这个节期,农民们一连喝三天酒。他们喝光了村社公积金五十卢布,然后还要挨家敛钱拿来喝酒。头一天,契基尔杰耶夫家宰了一头公羊。早晨、中午、傍晚,连吃三顿羊肉。他们吃得很多,到夜里孩子们还要起来再找补一点儿。那三天,基里亚克喝得酩酊大醉,他把所有的东西,连帽子和靴子也在内,统统换酒喝了,而且死命地打玛丽亚,打得她昏过去,一定要往她头上浇水,她才能醒过来。事后,大家都觉得害臊、恶心。

然而,甚至在茹科沃,在这"奴才村",每年也总有一回隆重的真正的宗教盛典。那是在八月,他们抬着赐予生命的圣母从这村走到那村,走遍全县。到了茹科沃所盼望的这一天,正好没风,天色阴沉。姑娘们一清早就穿上鲜艳华丽的衣服，出去迎接圣像，将近傍晚才把它抬进村子来，排成严肃的行列，举着十字架，唱着歌，同时河对面教堂的钟全部响起来。一大群本村和外村的人堵住街道，吵吵嚷嚷，尘土飞扬，挤成一团……老头子也好，老奶奶也好，基里亚克也好，大家都对圣像伸出手去，热切地瞧着它，哭哭啼啼地叫道：

"保护神啊，母亲！保护神啊！"

大家好像忽然明白人间和天堂并不是两相隔开的，明白有钱有势的人还没有把一切都夺去，明白他们在遭受欺侮，遭受奴役，遭受沉重而难堪的贫穷，遭受可怕的白酒的祸害的时候，还有神在保佑他们。

"保护神啊，母亲！"玛丽亚哭道，"母亲！"

可是祈祷做完，圣像抬走了，一切就又恢复老样子，小饭铺里又传出粗鲁而酒醉的声音。

只有富裕的农民才怕死，他们越阔，就越不相信上帝和灵魂的得救，只因为害怕在人世的寿命会完结，才点蜡烛，做礼拜，以防万一。贫穷的农民并不怕死。人家当着老头子和老奶奶的面说他们活得太久，到死的时候了，可是他们满不在乎。他们一点儿也没顾忌地当着尼古拉的面对菲奥克拉说，等尼古拉死了，她丈夫杰尼斯就可以得到优待从军队里退伍，回家来了。玛丽亚呢，不但不怕死，反而惋惜死亡这么久还不来。她的小孩一死，她倒高兴。

他们不怕死，可是对于各种疾病，他们却过分地害怕。只要生一点点小毛病，肠胃不消化啦，着了点凉啦，老奶奶就在炉台上躺下，盖得严严的，不断地大声哀叫："我要死——了！"老头子赶紧去请神甫，老奶奶就领圣餐，受临终涂油礼。他们常常谈到受凉，谈到蛔虫，谈到瘤子，说是瘤子在胃里移动，滚到心脏那儿去了。他们顶怕的是着凉，因

> 农民的无知与愚昧，在黑暗而穷困的生活中彻底失掉了人的温情与怜悯。

> 在麻木状态下，又表现了极度的恐惧和悲哀。

此就是夏天也穿厚衣服，躺在炉台上取暖。老奶奶喜欢看病，常坐上车子到医院去，到了那儿她老是说她自己才五十八岁，而不说七十岁。她认为医生如果知道她的真岁数，就不肯给她看病，反而会说她该死了。她通常一清早就动身到医院去，随身带去两三个小姑娘，傍晚才回来，肚子挺饿，怒气冲冲，给自己带回来药水，给小姑娘带回来药膏。有一回她把尼古拉也带去，这以后他喝了两个星期的药水，说是觉得好一点儿了。

老奶奶认识周围三十俄里以内所有的医生、医士、巫医，其中她一个也不中意。在圣母节那天，神甫举着十字架走遍各个小木屋，教堂执事对她说：城里监狱附近住着一个小老头儿，做过军医士，医道很好，劝她去找他。老奶奶听了他的劝。等到头一场雪落下地，她就坐车进城，带回一个小老头子，留着胡子，穿一件长上衣，是一个皈依正教的犹太人，脸上满是蓝色的细血管。那当儿正好有些短工在小木屋里工作。一个老裁缝戴着极大的眼镜，正拿一件破烂的衣服裁成背心，还有两个年轻小伙子在用羊毛擀成毡靴。基里亚克因为酗酒而给革掉了差使，这时候住在家里，跟裁缝并排坐着，修理一个套包子。小木屋里又挤又闷，臭烘烘的。皈依正教的犹太人诊察了尼古拉，说是须得给病人放血。

他放上拔血罐去，老裁缝、基里亚克、小姑娘们站在一旁瞧着，他们觉着他们仿佛瞧见疾病从尼古拉身子里流出来了。尼古拉也瞧着吸血的罐子附在他胸膛上，渐渐充满浓浓的血，觉得好像真有什么东西从他身子里出去似的，就满意地微笑了。

"这挺好，"裁缝说，"求上帝保佑，这对你有好处。"

那皈依正教的人放了十二罐血，然后又放十二罐，喝了茶，坐车走了。尼古拉开始打抖，他的脸瘦下去，照女人们的说法，缩成一个小拳头了。他的手指头发青。他盖上一条

皈（guī）依：原指佛教的入教仪式，后来泛指虔诚地信奉佛教或参加其他宗教组织。

被子和一件羊皮袄，可是觉着越来越冷。将近傍晚，他觉着很不好过，要求把自己放在地板上，请裁缝不要抽烟，然后他在羊皮袄下面安安静静地躺着。将近早晨，他死了。

九

啊，这个冬天多么寒冷，多么长啊！

到圣诞节，他们自己的粮食已经吃完，只好买面粉吃了。基里亚克现在住在家里，每到傍晚就吵闹，弄得人人害怕，到了早晨又因为头痛和羞愧而难过，他那样子看上去很是可怜。饥饿的母牛的叫声昼夜不停地从畜栏那边传来，叫得老奶奶和玛丽亚的心都碎了。仿佛故意捣乱似的，天气始终非常冷，雪堆得很高，冬天拖延下去。到报喜节，刮了一场真正的冬天的暴风雪。在复活节后的一周内又下了一场雪。

不过，不管怎样，冬天毕竟过完了。到四月初，白昼变得温暖，夜晚仍旧寒冷。冬天还不肯退让，可是终于来了温暖的一天，打退了冬季，于是小河流水，百鸟齐鸣。河边的整个草场和灌木给春潮淹没，茹科沃和对岸的高坡中间那一大块地方被一片汪洋大水占据，野鸭子在水面上这儿一群那儿一群地飞起飞落。每天傍晚，火红的春霞和华美的云朵造成新的、不平凡的、离奇的景致，日后人们在画儿上看见那种彩色和那种云朵的时候简直不会相信是真的。

仙鹤飞得很快很快，发出哀伤的叫声，声音里好像有一种召唤的调子。奥莉加站在斜坡的边上，长久地望着水淹的草场，瞧着阳光，眺望那明亮的、仿佛变得年轻的教堂，流下了眼泪，喘不过气来，因为她恨不得快快走掉，随便到哪儿去，即使到天涯海角去也行。大家已经决定让她重回莫斯科去当女仆，叫基里亚克也跟她一路去，谋个差使，做个管院子的或者雇工什么的。啊，快点走才好！

简单的几个字就结束了尼古拉悲剧的一生。体现了契诃夫叙事的客观冷静，以及语言的精练、简洁。

表现了奥莉加急切地要从黑暗、贫困和饥饿的王国——农村——挣脱出来的渴望。

土地一干，天气一暖，他们就打点着动身了。奥莉加和萨莎背上背着包袱，脚上穿着树皮鞋，天刚亮就走了。玛丽亚也出来，送她们一程。基里亚克身体不舒服，只好再在家里待一个星期。奥莉加最后一次对着教堂在胸前画个十字，念了一阵祷告。她想起自己的丈夫，可是没哭，只是脸皱起来，变丑了，像老太婆一样。这一冬，她变得瘦多了，丑多了，头发也有点花白，脸上失去从前那种动人的风韵和愉快的微笑，现在只有她经历到的愁苦所留下的一种悲哀的、听天由命的神情了。她的目光有点迟钝呆板，仿佛耳朵聋了似的。她舍不得离开这个村子和这儿的农民。她想起他们怎样抬走尼古拉，在每一个小木屋旁边怎样为他做安魂祭，大家怎样同情她的悲痛，陪着她哭。在夏天和冬天有过一些日子，这些人生活得仿佛比牲口还糟，跟他们在一块儿生活真可怕，他们粗野、不老实、肮脏、醺醉。他们生活得不和睦，老是吵嘴，因为他们不是互相尊重，而是互相害怕和怀疑。谁开小酒馆，灌醉人民？农民。谁把村社、学校、教堂的公款盗用了，喝光了？农民。谁偷邻居的东西，放火烧房子，为一瓶白酒到法庭上去做假见证？谁在地方自治局和别的会议上第一个出头跟农民们作对？农民。不错，跟他们一块儿生活是可怕的。不过话说回来，他们也是人，他们跟普通人一样受苦、流泪，而且在他们的生活里没有一件事无法使人谅解。劳动是繁重的，使人一到夜晚就周身酸痛，再者冬季严寒，收获稀少，住处狭窄，任何帮助也得不到，也没有一个地方可以去寻求帮助。比他们有钱有势的人是不可能帮助人的，因为他们自己就粗野、不老实、醺醉，骂起人来照样难听。任何起码的小官儿或者地主的管事都把农民当作叫花子，即使对村长和教会的长老讲话也只称呼"你"，自以为有权利这样做。再者，那些爱财的、贪心的、放荡的、懒惰的人到村

> 受压制的农民的麻木不仁和愚昧无知。

子里来只是为了欺压农民、掠夺农民、吓唬农民罢了，哪儿谈得上什么帮助或者做出好榜样呢？奥莉加想起冬天基里亚克被押去挨打的时候那两位老人的悲悲惨惨、忍气吞声的表情……现在，她可怜所有这些人，为他们难过。她一边走，一边老是回过头去瞧那些小木屋。

送出三俄里以后，玛丽亚告别，然后她跪下来，把脸凑到地面，哭诉起来：

"又剩下我孤单单一个人了，我这可怜的人啊，多么可怜，多么不幸啊……"

她照这样哭诉很久。奥莉加和萨莎很久很久还看见她跪在地上，双手抱着脑袋，一个劲儿地向一边不知对谁叩头，一些白嘴鸦在她头顶上飞来飞去。

太阳升高了，天热起来。茹科沃村远远地落在后面了。走路是畅快的，奥莉加和萨莎不久就忘了村子，也忘了玛丽亚她们。多么高兴，样样东西都吸引她们。时而出现一个古老的坟丘，时而出现一长排电线杆子，一根挨着一根，伸展到不知什么地方去，到了地平线就不见了。电线神秘地嗡嗡响，时而她们远远看到一个小农庄，完全给一片苍翠遮住，飘来一股潮气和大麻的香气，不知什么缘故她们觉得好像那儿住着一些幸福的人似的，时而出现一匹皮包骨的瘦马，在田野上成为孤零零的一个白点。百灵鸟不停地歌唱，鹌鹑互相呼应。秧鸡不断尖声叫着，仿佛谁猛的丢出一个旧铁环去似的。

中午，奥莉加和萨莎走进一个大村子。那儿，在宽阔的街道上，她们遇见一个小老头儿，就是茹科夫将军家的厨子。他挺热，他那冒汗的、红红的秃顶在阳光里发亮。起初，他和奥莉加彼此都没认出来，后来他们正好同时看见对方，认出来了，却各走各的路，一句话也没说。有一个小木屋比别

景物描写渲染了奥莉加与萨沙走出狭隘的村子后的喜悦、轻松心情。

家显得新一点儿、阔气一点儿，奥莉加就在它那敞开的窗前站住，鞠一躬，提高喉咙，用尖细的、唱歌样的声调说：

"东正教的教徒啊，看在基督的分儿上多多周济周济吧，好让上帝保佑您，让您的爹娘在天国得到永久的安息。"

"东正教的教徒啊，"萨莎唱起来，"看在基督的分儿上，多多周济周济吧，好让上帝保佑您，让您的爹娘在天国……"

1897 年

情境赏析

《农民》是契诃夫描绘俄国农村的一部晚期作品。它以清醒的现实主义反映了俄国农村的赤贫、落后、愚昧和矛盾。

在《农民》中，契诃夫只写了尼古拉归来到死这一段生活，便把这个濒临破产、在饥饿线上挣扎的家庭写得入木三分，绘制得淋漓尽致；同时，契诃夫还以朴素的情节勾勒出了整个贫困农村的真实画面。

名家点评

契诃夫的《农民》是对我们民粹派理解中的合乎愿望的俄国农村秩序的批评。

——（苏）柯瓦列夫

《农民》给人的印象好似头部受到沉重的一击，久久不能苏醒过来。

——（俄）斯卡比切夫斯基

套中人

"千万别闹出什么乱子来!"是别里科夫常说的口头禅,即使在晴天外出,他也穿上雨鞋,带着雨伞,还穿着暖和的棉大衣……生怕发生意外。他不仅把身体和用具用套子套起来,就连思想也要套起来。他的思想准则是"政府的告示和报纸上的文章",不敢越雷池一步。他那呆板、迂腐、可笑的神情和外貌,还有他那因循守旧、顽固、虚伪、孤僻的性格,既引人发笑,又令人深思。

猎人们由于误了时辰,只好在米罗诺西茨科耶村边上村长普罗科菲的堆房里住下来过夜了。他们一共只有两个人:兽医伊万·伊万内奇和中学教师布尔金。伊万·伊万内奇的姓相当古怪,是一个双姓:奇姆沙·吉马莱斯基,这个姓叫起来特别别扭,全省的人就简单地叫他的本名和父名伊万·伊万内奇。他在城郊一个养马场上住着,这回出来打猎是为了呼吸一下新鲜空气。中学教师布尔金却每年夏天都在 Π 伯爵家里做客,对这个地区早已非常熟悉了。

他们没睡觉。伊万·伊万内奇是一个又高又瘦的老人,唇髭留得挺长,这时候坐在门口,脸朝外,吸着烟斗。月光洒在他身上。布尔金在房里的干草上躺着,在黑暗里谁也无法看见他。

他们待着无聊,讲起各种各样的事。顺便他们还谈到村长的妻子玛芙拉。她是一个健康而聪慧的女人,可是她一辈子从没走出过她家乡的村子,从没见过城市或者铁路,近十年来一直在炉灶边守着,只有夜间才到街上去转一转。

契诃夫独到的心理描写手法体现在从人物的行动和举止中让读者看出其内心活动和精神状态。小说开头写伊万·伊万内奇坐在门口吸烟,前三页读者听不到他说一句话。作者故意给读者留下一个印象:兽医是个认真严肃的人,他一直在静听和深思。

"这没有什么可奇怪的!"布尔金说,"那种性格孤僻、像寄生蟹或者蜗牛那样极力把自己缩进硬壳里去的人,这世界上有很多呢。也许这是隔代遗传的现象,重又退回从前人类祖先还不是群居的动物而是孤零零地在各自洞穴里住着的时代的现象,不过,也许这只不过是人类性格的一种类型吧,天才晓得呢?我不是博物学家,探讨这类问题和我无关。我只想说像玛芙拉那样的人并不是稀有的现象。是啊,不必往远里去找,就拿一个姓别里科夫的人来说好了,他是我的同事,希腊语教师,大约两个月前在我们城里去世了。当然,您或许听说过他。他之所以这样出名,是因为他即使在非常晴朗的天气出门上街,也穿上套鞋,带着雨伞,而且一定穿着暖和的棉大衣。他的雨伞总是装在套子里,怀表也总是装在一个灰色的麂皮套子里,遇到他拿出小折刀来削铅笔,就连那小折刀也是装在一个小小的套子里的。他的脸上也似乎像蒙着一个套子,因为他老是把脸在竖起的衣领里面藏着。他戴黑眼镜,穿绒衣,用棉花把耳朵堵上。他一坐上出租马车,总要叫马车夫把车篷支起来。总之,在这人身上可以看出一种经常的、不堪忍受的心意,总想用一层壳把自己包起来,仿佛要为自己制造一个所谓的套子,好和人世隔绝,不受外界影响。他害怕现实生活的刺激,老是闹得他心神不定。也许为了替自己的胆怯、自己对现实的畏惧辩护吧,他老是称赞过去,称赞那些从没存在过的东西。实际上他所教的古代语言,对他来说,也和他的套鞋和雨伞差不多,使他借此躲避了现实生活。"

"'啊,希腊语多么响亮,多么美!'他说,脸上现出陶醉的表情。他好像要证明这句话似的,眯起眼睛,把一个手指头举起,念道:'Anthropos!'"

"别里科夫把他的思想也极力在套子里藏着。只有政府的

<small>通过对别里科夫的外貌描写,揭示了他因循守旧、反对新事物、顽固专横的典型性格。</small>

公文和报纸上的文章，其中写着禁止什么事情，他才记得一清二楚。看到有个告示禁止中学生在晚上九点钟以后到街上去，或者看到一篇文章要求禁止性爱，他就觉着心里敞亮：这种事是禁止的，这就足够了。他觉着在官方批准或者允许的事里面，老是隐含着使人起疑的成分，包含着若隐若现、还没说透的成分。每逢经当局批准，城里成立一个戏剧小组，或者阅览室，或者茶馆，他总要摇摇头，低声说：

'当然，行是行的，这固然很好，可是千万别闹出什么乱子才好。'

凡是违背法令、脱离常规、不合规矩的事，虽然看来跟他风马牛不相及，却惹得他唉声叹气。要是他的一个同事参加祈祷式迟到了，或者如果他听到流言，说中学生顽皮闹事，再不然如果他看见一个女校的女学监傍晚陪着军官玩到很晚，他总是心慌意乱，一个劲儿地说：千万别闹出什么乱子来啊。在教务会议上，他那种慎重、多疑、纯粹套子式的论调，简直把我们压得透不出气，他说什么不管男子中学里也好，女子中学里也好，青年人都有着恶劣的品行，教室里乱糟糟的，哎呀，只求这种事不要传到上司的耳朵里去才好！哎呀，千万别闹出什么乱子来啊，还说如果把二年级的彼得罗夫和四年级的叶果罗夫开除，那倒好得很。后来怎么样？他凭他那种唉声叹气、他那种愁眉苦脸气、他那戴着黑眼镜的苍白的小脸（您要知道，那张小脸活像黄鼠狼的脸），把我们都降服了，我们只好让步，减少彼得罗夫和叶果罗夫的品行分数，关他们的禁闭，最后终于把他俩开除了事。他有一种让人受不了的习惯：常来我们的住处访问。他来到一位教师家里，总是坐下来，就此一言不发，仿佛在考察什么事似的。他照这样一言不发地坐上一两个小时，就走了。他把这叫作"跟同事们保持良好关系"。显然，这类拜访，这样呆坐，对他来

> "千万别闹出什么乱子"和"已经禁止，不许多说"这是别里科夫的两句口头禅。它们惟妙惟肖地勾画出了"套中人"的面目和心灵，体现了契诃夫在人物语言个性化方面的特点。

说是很难受的。他之所以来看我们,只不过是因为他认为这是对同事们应尽的责任罢了。我们这些教师都怕他。就连校长都怕他。您瞧,我们这些教师都是有思想的、极其正派的人,受过屠格涅夫和谢德林的教育,然而这个老穿着套鞋、拿着雨伞的人,却辖制了整个中学足足十五年!可是光辖制中学算得了什么?全城都在他辖制之下呢!我们这儿的太太们到星期六不敢办家庭戏剧晚会,因为怕他知道。有他在,教士们到了斋期就不敢吃荤,不敢打牌。在别里科夫这类人的影响下,在最近这十年到十五年里,我们全城的人变得风声鹤唳、草木皆兵。他们不敢大声说话,不敢写信,不敢交朋友,不敢看书,不敢周济穷人,不敢教人念书写字……"

伊万·伊万内奇开口说的话深化了他的形象;他不是一个消极的听众,而是在认真思考刚才听到的"套中人"故事,他还把"套中人"的影响同周围的现实生活联系起来进行思考。

伊万·伊万内奇想说点什么,嗽了嗽喉咙,可是他先把烟斗点燃,瞧了瞧月亮,然后才一板一眼地讲起来:

"是啊,有思想的正派人,既读屠格涅夫,又读谢德林,还读勃克尔等,可是他们却对这种事屈服,容忍……原因就在于此了。"

"别里科夫跟我在一套房子里住着,"布尔金接着说,"同住在一层楼上,他的房门和我的房门对着。我们常常见面,我知道他在家里怎样生活。他在家里也还是那一套:睡衣啦,睡帽啦,护窗板啦,门闩啦,一整套各式各样的禁条和忌讳。还有他那句名言:'哎呀,千万别闹出什么乱子来啊!'吃素对健康不利,可是吃荤又不行,因为人家也许会说别里科夫不持斋。他就吃用奶油煎的鲈鱼,这东西固然不是素食,可也不能说是斋期禁忌的菜。他不用女仆,因为怕人家对他胡乱猜疑,于是雇了个六十岁左右的老头子做厨子,名叫阿法纳西,这人老是醉醺醺的,神志不清,从前做过勤务兵,总算会烧一点儿菜。这个阿法纳西经常在门口站着,两条胳膊交叉在胸前,老是长叹一声,叨咕那么一句话:

'现在啊,像他们那种人可真是太多了!'"

"别里科夫的卧室挺小,活像一口棺材,床上挂着帐子。他一上床睡觉,就把被子拉过来蒙上脑袋;房里又热又闷,风推动关紧的门,炉子里嗡嗡地响,厨房里传来叹息声,不祥的叹息声……"

"他躺在被子底下如坐针毡。他生怕会出什么事,生怕阿法纳西来杀他,生怕小偷儿溜进来,然后他就整夜做噩梦,到早晨我们一块儿到学校去的时候,他郁郁不乐,脸色苍白。他所去的那个有很多人的学校,分明使得他满心的恐惧和憎恶。跟我并排走路,对他那么一个性情孤僻的人来说,显然也是苦差事。"

"'我们的教室里太吵闹了,'他说,仿佛极力要找一个理由说明他的愁闷似的,'太不像话了。'"

"您知道吗,这个希腊语教师,这个套中人,还差点儿结了婚。"

伊万·伊万内奇很快地回头瞟一眼堆房,说:

"您不要开玩笑了!"

"真的,尽管说起来古怪,可是他的确差点儿结了婚。有一个新来的史地教师,一个原籍乌克兰、名叫米哈伊尔·萨维奇·科瓦连科的人,分配到我们学校里来了。他不是一个人来的,而是带着他姐姐瓦连卡一路来的。科瓦连科是个高高的、皮肤发黑的青年,手挺大,从他的脸相就看得出他说话是男低音,果然他的嗓音像是从桶子里发出来的一样:'嘭,嘭,嘭!……'他姐呢,已经不算年轻,年纪有三十岁左右了,可是她长得也高、身材匀称、黑眉毛、红脸蛋儿,总之,她简直不能说是姑娘,而是蜜饯水果,活泼极了,谈笑风生,爱唱小俄罗斯的抒情歌曲,老是嘻嘻哈哈笑。她动不动就发出响亮的笑声:'哈哈哈!'我记得我们初次结识科

> 通过描写别里科夫的卧室、起居生活,从另一个侧面表现了他的"套子"生活模式已根深蒂固。

瓦连科姐弟是在校长的命名日宴会上。在那些死板板的、又紧张又沉闷的、甚至把赴命名日宴会也看作应公差的教师中间,我们忽然发现一个新的阿佛洛狄忒从浪花里钻出来。她两手叉着腰,走来走去,笑啊唱的,翩翩起舞。她带着感情唱《风在吹》,接着又唱一支抒情歌曲,随后又唱一支。她把我们大家,连别里科夫也在内,都迷住了。别里科夫挨着她坐下,露出甜滋滋的笑容,说:

'小俄罗斯语言的清脆柔和使我联想到古希腊语言。'

这句话让她很高兴,她就开始热情而恳切地对他讲起他们在加佳奇县有一个庄园,她的母亲就在庄园里住着,那儿有那么好的梨,那么好的甜瓜,那么好的卡巴克!乌克兰人把南瓜叫作卡巴克,把酒馆叫作希诺克,他们用红甜菜和白菜熬的红甜菜汤,'可好吃了,可好吃了,简直好吃得要命!'"

"我们听啊听的,忽然大家灵机一动,不约而同地生出了同样的想法。"

"要是把他们配成夫妇,那倒很好。"校长太太对我轻声说。

> 两者形象形成鲜明对比,为下文做了铺垫。

直到这时,我们大家才想起来:原来我们的别里科夫还没结婚;这时候我们才觉着奇怪:不知怎的,他生活里这样一件大事,我们以前竟一直没有想到,完全忽略了。他对女人是什么态度呢?这种终身大事的要紧问题他是如何自己解决的?这件事以前我们一点儿也没有关心过。也许我们甚至不允许自己想到:"一个无论什么天气总是穿着套鞋、睡觉总要挂上帐子的人,也会爱上什么人吧。"

"他已经四十多岁了,她呢,也三十了……"校长太太说明她的想法,"我看她会答应嫁给他的。"

"在我们内地,因为闲得无聊,什么事都做过,很多都是不必要的蠢事啊!这是因为大家根本不做必要的事。是啊,比方说，这个别里科夫，既然大家甚至不能想象他是一个可以结婚的人，那我们何必忽然要给他撮合婚事呢？校长太太啦，学监太太啦，我们中学里的所有太太们，都活跃起来，甚至变得漂亮多了，仿佛忽然发现了生活的意义似的。校长太太在剧院里订下一个包厢，我们一看，原来瓦连卡在她的包厢里面坐着，扇着扇子，满脸放光，高高兴兴。别里科夫在她旁边坐着，身材矮小、背脊拱起，看上去好像刚用一把钳子把他从家里夹来的一样。我在家里办小晚会，太太们就要求我必须邀请别里科夫和瓦连卡。总之，一切运作都开始了。似乎瓦连卡也并不反对出嫁。她在她弟弟那儿生活不大快活，他们只会成天地吵啊骂的。比方说，我见过这样一个场面：科瓦连科沿着大街大踏步走着，他是又高又壮的大汉，穿一件绣花衬衫，从帽子底下钻出来一绺头发耷拉在他的额头上，一只手拿着一捆书，另一只手拿着一根有节疤的粗手杖。他姐姐在他身后跟着，也拿着书。"

"可是你啊，米哈伊里克，这本书根本没看过！"她大声争辩说，"我告诉你，我敢发誓：你压根儿没看过！"

"我跟你说我看过嘛！"科瓦连科大叫着，把手杖在人行道上顿得直响。

"唉，我的上帝，米哈伊里克！你为什么发火？要知道，我们谈的是原则问题啊。"

"我跟你说我看过嘛！"科瓦连科嚷道，声音更响了。

"在家里，即使有外人在座，他们也一个劲儿地争吵。这样的生活多半使她厌烦，盼望着有自己的家了。况且，也该想到她的年纪，现在已经没有时间来挑啊拣的，跟什么人结婚都行，即使是希腊语教师也将就了。附带还要说一句：我们的小姐们大多数都不管嫁给谁，只要能嫁出去就算。总之，瓦连卡对我们的别里科夫开始表示明显的好感了。

表现了科瓦连科和瓦连卡的自由不羁、性格爽朗。而这些与旧秩序的捍卫者别里科夫则是格格不入的。二者形成一种矛盾冲突。

> 形成鲜明的对比。

"别里科夫呢?他也常去拜望科瓦连科了,就跟他常来拜望我们一样。他去了就坐下,一句话也不说。他沉默着,瓦连卡就对他唱《风在吹》,或者用她那双黑眼睛沉思地盯着他,再不就忽然扬声大笑:'哈哈哈!'

"在恋爱方面,特别是在婚姻方面,外人的怂恿总会起很大作用。我们大家,他的同事和同事的太太们,开始向别里科夫游说,他应当结婚了,他的生活没有别的缺憾,只差结婚了。我们大家向他祝贺,做出满脸严肃的表情说了各种套话,例如,'婚姻是终身大事'等。况且,瓦连卡长得很漂亮,招人喜欢,她是五等文官的女儿,有田庄,尤为重要的是,她是第一个待他诚恳而亲热的女人。于是他昏头涨脑的,决定真该结婚了。"

> 别里科夫在婚姻上的犹豫、迟疑,对瓦连卡和她弟弟奇怪思想的害怕,从另一个侧面反映了别里科夫的愚钝保守。

"哦,到了这一步,就应把他的套鞋和雨伞拿掉了。"伊万·伊万内奇说。

您只要动动脑筋就明白:这是不可能的。他把瓦连卡的照片放在自己桌子上,不断地来找我,谈瓦连卡,谈家庭生活,谈婚姻是终身大事,常到科瓦连科家去,可是他的生活方式一点儿也没改变。甚至恰好相反,结婚的决定使他像得了一场重病似的。他变得更瘦更白,好像越发深地缩进他的套子里去了。

"瓦尔瓦拉·萨维希娜我是喜欢的,"他对我说,脸上露出淡淡的苦笑,"我也知道人人都必须结婚,可是……您知道,这件事发生得这么突然……总得深思熟虑才成。"

"有什么可考虑的?"我对他说,"一结婚,就万事大吉了。"

> 在套中人的眼中,任何人、任何事都是"奇怪""莫名其妙"的。

"不成,婚姻不是小事,人先得估量一下将来的义务和责任……免得日后闹出什么乱子。这件事弄得我六神无主,现在我通宵睡不着觉。老实说,我害怕:她和她弟弟有一种很奇怪的思想方法。您知道,他们议论起事情来莫名其妙。她的性情又很活泼。结婚倒不要紧，说不定会惹出什么麻烦来。"

于是他一直没求婚，一个劲儿地往后拖延，弄得校长太太和我们所有的太太都厌倦极了。他时时刻刻在考虑将来的义务和责任，同时他又差不多天天跟瓦连卡出去散步，也许他认为这是在他这种情形下照理该做的事吧。他常来看我，为的是谈家庭琐事。要不是因为忽然闹出一场丑闻，他最后多半会求婚，因而促成一桩不必要的、愚蠢的婚事。在我们这儿，由于闲得无聊，无事可做，照那样结了婚的，正有成千上万的先例呢。

应该说明一下：瓦连卡的弟弟科瓦连科从认识别里科夫的第一天起，就对他非常痛恨。

"我不懂，"他常对我们说，耸一耸肩膀，"我不明白你们怎么能够容忍这个告密的小人，瞧他那副叫人恶心的嘴脸。唉！诸位先生，你们怎么能在这儿生活下去啊！你们这儿的空气把人闷死了，糟透了！难道你们能算得上导师、教师吗？你们是官僚，你们这儿不是学府，而是城市警察局，而且有警察岗亭里那股酸臭气味。不行，诸位老兄，我在你们这儿再住上一阵子，就要回到我的田庄上去，在那儿捉捉虾，教教乌克兰的小孩子念书了。我是要走的，你们呢，如果愿意的话，就跟你们的犹大留在这儿吧，叫他遭了瘟才好！"

或者他就哈哈大笑，笑得眼泪都流出来，时而用男低音，时而用非常尖细的嗓音，推开双手，问我：

"他干吗上我这儿来坐着？他想干什么？他一直坐在那儿发傻。"

他甚至给别里科夫起了一个外号叫"蜘蛛"。当然，关于他姐姐瓦连卡想要跟"蜘蛛"结婚的事，我们对他绝口不提。有一回校长太太向他暗示说，要是他姐姐跟别里科夫这么一

> 一针见血地道明了别里科夫的腐朽性，具有讽刺意味。

个稳重的、为大家所尊敬的人结婚,那倒是好事一桩。他就皱起眉头,嘟哝道:

"这和我无关;哪怕她跟毒蛇结婚也由她。我不喜欢干涉别人的事。"

现在,您听一听后来发生的事吧。有个爱开玩笑的家伙画了一张漫画,画着别里科夫打着雨伞,穿着套鞋,卷起裤腿,正在走路,臂弯里挽着瓦连卡,下面缀着题名:"恋爱中的 anthro-pos"。您要知道,那神态画得惟妙惟肖。那位画家一定画了不止一个晚上,因为男子中学和女子中学里的教师们、宗教学校的教师们、衙门里的官儿,每人都接到一份。别里科夫也接到一份。这幅漫画给他留下极其难堪的印象。

> 惟妙惟肖:形容描写或模仿得非常好,非常逼真。

我们一块儿从房子里走出去,那天正好是五月一日,星期天,我们全体教师和学生事先约定在学校里会齐,然后一块儿步行到城郊的一个小树林里郊游。我们动身以后,他脸色发青,比乌云还要阴沉。

"天下有多么歹毒的坏人!"他说,他的嘴唇激动得发抖。

我甚至同情他了。我们走啊走的,忽然间,您猜怎么着,科瓦连科骑着自行车来了,在他身后,瓦连卡也骑着自行车,脸涨得通红,筋疲力尽,可是很开心的样子,兴高采烈。

> 筋疲力尽:形容非常疲劳,一点儿力气也没有了。

"我们先走一步了!"她嚷道,"天气多么好啊!多么好,简直好得要命!"

他们俩走远,不见了。我的别里科夫的脸色从发青转为发白,好像呆住了。他站住了,瞧着我……

"请问,这是怎么回事?"他问,"也许,也许我的眼睛骗了我吧?难道中学教师和女人骑自行车还成体统吗?"

"这有什么不成体统的?"我说,"让他们尽管骑自行车,快快活活玩一阵好了。"

"可是怎么能这样做呢?"他叫起来,看见我心平气和,不以为然感到惊讶，"您在说什么呀？"

他非常生气，不愿意再往前走。回家去了。

第二天他老是心神不安地搓手，打哆嗦，从他的脸色看得出他身体不舒服，还没到放学的时候，他就走了，这还是他生平第一回呢。他连午饭都没吃。虽然门外已经完全是夏天天气，可是将近傍晚的时候，他却穿得严严实实的，慢腾腾地走到科瓦连科家里去了。瓦连卡不在家，只有她弟弟在家。

"请坐吧，"科瓦连科冷冷地说，皱着眉头：他的脸上带着睡意，饭后他打了个盹儿，刚刚醒来，心情很不好。

别里科夫沉默地坐了十分钟左右，然后开口了：

"我上您这儿来，是为了减轻我心里的负担。我心里很沉重，很沉重。有个不怀好意的家伙画了一张漫画，把我和另一个跟您和我都有密切关系的人画成可笑的样子。我认为我有责任向您保证我跟这事一点儿关系也没有……我没有做出什么错事该得到这样的讥诮，刚好相反，我的举动素来在各方面都称得上是正大光明。"

> 别里科夫一本正经的严肃的语言、态度表现了其反动、保守的本质，同时也是极端自私。

科瓦连科坐在那儿生闷气，一句话也不说。别里科夫等了一会儿，然后压低喉咙，用悲凉的声调接着说：

"另外我还有件事情要跟您谈一谈。我已经教很多年的书了，您却是最近才开始工作。我作为一个比您年纪大的同事，认为有责任给您一个忠告。您骑自行车，这种消遣对青年的教育工作者来说是完全不成体统的。"

"何以见得？"科瓦连科用男低音问。

"难道这还用解释吗，米哈伊尔·萨维奇，难道这还用问吗？如果教师骑自行车，那还能指望学生做出什么好事来？他们所能做的就只有头朝下，拿头顶走路了！既然政府还没有发出通告，允许做这种事，那就不要去做。昨天我大吃一惊！我一看见您的姐姐，眼前就变得漆黑一团。一个女人或

> 凡是旧秩序中没有的，都是"不成体统"的。顽固至极。

者一个姑娘骑自行车,这太可怕了!"

"说实在的,您到底想干什么?"

"我所要做的只有一件事,就是忠告您,米哈伊尔·萨维奇。您是青年人,您前途不可限量,您的举动得十分谨慎小心才成,您却这么随随便便,唉,多么放荡不羁!您穿着绣花衬衫出门,经常拿着些书在大街上招摇过市,现在呢,又骑什么自行车。校长会听说您和您姐姐骑自行车的,然后,这事又会传到督学的耳朵里……这还会有好下场吗?"

"讲到我姐姐和我骑自行车,这和别人无关!"科瓦连科涨红了脸说,"谁要来管我的家事和私事,我就叫谁从这里滚蛋!"

别里科夫脸色苍白,站起身来。

"要是您用这种口吻跟我讲话,那我就不能再讲下去了,"他说,"我请求您在我面前谈到上司的时候不要用这种口气说话。您对当局应当尊敬才对。"

"难道我说了当局什么坏话吗?"科瓦连科问,气呼呼地瞧着他,"请您离我远点儿。我是正直的人,不愿意跟您这样的先生讲话。我不喜欢告密的人。"

别里科夫心慌意乱,匆匆忙忙地把大衣穿上,脸上带着恐怖的神情。要知道这还是他生平第一回听到这么不客气的话。

"随您怎么去想,都由您,"他一面走出前堂,到楼梯口去,一面说,"只是我得跟您预先声明一下:说不定有人偷听了我们的谈话;为了避免我们的谈话被人家误会,避免闹出什么乱子起见,我得把我们的谈话内容向校长先生报告……把大意说明一下。我必须这样做。"

"报告?去,报告去吧!"

科瓦连科在他后面一把抓住他的衣领,使劲一推,别里科夫就滚下楼去,他的套鞋乒乒乓乓地响。楼梯又高又陡,

别里科夫看不惯社会上的一切,但现实生活总是刺激他。他身上最可怕的东西是他对周围人的压力,不许别人穿绣花衬衫出门,不许骑自行车就反映了他身上的因循守旧和庸俗习气。

别里科夫回家不久就一命呜呼,因为他感到自己十五年来极力维持的旧秩序已经岌岌可危,他从科瓦连科兄妹自由不羁的言行中感到了新生事物不可遏止的冲击,专制统治的大势已去。

不过他滚到楼下时却毫发未伤,他站起来,摸了摸鼻子,看他的眼镜碎了没有。可是,他滚下楼的时候,偏巧瓦连卡回来了,还有两位太太和她在一起。她们站在楼下,呆呆地瞧着,这在别里科夫眼里却比任什么事情都可怕。看样子,他情愿摔断脖子和两条腿,也不愿意成为取笑的对象:是啊,这样一来,这件事就会传遍全城,还会传到校长耳朵里,传到督学耳朵里去。哎呀,千万别闹出什么乱子来啊!人家又会画一张漫画,到头来就会弄得他奉命辞职吧……

直到他站起来,瓦连卡才认出是他。她瞧着他那滑稽的脸相、他那揉皱的大衣、他那套鞋,搞不清楚是怎么回事,以为他是自己不小心摔下来的,就忍不住放声大笑,响得整个房子都可以听见:

"哈哈哈!"

这一串响亮而清脆的"哈哈哈"就此结束了一切:结束了婚事,结束了别里科夫的人间生活。他没听清楚瓦连卡说了些什么话,他什么没看见。一到家,他第一件事就是把瓦连卡的照片从桌子上撤去,然后他就在床上躺下,从此再也没有起床。

大约三天以后,阿法纳西来找我,问我要不要派人去请医生,因为据他说,他的主人情形有点不妙。我走到别里科夫的屋里去。他躺在帐子里,盖着被子,一言不发:不管问他什么话,他总是回答一声"是"或者"不",此外就闷声不响了。他躺在那儿,阿法纳西呢,愁容满面、紧锁眉头,在他旁边走来走去,深深地叹气,可是像酒馆一样冒出白酒的气味。

过了一个月,别里科夫离开了人世。我们大家都去送葬,那就是说,两个中学校和宗教学校的人都去了。这时候他在棺材里躺着,神情温和、愉快,甚至安详,仿佛暗自庆幸终于装进一个套子里,从此再也不必出来了似的。是啊,他的

> 别里科夫死去,终于可以不必害怕新事物了。幽默、讽刺的语言,一针见血。

理想终于实现了！老天爷也仿佛在对他表示敬意，他出殡的时候天色阴沉，下着雨。我们大家都穿着套鞋，打着雨伞。瓦连卡也去送葬，等到棺材下了墓穴，她哭了一阵，我发现乌克兰的女人不是笑就是哭，对她们来说不哭不笑的心情是没有的。

老实说，埋葬别里科夫那样的人是一件大快人心的事。我们从墓园回来的时候，露出忧郁懊丧的表情，谁也不肯把快活的感情流露出来，像那样的感情，我们很久很久以前做小孩子的时候，遇到大人不在家，我们到花园里去玩两个小时，享受充分自由的时候，都经历过。啊，自由啊，自由！只要能看到一点点自由的曙光，只要有可以享受自由的一线希望，人的灵魂就会长出翅膀来。难道不是这样吗？

> 别里科夫的影响已深深渗入到社会生活的各个角落，现实生活中不止一个别里科夫，而在于它表现了不同程度的别里科夫比比皆是。

我们从墓园回来，都非常高兴。可是一个星期还没过完，生活又过得跟先前一样，跟先前一样的苦闷、无聊、杂乱了，这样的生活固然没有遭到当局明令禁止，不过也没有得到充分的许可啊。局面并没有变得好一点儿。确实，我们虽然埋葬了别里科夫，可是不知还有多少这种套中人活着，将来也还不知道会有多少呢！

"问题就出在这里。"伊万·伊万内奇说，把他的烟斗点燃了。

"那样的人，将来不知道还会有多少！"布尔金又说一遍。

这个中学教师从堆房里走出来。他是一个矮胖的男子，头顶全秃了，一把黑胡子很长，差不多齐到腰上。跟他一块儿走出来的还有两条狗。

"多好的月色，多好的月色！"他抬头看天，说道。

这时候已经是午夜了。向右边瞧，可以看见整个村子，一条长街远远地伸出去，大约有五俄里长。一切都浸在深沉而静寂的睡乡里，一点儿动静也没有，人甚至不能相信大自然竟然如此静寂。人在月夜看着宽阔的村街和村里的茅屋、干草垛、睡熟的杨柳，心里就会变得恬静起来。这时候夜色把村子包得严严紧紧，躲开了劳动、烦恼、忧愁，安心休息，显得那么温和、哀伤、美丽，星星也仿佛在亲切而动情地瞧着它，大地上不再有坏人坏事，一切都无限美好似的。左边，到了村子尽头，便是田野。可以看见田野远远地一直伸展到天边。在这一大片浸透月光的旷野上也是万籁俱寂，没有声音。

"问题就出在这里，"伊万·伊万内奇又说一遍，"我们在城里住着，空气污浊，十分拥挤，写些无聊的文章，玩'文特'，这一切难道不就是套子吗？至于在懒汉、爱打官司的人、无所事事的蠢女人中间消磨我们的一生、自己说而且听人家说各式各种的废话，这难道不也是套子吗？嗯，要是您乐意，那我就再给您讲一个很有教益的故事。"

"不，现在也该睡了，"布尔金说，"留到明天再讲吧。"

他俩走进堆房，在干草上睡下来。他俩把被子盖好，刚要昏昏睡去，忽然听见隐隐约约的脚步声：吧嗒，吧嗒……有人在离堆房不远的地方走着，走了一会儿站住了，过一分钟又是吧嗒，吧嗒……狗汪汪地吠叫起来。

"这是玛芙拉在走来走去。"布尔金说。

脚步声渐渐听不见了。

"你看着人们弄虚作假，听着人们说假话，"伊万·伊万内奇翻了个身说，"人们却因为你容忍他们的虚伪而骂你笨蛋。你忍受侮辱和委屈，不敢公开说你支持那些正直和自由的人，你自己也弄虚作假，还口是心非地笑，你这样做无非是为了混一口饭吃，得到一个温暖的角落，做个一钱不值的小官儿罢了。不成，再也不能这样生活下去了！"

"算了吧，您把话题扯别的题目上去了，伊万·伊万内奇，"教师说，"睡吧！"

在契诃夫的作品中，各种各样的声响在衬托人物心情上起着十分微妙的作用。只有在夜间才出门的玛芙拉的脚步声增强了伊万·伊万内奇的压抑心情。

过了大约十分钟，布尔金睡着了。可是伊万·伊万内奇不住地翻身、叹气，后来他起来，又走出去，坐在门边，点上烟斗。

1898年

▎情境赏析▎

《套中人》刻画了反动势力猖獗的产物"套中人"别里科夫，他是一个害怕接触实际，害怕新生事物，死心守卫政府法令的人物，成为那些因循守旧、畏首畏尾、害怕革命者的符号象征。《套中人》发表于1898年，那正是俄国历史上极反动的时期，沙皇贵族和大资产阶级为了维护专制统治残酷迫害先进人物，疯狂扼杀进步思想，竭力推行禁锢主义。别里科夫之流正好是这个历史时代的产物，而他的"千万别闹出什么乱子！"这句口头禅也是当时许多人的心理标志。契诃夫运用幽默讽刺的手法和细节描写成功地塑造了"套中人"形象，有力地鞭挞了别里科夫之流以及产生他们这种畸形性格的反动时代。同时，契诃夫还塑造了一个情绪激昂、善于思索的兽医伊万·伊万内奇的形象，正是这个兽医形象反映了19世纪90年代后期的重要历史情况：进步的革命阶级中的激昂情绪正在扩展到其他阶级和社会阶层。篇幅不长的《套中人》却反映出两个根本不同时代（80年代和90年代）的本质特点，由此可见契诃夫晚期心理短篇小学的巨大艺术概括力。

▎名家点评▎

人是不可能装在套子里的。如果他当真装进了套子，那么这已经不是人，而是一具尸体。套子呢，就是一口棺材。

——（苏）帕佩尔内

约内奇

> 约内奇·斯达尔采夫，原本是一个努力工作、勤于思索、热情诚恳的年轻医生。但由于旧生活的侵袭，年复一年，他受到了庸俗世界的腐蚀，最后沉沦下去，变成贪婪而冷酷的市侩，变成只会清点钞票和购买田产的私有制的主人。约内奇的形象变化告诉我们：庸俗习气是一种腐蚀灵魂、毁灭生活的可怕势力。这个形象也是俄国贵族末代知识分子的真实写照。

一

每逢到这个省城来的人抱怨这儿的生活枯燥而单调，当地的居民仿佛要替自己辩护似的，就说正好相反，这个城好得很，说这儿有图书馆、剧院、俱乐部，常举行舞会，最后还说这儿有些有头脑的、有趣味的、使人感到愉快的人家，尽可以跟他们来往。他们还提出图尔金家来，说那一家人要算是顶有教养，顶有才气的了。

那一家人住在本城大街上自己的房子里，跟省长的官邸相离不远。伊万·彼得罗维奇·图尔金本人是一个胖胖的、漂亮的黑发男子，留着络腮胡子，常常为了慈善性的募捐举办业余公演，自己扮演老年的将军，咳嗽的样儿挺可笑。他知道许多趣闻、谜语、谚语，喜欢开玩笑，说俏皮话，他脸上老是露出这么一种表情：谁也弄不清他是在开玩笑呢，还是说正经话。他的妻子薇拉·约瑟福芙娜是一个身材瘦弱、模样俊俏的夫人，戴着夹鼻眼镜，常写长篇和中篇小说，喜欢拿那些小说当着客人朗诵。女儿叶卡捷琳娜·伊万诺芙娜是一个年轻的姑娘，会弹钢琴。总之，这个家庭的成员各有各的才能。图尔金一家人殷勤好客，而且带着真诚的淳朴，兴致勃勃地在客人面前显露各自的才能。他们那所高大的砖砌的房子宽敞,夏天凉快,一半的窗子朝着一个树木苍郁的老花园,到春天就有夜莺在那儿歌唱。每逢家里来了客人,厨房里就响起叮叮当当的菜刀声,院子里散布一股煎洋葱的气味,这总是预告着一顿丰盛可口的晚餐要开出来了。

当德米特里·约内奇·斯达尔采夫医师刚刚奉派来做地方自治局医师,在离城九俄里以外的嘉里日住下来的时候,也有人告诉他,说他既是有知识的人,那就非跟图尔金家结交不可。冬天,有一天在大街上他经人介绍跟伊万·彼得罗维奇相识了。他们谈到天气、戏剧、霍乱,随后伊万·彼得罗维奇就邀他有空上自己家里来玩。到春天,有一天正逢节期,那是耶稣升天节,斯达尔采夫看过病人以后,动身到城里去散散心,顺便买点东西。他不慌不忙地走着去(他还没置备马车),一路上哼着歌:

在我还没喝下生命之杯里的泪珠的时候……

在城里,他吃过午饭,在公园里逛一阵,后来忽然想起伊万·彼得罗维奇的邀请,仿佛这个念头自动来到他心头似的,他就决定到图尔金家去看看他们是些什么样的人。

"您老好哇?"伊万·彼得罗维奇说,走到门外台阶上来接他,"看见这么一位气味相投的客人驾到,真是高兴得很,高兴得很。请进!我要把您介绍给我的贤妻。薇罗琪卡,我跟他说过,"他接着说,同时把医师介绍给他妻子,"我跟他说过,按照法律他可没有任何理由老是坐在医院的家里,他应该把多余的时间用在社交上才对。对不对,亲爱的?"

"请您坐在这儿吧,"薇拉·约瑟福芙娜说,叫她的客人坐在她身旁,"您满可以向我献献殷勤。我丈夫固然爱吃醋,他是奥赛罗,不过我们可以做得很小心,叫他一点儿也看不出来。"

"哎,小母鸡,你这宠坏了的女人……"伊万·彼得罗维奇温柔地喃喃道,吻了吻她的额头,"您来得正是时候,"他又转过身来对客人说,"我的贤妻写了一部伟大的著作,今天她正打算高声朗诵一遍呢。"

"好让,"薇拉·约瑟福芙娜对丈夫说,"dites que l'on nous donne du thé."

斯达尔采夫由他们介绍,跟叶卡捷琳娜·伊万诺芙娜,一个十八岁的姑娘见了面。她长得很像母亲，也瘦弱、俊俏。她的表情仍旧孩子气，腰身柔软而苗条。她那已经发育起来的处女胸脯，健康而美丽，叫人联想到春天，真正的春天。然后他们喝茶，外加果酱、蜂蜜，还有糖果和很好吃的饼干，那饼干一送进嘴里就立时溶掉。等到黄昏来临，别的客人就渐渐来了，伊万·彼得罗维奇用含着笑意的眼睛瞧着每一个客人，说：

"您老好哇？"

然后，大家都到客厅里坐下来，现出很严肃的脸色。薇拉·约瑟福芙娜就朗诵她的长篇小说。她这样开头念："寒气重了……"窗子大开着，从厨房飘来菜刀的叮当声和煎洋葱的气味……人们坐在柔软的、深深的圈椅里，心平气和。在客厅的昏暗里灯光那么亲切地眨着眼。眼前，在这种夏日的黄昏，谈笑声从街头阵阵传来，紫丁香的香气从院子里阵阵飘来，于是寒气浓重的情景和夕阳的冷光照着积雪的平原和独自赶路的行人的情景，就不容易捉摸出来了。薇拉·约瑟福芙娜念到一个年轻美丽的伯爵小姐怎样在自己的村子里办学校、开医院、设立图书馆，怎样爱上一个流浪的画家。她念着现实生活里绝不会有的故事，不过听起来还是很受用，很舒服，使人心里生出美好宁静的思想，简直不想站起来……

"真不赖……"伊万·彼得罗维奇柔声说。

有一位客人听啊听的，心思飞到很远很远的什么地方去了，用低到刚刚能听见的声音说：

"对了……真的……"

一个钟头过去了，又一个钟头过去了。附近，在本城的公园里，有一个乐队在奏乐，歌咏队在唱歌。薇拉·约瑟福芙娜合上她的稿本，大家沉默五分钟，听着歌咏队合唱的《卢契努希卡》，那支歌道出了小说里所没有的，现实生活里所有的情趣。

"您把您的作品送到杂志上发表吗？"斯达尔采夫问薇拉·约瑟福芙娜。

"不，"她回答，"我从来不拿出去发表。我写完，就藏在柜子里头。何必发表呢？"她解释道，"要知道，我们已经足可以维持生活了。"

不知因为什么缘故，人人叹一口气。

"现在，科契克，你来弹个什么曲子吧。"伊万·彼得罗维奇对女儿说。

钢琴的盖子掀开，乐谱放好，翻开。叶卡捷琳娜·伊万诺芙娜坐下来，两只手按琴键；然后使足了气力按，按了又按，她的肩膀和胸脯颤抖着。她一个劲儿地按同一个地方，仿佛她不把那几个琴键按进琴里面去就决不罢休似的。客厅里满是铿锵声，仿佛样样东西，地板啦，天花板啦，家具啦……都发出轰隆轰隆的响声。叶卡捷琳娜·伊万诺芙娜正在弹一段很难的曲子，那曲子所以有趣味就因为它难，它又长又单调。斯达尔采夫听着，幻想许多石块从高山上落下来，一个劲儿地往下落，他巴望着那些石块快点停住，别再落了才好。同时，叶卡捷琳娜·伊万诺芙娜紧张地弹着，脸绯红，劲头很大，精力饱满，一绺卷发披下来盖在她的额头，很招他喜欢。他在嘉里日跟病人和农民一块儿过了一冬，现在坐在这客厅里，看着这年轻的、文雅的、而且多半很纯洁的人，听着这热闹的、冗长的、可又高雅的乐声，这是多么愉快，多么新奇啊……

"嗯，科契克，你以前从没弹得像今天这么好，"当女儿弹完，站起来的时候，伊万·彼得罗维奇说，眼里含着一泡眼泪，"死吧，丹尼司，你再也写不出更好的东西来了。"

大家围拢她，向她道贺，表示惊奇，说他们有很久没听到过这么好的音乐了。她默默地听着，微微地笑，周身显出得意的神态。

"妙极了！好极了！"

"好极了！"斯达尔采夫受到大家的热情的感染，说，"您是在哪儿学的音乐？"他问叶卡捷琳娜·伊万诺芙娜，"是在音乐学院吗？"

"不，我刚在准备进音乐学院，眼下我在家里跟扎夫洛芙斯卡娅太太学琴。"

"您在这儿的中学毕业了？"

"哦，没有！"薇拉·约瑟福芙娜替她回答，"我们在家里请了老师。您会同意，在普通中学或者贵族女子中学里念书说不定会受到坏影响。年轻的女孩子正当发育的时候是只应该受到母亲的影响的。"

"可是，我还是要进音乐学院。"叶卡捷琳娜·伊万诺芙娜说。

"不，科契克爱她的妈妈。科契克不会干伤爸爸妈妈心的事。"

"不嘛，我要去！我要去！"叶卡捷琳娜·伊万诺芙娜逗趣地说，耍脾气，还跺了一下脚。

吃晚饭的时候，轮到伊万·彼得罗维奇来显才能了。他眼笑脸不笑地谈趣闻，说俏皮话，提出一些荒谬可笑的问题，自己又解答出来。他始终用一种他独有的奇特语言高谈阔论，那种语言经长期的卖弄俏皮培养成功，明明早已成了他的习惯：什么"伟大"啦，"真不赖"啦，"一百二十万分的感谢您"啦，等等。

可是这还没完。等到客人们酒足饭饱，心满意足，聚集在前厅，拿各人的大衣和手杖，他们身旁就来了个听差帕夫卢沙，或者，按照这家人对他的称呼，就是巴瓦，一个十四岁的男孩，头发剪得短短的、脸蛋儿胖胖的。

"喂，巴瓦，表演一下！"伊万·彼得罗维奇对他说。

巴瓦就拉开架势，向上举起一只手，用悲惨惨的声调说："苦命的女人，死吧！"

大家就哈哈大笑。

"真有意思。"斯达尔采夫走到街上，想道。

他又走进一个酒店，喝点啤酒，然后动身回家，往嘉里日走去。一路上，他边走边唱：

在我听来，你的声音那么亲切，那么懒散……

走完九俄里路，上了床，他却一丁点儿倦意也没有，刚好相反，他觉得自己仿佛能够高高兴兴地再走二十俄里似的。

"真不赖……"他想，笑着昏昏睡去。

二

斯达尔采夫老是打算到图尔金家去玩，不过医院里的工作很繁重，他无论如何也抽不出空闲工夫来。就这样，有一年多的时间在辛劳和孤独中过去了。可是有一天，他接到城里来的一封信，装在淡蓝色信封里……

薇拉·约瑟福芙娜害偏头痛，可是最近科契克天天吓唬她，说是她要进音乐学院,那病就越发常犯了。全城的医师都给请到图尔金家去过,最后就轮到了地方自治局医师。薇拉·约瑟福芙娜写给他一封动人的信,信上求他来一趟,解除她的痛苦。斯达尔采夫去了,而且从此以后常常,常常上图尔金家去……他果然给薇拉·约瑟福芙娜略微帮了点忙,她已经在对所有的客人说他是个不同凡响的、医道惊人的医师了。不过,现在他上图尔金家去,却不再是为了医治她的偏头痛了……

那天正逢节日。叶卡捷琳娜·伊万诺芙娜坐在钢琴前弹完了她那冗长乏味的练习曲。随后他们在饭厅里坐了很久,喝茶,伊万·彼得罗维奇讲了个逗笑的故事。后来,门铃响了,伊万·彼得罗维奇得上前厅去迎接客人。趁这一时的杂乱,斯达尔采夫十分激动地低声对叶卡捷琳娜·伊万诺芙娜说:

"我求求您,看在上帝面上,别折磨我,到花园里去吧!"

她耸耸肩头,仿佛觉得莫名其妙,不明白他要拿她怎么样似的。不过她还是站起来,去了。

"您一弹钢琴就要弹上三四个钟头,"他跟在她的后面走着,说,"然后您陪您母亲坐着,简直没法跟您讲话。我求求您,至少给我一刻钟的工夫也好。"

秋天来了,古老的花园里宁静而忧郁,黑色的树叶盖在人行道上。天已经提早黑下来了。

"我有整整一个星期没看见您,"斯达尔采夫接着说,"但愿您知道那是多么苦就好了!请坐。请您听我说。"

在花园里,他们两个人有一个喜欢流连的地方:一棵枝叶繁茂的老枫树底下的一个长凳。这时候他们就在长凳上坐下来。

"您有什么事?"叶卡捷琳娜·伊万诺芙娜用办公事一样的口吻干巴巴地问。

"我有整整一个星期没看见您了,我有这么久没听见您的声音。我想念得好苦,我一心巴望着听听您说话的声音。那您就说吧。"

她那份娇嫩,她那眼睛和脸颊的天真神情,迷住了他。就是在她的装束上，他也看出一种与众不同的妩媚，由于朴素和天真烂漫的风韵而动人。同时，尽管她天真烂漫，在他看来，她却显得很聪明、很开展，超过她目前的年龄了。他能够跟她谈文学，谈艺术，想到什么就跟她谈什么，还能够对她发牢骚，抱怨生活，抱怨人们，不过，在这种严肃的谈话的半中央，有时候她会忽然没来由地笑起来，或者跑回房里去。她跟这城里的差不多所有的女孩子一样，看过很多书（一般说来本城的人是不大看书的，本地图书馆里的人说，要不是因为有这些女孩子和年轻的犹太人，图书馆尽可以关掉）。这使得斯达尔采夫无限的满意，每回见面，他总要兴奋地问她最近几天看了什么书，等到她开口讲起来，他就听着，心里发迷。

"自从我上回跟您分别以后，这个星期您看过什么书？"他现在问，"说一说吧，我求求您了。"

"我一直在看皮谢姆斯基写的书。"

"究竟是什么书呢？"

"《一千个农奴》，"科契克回答，"皮谢姆斯基的名字真可笑，叫什么阿列克谢·菲奥菲拉克特奇！"

"您这是上哪儿去啊？"斯达尔采夫大吃一惊，因为她忽然站起来，朝房子那边走去，"我得跟您好好谈一谈才行，我有话要说……哪怕再陪我坐上五分钟也行，我央求您了！"

她站住，好像要说句话，后来却忸怩地把一张字条塞在他手里，跑回正房，又坐到钢琴那儿去了。

"请于今晚十一时，"斯达尔采夫念道，"赴墓园，于杰梅季墓碑附近相会。"

"哼，这可一点儿也不高明，"他暗想，清醒过来，"为什么挑中了墓场？这是什么意思呢？"

这是明明白白的：科契克在开玩笑。说真的，既然城里有大街和本城的公园可以安排做相会的地方，那么谁会正正经经地想起来约人三更半夜跑到离城那么远的墓园去相会？他身为地方自治局医师，又是明情达理的稳重人，却唉声叹气，接下字条，到墓园去徘徊，做出现在连中学生都会觉得可笑的傻事，岂不丢脸？这番恋爱会弄到什么下场呢？万一他的同事听到这种事，会怎么说呢？这些，是斯达尔采夫在俱乐部里那些桌子旁边走来走去，心中暗暗想着的，可是到十点半钟，他却忽然动身上墓园去了。

他已经买了一对马，还雇了一个车夫，名叫潘捷列伊蒙，穿一件丝绒的坎肩。月光照耀着。空中没有一丝风，天气暖和，然而是秋天的那种暖和。城郊屠宰场旁边，有狗在叫。斯达尔采夫叫自己的车子停在城边一条巷子里，自己步行到墓园去。"各人有各人的怪脾气，"他想，"科契克也古怪，谁知道呢？说不定她不是在开玩笑，也许倒真会来呢。"他沉湎于这种微弱空虚的希望，这使得他陶醉了。

他在田野上走了半俄里路。远处，墓园现出了轮廓，漆黑的一长条，跟树林或大花园一样。白石头的围墙显露出来，大门也看得见了……借了月光可以看出大门上的字："大限临头……"斯达尔采夫从一个小门走进去，头一眼看见的是宽阔的林荫路两边的白十字架、墓碑以及它们和白杨的阴影。四外远远的地方，可以看见一团团黑东西和白东西，沉睡的树木垂下枝子来凑近白石头。仿佛这儿比田野上亮一点儿似的，枫树的树叶印在林荫路的黄沙土上，印在墓前的石板上，轮廓分明，跟野兽的爪子一样，墓碑上刻的字清清楚楚。初一进来，斯达尔采夫看着这情景惊呆了，这地方，他还是生平第一次来，这以后大概也不会再看见：这是跟人世不一样的另一个天地，月光柔和美妙，就跟躺在摇篮里睡熟了似的，在这个世界里没有生命，无论什么样的生命都没有，不过每棵漆黑的白杨、每个坟堆，都使人感到其中有一种神秘，它应许了一种宁静、美丽、永恒的生活。石板、残花，连同秋叶的清香都在倾吐着宽恕、悲伤、安宁。

四周一片肃静。星星从天空俯视这深奥的温顺。斯达尔采夫的脚步声很响，这跟四周的气氛不相称。直到教堂的钟声响起来，而且他想象自己死了，永远埋在这儿了，他这才感到仿佛有人在瞧他。一刹那间他想到这不是什么安宁和恬静，只不过是由空无所有而产生的不出声的愁闷和断了出路的绝望罢了……

杰梅季墓碑的形状像一个小礼拜堂，顶上立着一个天使。从前有一个意大利歌剧团路过这个城,团里有一个女歌手死了,就葬在这儿,造了这墓碑。本城的人谁也不记得她了,可是墓门上边的油灯反映着月光,仿佛着了火似的。

这儿一个人也没有。当然,谁会半夜上这儿来呢?可是斯达尔采夫等着。仿佛月光点燃他的热情似的,他热情地等着,暗自想象亲吻和拥抱的情景。他在墓碑旁边坐了半个钟头,然后在侧面的林荫路上走来走去,手里拿着帽子,等着,想着这些坟堆里不知埋葬了多少妇人和姑娘,她们原先美丽妩媚,满腔热情,每到深夜便给热情燃烧着,沉浸在温存抚爱里。说真的,大自然母亲多么歹毒地耍弄人!想到这里觉得多么委屈啊!斯达尔采夫这样暗想着,同时打算呐喊一声,说他需要爱情,说他不惜任何代价一定要等着爱情。在他看来,在月光里发白的不再是一方方大理石,却是美丽的肉体。他看见树阴里有些人影怕难为情地躲躲闪闪,感到她们身上的温暖。这种折磨叫人好难受啊……

仿佛一块幕落下来似的,月亮走到云后面去,忽然间四周全黑了。斯达尔采夫好容易才找到门口(这时候天色漆黑,而秋夜总是这么黑的)。后来他又走了一个半钟头光景才找到停车的巷子。

"我累了,我的脚都站不稳了。"他对潘捷列伊蒙说。

他舒舒服服地在马车上坐下,暗想:

"唉,我这身子真不该发胖!"

三

第二天黄昏,他到图尔金家里去求婚。不料时机不凑巧,叶卡捷琳娜·伊万诺芙娜正在自己的房间里由一个理发匠为她理发。她正准备到俱乐部去参加跳舞晚会。

他只好又在饭厅里坐着,喝了很久的茶。伊万·彼得罗维奇看出客人有心事、烦闷,就从坎肩的口袋里掏出一封可笑的信来,那是由管理田庄的一个日耳曼人写来的,说是"在庄园里所有的铁器已经毁灭,黏性自墙上掉下"。

"他们大概会给一笔丰厚的嫁资。"斯达尔采夫想,心不在焉地听着。

一夜没睡好,他发觉自己老是发呆,仿佛有人给他喝了很多催眠的甜东西似的。他心里昏昏沉沉,可是高兴、热烈,同时脑子里有一块冰冷而沉重的什么东西在争辩:

"趁现在时机不迟,赶快罢手!难道她可以做你的对象吗?她娇生惯养,撒娇使性,天天睡到下午两点钟才起床,你呢,是教堂执事的儿子,地方自治局医师……"

"哎,那有什么关系?"他想,"我不在乎。"

"况且,要是你娶了她,"那块东西接着说,"那么她家的人会叫你丢掉地方自治局的工作,住到城里来。"

"哎,那有什么关系?"他想,"要住在城里就住在城里好了。他们会给一笔嫁资,我们可以挺好地成个家……"

最后,叶卡捷琳娜·伊万诺芙娜走进来,穿着参加舞会的袒胸露背的礼服,看上去又漂亮又利落。斯达尔采夫看得满心爱慕,出了神,一句话也说不出来,光是瞧着她傻笑。

她告辞。他呢,现在没有理由再在这儿待下去了,就站起来,说是他也该回家去了,病人在等着他。

"那也没法留您了,"伊万·彼得罗维奇说,"去吧,请您顺便送科契克到俱乐部去。"

外面下起了小雨,天色很黑,他们只有凭着潘捷列伊蒙的嘶哑的咳嗽声才猜得出马车在哪儿。车篷已经支起来了。

"我在地毯上走,你在说假话的时候走……"伊万·彼得罗维奇一面搀他女儿坐上马车,一面说,"他在说假话的时候走……走吧!再见!"

他们坐车走了。

"昨天我到墓园去了,"斯达尔采夫开口说,"您啊,好狠心,好刻薄……"

"您真到墓园去了?"

"对了,我去了,等到差不多两点钟才走。我好苦哟……"

"您既不懂开玩笑,那就活该吃苦。"

叶卡捷琳娜·伊万诺芙娜想到这么巧妙地捉弄了一个爱上她的男子，想到人家这么强烈地爱她，心里很满意，就笑起来，可是忽然惊恐地大叫一声，因为这当儿马车猛地转弯走进俱乐部的大门，车身歪了一下。斯达尔采夫伸出胳膊去搂住叶卡捷琳娜·伊万诺芙娜的腰。她吓慌了，就依偎着他，他呢，情不自禁、热烈地吻她的嘴唇和下巴，把她抱得更紧了。

"别再闹了。"她干巴巴地说。

过了一会儿，她不在马车里了。俱乐部的灯光辉煌的大门附近站着一个警察，用一种难听的口气对潘捷列伊蒙嚷道：

"你停在这儿干什么，你这呆鸟？快把车赶走！"

斯达尔采夫坐车回家去，可是不久就又回来了。他穿一件别人的晚礼服，戴一个白色硬领结，那领结不知怎的老是翘起来，一味要从领口上滑开，午夜时分，他坐在俱乐部的休息室里，迷恋地对叶卡捷琳娜·伊万诺芙娜说：

"噢，凡是从没爱过的人，哪儿会懂得什么叫作爱！依我看来，至今还没有人真实地描写过爱情，那种温柔的、欢乐的、痛苦的感情恐怕根本就没法描写出来；凡是领略过那种感情的人，哪怕只领略过一回，也绝不会打算用语言把它表白出来。不过，何必讲许多开场白，何必渲染呢？何必讲许多好听的废话呢？我的爱是无边无际的……我请求，我恳求您，"斯达尔采夫终于说出口，"做我的妻子吧！"

"德米特里·约内奇，"叶卡捷琳娜·伊万诺芙娜想了一想，现出很严肃的表情说，"德米特里·约内奇，承蒙不弃，我感激得很。我尊敬您，不过……"她站起来，立在那儿接着说，"不过，原谅我，我不能做您的妻子。我们来严肃地谈一谈。德米特里·约内奇，您知道，我爱艺术胜过爱生活里的任什么东西，我爱音乐爱得发疯，我崇拜音乐，我已经把我的一生献给它了。我要做一个艺术家，我要名望、成功、自由。您呢，却要我在这城里住下去，继续过这种空洞无益的生活，这种生活我受不了。做太太，啊，不行，原谅我！人得朝一个崇高光辉的目标奋斗才成，家庭生活会从此缚住我的手脚。德米特里·约内奇，"（她念到他的名字就微微一笑，这个名字使她想起了"阿列克谢·菲奥菲拉克特奇"。)"德米特里·约内奇,您是聪明高尚的好人,您比谁都好……"眼泪涌上她的眼眶,"我满心感激您,不过……不过您得明白……"

她掉转身去,走出休息室,免得自己哭出来。

斯达尔采夫的心停止了不安的悸跳。他走出俱乐部,来到街上,首先扯掉那硬领结,长吁一口气。他有点难为情,他的自尊心受了委屈(他没料到会遭到拒绝),他不能相信他的一切梦想、希望、渴念,竟会弄到这么一个荒唐的结局,简直跟业余演出的什么小戏里的结局一样。他为自己的感情难过,为自己的爱情难过,真是难过极了,好像马上就会痛哭一场,或者拿起伞来使劲敲一顿潘捷列伊蒙的宽阔的背脊似的。

接连三天,他什么事也没法做,吃不下,睡不着。可是等到消息传来,说是叶卡捷琳娜·伊万诺芙娜已经到莫斯科去进音乐学院了,他倒定下心来照以前那样生活下去了。

后来,他有时候回想以前怎样在墓园里漫步,怎样坐着马车跑遍全城找一套晚礼服,他就懒洋洋地伸个懒腰,说:

"唉,惹出过多少麻烦!"

四

四年过去了。斯达尔采夫在城里的医疗业务已经很繁忙。每天早晨他匆匆忙忙地在嘉里日给病人看病,然后坐车到城里给病人看病。这时候他的马车已经不是由两匹马而是由三匹系着小铃铛的马拉着了。他要到夜深才回家去,他已经发胖,不大愿意走路,因为他害气喘病了。潘捷列伊蒙也发胖。他的腰身越宽,他就越发悲凉地叹气,抱怨自己命苦:赶马车!

斯达尔采夫常到各处人家去走动,会见很多的人,可是跟谁也不接近。城里人那种谈话,那种对生活的看法,甚至那种外表,都惹得他不痛快。经验渐渐教会他:每逢他跟一个城里人打牌或者吃饭,那个人多半还算得上是一个温顺的、好心肠的、甚至并不愚蠢的人,可是只要话题不是吃食,比方转到政治或者科学方面来,那人一定会茫然不懂,或者讲出一套愚蠢恶毒的大道理来，弄得他只好摆一摆手，走掉了事。斯达尔采夫哪怕跟思想开通的城里人谈起天来，比方谈到人类，说是谢天谢地，人类总算在进步，往后总有一天可以取消公民证和死刑了，那位城里人就会斜起眼来狐疑地看他，问道："那么到那时候人就可以在大街上随意杀人？"斯达尔采夫在交际场合中，遇着喝茶或者吃晚饭的时候，说到人必须工作，说到生活缺了劳动就不行，大家就会把那些话当作训斥，生起气来，反复争辩。虽然这样，可是那些城里人还是什么也不干，一点儿事也不做，对什么都不发生兴趣，因此简直想不出能跟他们谈什么事。斯达尔采夫就避免谈话，只限于吃点东西或者玩"文特"。遇上谁家有喜庆的事请客，他被请去吃饭，他就一声不响地坐着吃，眼睛瞧着自己的碟子。筵席上大家讲的话，全都没意思、不公道、无聊。他觉得气愤，激动，可是一句话也不说。因为他老是保持阴郁的沉默，瞧着菜碟，城里人就给他起了个绰号叫"架子大的波兰人"，其实他根本不是波兰人。

像戏剧或者音乐会一类的娱乐，他是全不参加的，不过他天天傍晚一定玩三个钟头的"文特"，倒也玩得津津有味。他还有一种娱乐，那是他不知不觉渐渐养成习惯的：每到傍晚，他总要从衣袋里拿出看病赚来的钞票细细地清点，那都是些黄的和绿的票子，有的带香水味，有的带香醋味，有的带熏香味，有的带鱼油味，有时候所有的衣袋里都塞得满满的，约摸有七十个卢布，等到凑满好几百，他就拿到互相信用公司去存活期存款。

叶卡捷琳娜·伊万诺芙娜走后，四年中间他只到图尔金家里去过两次，都是经薇拉·约瑟福芙娜请去的，她仍旧在请人医治偏头痛。每年夏天叶卡捷琳娜·伊万诺芙娜回来跟爹娘同住在一块儿，可是他没跟她见过一回面，不知怎的，两回都错过了。

不过现在，四年过去了。一个晴朗温暖的早晨，一封信送到医院里来。薇拉·约瑟福芙娜写信给德米特里·约内奇说，她很惦记他，请他一定去看她，解除她的痛苦，顺便提到今天是她的生日。信后还附着一笔："我附和我母亲的邀请。"

斯达尔采夫想了一想，傍晚就到图尔金家里去了。

"啊，您老好哇？"伊万·彼得罗维奇迎接他，眼笑脸不笑，"彭茹尔杰。"

薇拉·约瑟福芙娜老得多了，头发白了许多，跟斯达尔采夫握手，装模作样地叹气，说："您不愿意向我献殷勤了，大夫。我们这儿您也不来了。我太老，配不上您了。不过现在有个年轻的来了，也许她运气会好一点儿也说不定。"

科契克呢？她瘦了，白了，可也更漂亮更苗条了。不过现在她是叶卡捷琳娜·伊万诺芙娜，不是科契克了，她失去旧日的朝气和那种稚气的天真烂漫神情。她的目光和神态有了点新的东西，一种惭愧的、拘谨的味儿，仿佛她在图尔金家里是做客似的。

"过了多少夏天，多少冬天啊！"她说，向斯达尔采夫伸出手。他看得出她兴奋得心跳，她带着好奇心凝神瞧着他的脸，接着说："您长得好胖！您晒黑了，男人气概更足了，不过大体看来，您还没怎么大变。"

这时候，他也觉得她动人，动人得很，不过她缺了点什么，再不然就是多了点什么，他自己也说不清究竟怎么回事了，可是有一种什么东西作梗，使他生不出从前那种感觉来了。他不喜欢她那种苍白的脸色、新有的神情、淡淡的笑容、说话的声音，过不久就连她的衣服，她坐的那张安乐椅，他也不喜欢了。他回想过去几乎要娶她的时候所发生的一些事，他也不喜欢。他想起四年以前使得他激动的那种热爱、梦想、希望，他觉得不自在了。

他们喝茶，吃甜馅饼。然后薇拉·约瑟福芙娜朗诵一部小说。她念着生活里绝不会有的事，斯达尔采夫听着，瞧着她的美丽的白发，等她念完。

"不会写小说，"他想，"不能算是蠢。写了小说而不藏起来，那才是蠢。"

"真不赖。"伊万·彼得罗维奇说。

然后叶卡捷琳娜·伊万诺芙娜在钢琴那儿弹了很久，声音嘈杂。等到她弹完，大家费了不少工夫向她道谢，称赞她。

"幸好我没娶她。"斯达尔采夫想。

她瞧着他，明明希望他请她到花园里去，可是他却一声不响。

"我们来谈谈心，"她走到他面前说，"您过得怎么样？您在做些什么事？境况怎么样？这些日子我一直在想您，"她神经质地说下去，"我原本想写信给您，原本想亲自上嘉里日去看您。我已经下决心要动身了，可是后来变了卦，上帝才知道现在您对我是什么看法。我今天多么兴奋地等着您来。看在上帝面上，我们到花园里去走走吧。"

他们走进花园，在那棵老枫树底下的长凳上坐下来，跟四年前一样。天黑了。

"您过得怎么样？"叶卡捷琳娜·伊万诺芙娜问。

"没什么，马马虎虎。"斯达尔采夫回答。

他再也想不出别的话来。他们沉默了。

"我兴奋得很，"叶卡捷琳娜·伊万诺芙娜说，用双手蒙住脸，"不过您也别在意。我回到家来，那么快活。看见每一个人，我那么高兴，我还没有能够习惯。这么多的回忆！我觉得我们说不定会一口气谈到天明呢。"

现在他挨近了看着她的脸、她那放光的眼睛。在这儿，在黑暗里，她比在房间里显得年轻，就连她旧有那种孩子气的神情好像也回到她脸上来了。实在，她也的确带着天真的好奇神气瞧他，仿佛要凑近一点儿，仔细看一看而且了解一下这个原先那么热烈那么温柔地爱她、却又那么不幸的男子似的。为了那种热爱，她的眼睛在向他道谢。于是他想起以前那些事情，想起最小的细节：他怎样在墓园里走来走去，后来快到早晨怎样筋疲力尽地回到家。他忽然感到悲凉，为往事惆怅了。他的心里开始点起一团火。

"您还记得那天傍晚我怎样送您上俱乐部去吗？"他说，"那时候下着雨，天挺黑……"

他心头的热火不断地烧起来，他要诉说，要抱怨生活……

"唉！"他叹道，"刚才您问我过得怎么样。我们在这儿过的是什么生活哟？哼，简直算不得生活。我们老了、发胖了、泄气了。白昼和夜晚，一天天地过去，生活悄悄地溜掉，没一点儿光彩、没一点儿印象、没一点儿思想……白天，赚钱；傍晚呢，去俱乐部。那伙人全是牌迷、酒鬼、嗓音嘶哑的家伙，我简直受不了。这生活有什么好呢？"

"可是您有工作，有生活的崇高目标啊。往常您总是那么喜欢谈您的医院。那时候我却是个怪女孩子，自以为是伟大的钢琴家。其实，现在凡是年轻的小姐都弹钢琴，我也跟别人一样地弹，我没有什么与众不同的地方，我那种弹钢琴的本事就如同我母亲写小说的本事一样。当然，我那时候不了解您，不过后来在莫斯科，我却常常想到您。我只想念您一个人。做一个地方自治局医师，帮助受苦的人，为民众服务，那是多么幸福。多么幸福啊！"叶卡捷琳娜·伊万诺芙娜热烈地反复说着，"我在莫斯科想到您的时候，您在我心目中显得那么完美，那么崇高……"

斯达尔采夫想起每天晚上从衣袋里拿出钞票来，津津有味地清点，他心里那团火就熄灭了。

他站起来，要走回正房去。她挽住他的胳膊。

"您是我生平所认识的人当中最好的人，"她接着说，"我们该常常见面，谈谈心，对不对？答应我。我不是什么钢琴家，我已经不夸大我自己。我不会再在您面前弹琴，或者谈音乐了。"

他们回到正房，斯达尔采夫就着傍晚的灯光瞧见她的脸，瞧见她那对凝神细看的、悲哀的、感激的眼睛看着他，他觉得不安起来，又暗自想道："幸亏那时候我没娶她。"

他告辞。

"按照罗马法，您可没有任何理由不吃晚饭就走，"伊万·彼得罗维奇一面送他出门，一面说，"您这态度完全是垂直线。喂，现在，表演一下吧！"他在前厅对巴瓦说。

巴瓦不再是小孩子，而是留了上髭的青年了。他拉开架势，扬起胳膊，用悲惨惨的声调说：

"苦命的女人，死吧！"

这一切都惹得斯达尔采夫不痛快。他坐上马车，瞧着从前为他所珍爱宝贵的乌黑的房子和花园，一下子想到了那一切情景，薇拉·约瑟福芙娜的小说、科契克的热闹的琴声、伊万·彼得罗维奇的俏皮话、巴瓦的悲剧姿势，他心想：这些全城顶有才能的人尚且这样浅薄无聊，那么这座城还会有什么道理呢？

三天以后，巴瓦送来一封叶卡捷琳娜·伊万诺芙娜写的信。她写道：

> 您不来看我们。为什么？我担心您别是对我们变了心吧。我担心，我一想到这个就害怕。您要叫我安心才好，来吧，告诉我说并没出什么变化。
>
> 我得跟您谈一谈。
>
> ——您的叶·图

他看完信，想一想，对巴瓦说：

"伙计，你回去告诉她们，说今天我不能去，我很忙。就说过三天我再去。"

可是三天过去了，一个星期过去了，他始终没有去。有一回他坐着车子凑巧路过图尔金家，想起来他该进去坐一坐才对，可是想了一想……还是没有进去。

从此，他再也没到图尔金家里去过。

五

又过了好几年。斯达尔采夫长得越发肥胖，满身脂肪，呼吸困难，喘不过气来，走路脑袋往后仰了。每逢他肥肥胖胖、满面红光地坐上铃声叮当、由三匹马拉着的马车出门，同时那个也是肥肥胖胖、满面红光的潘捷列伊蒙挺直长满了肉的后脑壳，坐上车夫座位，两条胳膊向前平伸，仿佛是木头做的一样，而且向过路的行人嚷着："靠右，右边走！"那真是一幅动人的图画，别人会觉得这坐车的不是人，却是一个异教的神。在城里，他的生意忙得很，连歇气的工夫也没有。他已经有一个田庄、两所城里的房子，正看中第三所合算的房子。每逢他在互相信用公司里听说有一所房子正在出卖，他就不客气地走进那所房子，走遍各个房间，也不管那些没穿好衣服的妇女和孩子惊愕张皇地瞧着他，用手杖戳遍各处的房门，说：

"这是书房？这是寝室？那么这是什么房间？"

他一面走着说着，一面气喘吁吁，擦掉额头上的汗珠。

他有许多事要办，可是仍旧不放弃地方自治局的职务。他贪钱，恨不得这儿那儿都跑到才好。在嘉里日也好，在城里也好，人家已经简单地称呼他"约内奇"："这个约内奇要上哪儿去？"或者，"要不要请约内奇来会诊？"

大概因为他的喉咙那儿叠着好几层肥油吧，他的声调变了，他的语声又细又尖。他的性情也变了，他变得又凶又暴。他给病人看病，总是发脾气。他急躁地用手杖敲地板，用他那种不入耳的声音嚷道：

"请您光是回答我问的话！别说废话！"

他单身一个人。他过着枯燥无味的生活，他对什么事也不发生兴趣。

他在嘉里日前后所住的那些年间，只有对科契克的爱情算是他唯一的快活事，恐怕也要算是最后一回的快活事。到傍晚，他总上俱乐部去玩"文特"，然后独自坐在一张大桌子旁边，吃晚饭。伊万，服务员当中年纪顶大也顶有规矩的一个，伺候他，给他送去"第十七号拉菲特"酒。俱乐部里每一个人，主任也好，厨师也好，服务员也好，都知道他喜欢什么，不喜欢什么，就想尽方法极力迎合他，要不然，说不定他就会忽然大发脾气，拿起手杖来敲地板。

他吃晚饭的时候，偶尔回转身去，在别人的谈话当中插嘴：

"你们在说什么？啊？说谁？"

遇到邻桌有人提到图尔金家，他就问：

"你们说的是哪个图尔金家？你们是说有个女儿会弹钢琴的那一家吗？"

关于他，可以述说的，都在这儿了。

图尔金家呢？伊万·彼得罗维奇没有变老，一丁点儿都没变，仍旧爱说俏皮话，讲掌故。薇拉·约瑟福芙娜也仍旧兴致勃勃地朗诵她的小说给客人听，念得动人而朴实。科契克呢，天天弹钢琴，一连弹四个钟头。她明显地见老了，常生病，年年秋天跟母亲一块儿上克里米亚去。伊万·彼得罗维奇送她们上车站，车一开，他就擦眼泪，嚷道：

"再会啰！"

他挥动他的手绢。

1898 年

情境赏析

《约内奇》写的是一个求婚失败的故事，故事情节并没有奇特绝妙之处，但是它的洗练的语言，作者表达的深沉的生活感受，都无比真挚和令人感动。比如写约内奇晚上去墓园赴约那一大段描写是十分精彩的。他明知道墓园赴约很可能是科契克的玩笑，但他毅然赴约，在墓园中等待自己的爱人，一直到凌晨两点多钟。这样的语言，在深夜读到时，令人感到灵魂最深处的震动和共鸣。那只是约内奇在墓园中的感受吗？在每个字上，我们明明看到了契诃夫仍在搏动着的心脏！墓园里的永恒的安宁是生命虚无的死寂，它令人心惊肉跳地感到生命的短暂，对生命庸俗的极端厌恶，渴望摆脱它，渴望拥抱生命中最美好的东西，这时，作者、主人公和读者突然一起开始呼唤着一种有目的的生命激情的燃烧……

契诃夫写这篇文章其实是针对当时俄国的现实的——这篇文章写于1898年。约内夫刚到城里来时，是比较厌恶城里人的庸俗和保守的。小说中写道："斯达尔采夫（约内夫）哪怕跟思想开通的城里人谈起天来，比方谈到人类，说是谢天谢地，人类总算在进步，往后总有一天可以取消公民证和死刑了，那位城里人就会斜起眼睛来狐疑地看他，问道：'那么到时候就可以在大街上随意杀人？'……"透露出作者对俄国知识分子堕落、不思进取的现状的不满。

名家点评

这篇小说之所以感动我，首先是因为它道出了生活的一般本质。伟大的作品就是这样：既能反映时代，又能超越具体的时代，给我们带来思索和感动。

——巴金

宝贝儿

《宝贝儿》写的是一个几度改嫁的淳朴女人奥莲卡与他人聊天的平凡琐事，令人震惊的是她每一次改嫁，所谈的内容无不随着丈夫的改变而改变。这个头脑简单的女人那令人窒息的生活空间使她完全丧失了独立的人格，甚至语言！透过那些无聊的只言片语，读者自然会领悟人物生活的可悲境遇。

退休的八品文官普列米扬尼科夫的女儿奥莲卡，坐在当院的门廊上，想心事。天气挺热，苍蝇讨厌地盯着人，不飞走，人想到不久就要天黑，心里那么痛快。乌黑的雨云从东方推上来，潮湿的空气时不时地从那边吹来。

库金站在院子中央，瞧着天空。他是剧团经理人，经营着"季沃里"游乐场，他本人就寄住在这个院里的一个厢房内。

"又要下雨了！"他灰心地说，"又要下雨了！天天下雨，天天下雨，好像故意跟我为难似的！这简直是要我上吊！这简直是要我破产！天天要赔一大笔钱！"

他举起双手一拍，朝奥莲卡接着说：

"喏！奥莉加·谢苗诺芙娜，我们过的就是这种日子。真要叫人哭一场！一个人好好工作，尽心竭力，筋疲力尽，夜里也睡不着觉，老是想怎样才能干好。可是结果怎么样？先说，观众就是些没知识的人，野蛮人。我为他们排顶好的小歌剧、精致的仙境剧，请第一流的演唱家，可是难道他们要看吗？你当是他们看得懂？他们只要看滑稽的草台戏哟！给他们排庸俗的戏就行！其次，请您看看这天气吧，差不多天天晚上都下雨。从五月十号起下开了头，一连下了整整一个五月和一个六月。简直要命！看戏的一个也不来，可是租钱我不是照旧得付？演员的工钱我不是也照旧得给？"

第二天傍晚，阴云又四合了，库金歇斯底里般地狂笑着说：

"那有什么关系？要下雨就下吧！下得满花园灌满水，把我活活淹死就是！叫我这辈子倒霉，到了下一个世界也还是倒霉！让那些演员把我扭到法院去就是！法院算得了什么？索性把我发配到西伯利亚去做苦工好了！送上断头台就是！哈哈哈！"

到第三天还是那一套……

奥莲卡默默地、认真地听库金说话，有时候眼泪从她的眼眶里滚出来。临了，他的不幸打动她的心，她爱上他了。他又矮又瘦，脸色发黄，头发往两边分梳，讲话用的是尖细的男高音，他一讲话就撇嘴。他脸上老是有灰心的神情，可是他还是在她心里挑起一种真正的深厚感情。她老得爱一个人，不这样就不行。早先，她爱她爸爸，现在他害了病，在一个黑房间里坐在一把圈椅上，呼吸困难。她还爱过她的姑妈，往常她姑妈隔一年总要从布良斯克来一回。再往前推，她在上初级中学的时候，爱过她的法语教师。她是个文静的、心好的、体贴人的姑娘，生着温顺柔和的眼睛和很结实的身子。男人要是看见她那胖嘟嘟的红脸蛋儿，看见她那生着一颗黑痣的、柔软白净的脖子，看见她一听到什么愉快的事情脸上就绽开的天真善良的笑容，就会暗想："对了，这姑娘挺不错……"就也微微地笑，女客呢，在谈话中间往往情不自禁，忽然拉住她的手，忍不住满心爱悦地说：

"宝贝儿！"

这所房子坐落在城边茨冈区，离"季沃里"游乐场不远，她从生出来那天起就一直住在这所房子里，而且她父亲在遗嘱里已经写明这房子将来归她所有。一到傍晚和夜里，她就听见游乐场里乐队奏乐，鞭炮噼啪地爆响，她觉得这是库金在跟他的命运打仗，猛攻他的大仇人——淡漠的观众，她的心就甜蜜地缩紧，她没有一点儿睡意了。等到天快亮了，他回到家来，她就轻轻地敲自己寝室的窗子，隔着窗帘只对他露出她的脸和一边的肩膀，温存地微笑着……

他就向她求婚，他们结了婚。等到他挨近她，看清她的脖子和丰满结实的肩膀，他就举起双手轻轻一拍，说：

"宝贝儿！"

他幸福，可是因为结婚那天昼夜下雨，灰心的表情就始终没有离开他的脸。

他们婚后过得很好。她掌管他的票房，照料游乐场的内务，记账，发工钱。她那绯红的脸蛋儿，可爱而天真的、像在发光的笑容，时而在票房的小窗子里，时而在饮食部里，时而在后台，闪来闪去。她已经常常对她的熟人说，世界上顶了不起、顶重要、顶不能缺少的东西就是剧院，只有在剧院里才可以享受到真正的快乐，才会变得有教养，有人道主义精神。

"可是难道观众懂得这层道理吗？"她说，"他们只要看滑稽的草台戏！昨天晚场我们演改编的《浮士德》，差不多全场的包厢都空着，不过要是万尼奇卡和我叫他们上演一出庸俗的戏，那您放心好了，剧院里倒会挤得满满的。明天万尼奇卡和我叫他们上演《奥尔菲欧司在地狱》。请您过来看吧。"

凡是库金讲到剧院和演员的话，她统统学说一遍。她也跟他一样看不起观众，因为他们无知，对艺术冷淡。她在彩排的时候出头管事，纠正演员的动作，监视乐师的品行。遇到本城报纸上发表对剧院不满意的评论，她就流泪，然后跑到报馆编辑部去疏通。

演员们喜欢她，叫她"万尼奇卡和我"，或者"宝贝儿"。她怜惜他们，稍稍借给他们一点儿钱。要是他们偶尔骗了她，她就偷偷流几滴眼泪，可是不告到她丈夫那儿去。

冬天他们也过得很好。整个一冬，他们租下本城的剧院演戏，只留出短短的几个空当，或是让给小俄罗斯的剧团，或是让给魔术师，或是让给本地业余爱好者上演。奥莲卡发胖了，由于心满意足而容光焕发。库金却黄下去，瘦下去，抱怨赔偿太大，其实那年冬天生意不错。每天夜里他都咳嗽，她就给他喝覆盆子花汁和菩提树花汁，用香水擦他的身体，拿软和的披巾包好他。

"你真是我的心上人！"她将平他的头发，十分诚恳地说，"你真招我疼！"

到四旬斋，他动身到莫斯科去请剧团。他一走，她就睡不着觉，老是坐在窗前，瞧着星星。这时候她就把自己比作母鸡：公鸡不在窠里，母鸡也总是通宵睡不着，心不定。库金在莫斯科耽搁下来，写信回来说到复活节才能回来，此外，关于"季沃里"他还在信上交代了几件事。可是到受难节前的星期一，夜深了，忽然传来不吉利的敲门声，不知道是谁在用劲捶那便门，就跟捶一个大桶似的——嘭嘭嘭！睡意蒙眬的厨娘光着脚啪嗒啪嗒地踩过泥水塘，跑去开门。

"劳驾，请开门！"有人在门外用低沉的男低音说，"有一封你们家的电报！"

奥莲卡以前也接到过丈夫的电报，可是这回不知什么缘故，她简直吓呆了。她用颤抖的手拆开电报，看见了如下的电文：

伊万·彼得罗维奇今日突然去世星期二究应如河殡葬请吉示下

电报上真是那么写的——如"河"殡葬，还有那个完全讲不通的字眼"吉"。电报上是歌剧团导演署的下款。

"我的亲人！"奥莲卡痛哭起来，"万尼奇卡呀，我的爱人，我的亲人！为什么当初我跟你要相遇？为什么我要认识你，爱上你啊？你把你这可怜的奥莲卡，可怜的、不幸的人丢给谁哟？……"

星期二他们把库金葬在莫斯科的瓦冈科沃墓地。星期三奥莲卡回到家，刚刚走进房门，就往床上一倒，放声大哭，声音响得隔壁院子里和街上全听得见。

"宝贝儿！"街坊说，在自己胸前画十字，"亲爱的奥莉加·谢苗诺芙娜，可怜，这么难过！"

三个月以后，有一天，奥莲卡做完弥撒走回家去，悲悲切切，深深地哀伤。凑巧有一个她的邻居瓦西里·安德烈伊奇·普斯托瓦洛夫，也从教堂走回家去，跟她并排走着。他是商人巴巴卡耶夫木材场的经理。他戴一顶草帽,穿一件白坎肩,坎肩上系着金表链,看上去与其说像商人,还不如说像地主。

"万事都由天定,奥莉加·谢苗诺芙娜,"他庄严地说,声音里含着同情的调子,"要是我们的亲人死了,那一定是出于上帝的旨意,遇到那种情形我们应当忍住悲痛,逆来顺受才对。"

他把奥莲卡送到门口,对她说了再会,就往前走了。这以后,那一整天,她的耳朵里老是响着他那庄严的声音,她一闭眼就仿佛看到他那把黑胡子。她很喜欢他。而且她明明也给他留下了好印象,因为不久以后就有一位不大熟识的、上了岁数的太太到她家里来喝咖啡,刚刚在桌旁坐定就立刻谈起普斯托瓦洛夫,说他是一个可靠的好人,随便哪个到了结婚年龄的姑娘都乐于嫁给他。三天以后,普斯托瓦洛夫本人也亲自上门来拜访了。他没坐多久,只不过十分钟光景,说的话也不多,可是奥莲卡已经爱上他了,而且爱得那么深,通宵都没睡着,浑身发热,好像害了热病,到第二天早晨就派人去请那位上了岁数的太太来。婚事很快就讲定,随后举行了婚礼。

普斯托瓦洛夫和奥莲卡婚后过得很好。通常,他坐在木材场里直到吃午饭的时候,饭后就出去接洽生意,于是奥莲卡就替他坐在办公室里,算账,卖货,直到黄昏时候才走。

"如今木材一年年贵起来,一年要涨两成价钱,"她对顾客和熟人说,"求主怜恤我们吧,往常我们总是卖本地的木材,现在呢,瓦西奇卡只好每年到莫吉列夫省去办木材了。运费好大呀!"她接着说,现出害怕的神情双手捂住脸,"好大的运费!"

她觉得自己仿佛已经做过很久很久的木材买卖,觉得生活中顶要紧、顶重大的东西就是木材。什么"梁木"啦,"原木"啦,"薄板"啦,"护墙板"啦,"箱子板"啦,"板条"啦,"木块"啦,"毛板"啦,等等,在她听来,那些字音总含着点亲切动人的意味。…夜里睡觉以后,她梦见薄板和木板堆积如山,长得没有尽头的一串大车载着木材从城外远远的什么地方走来。她还梦见一大批十二俄尺高、五俄寸厚的原木竖起来,在木材场上开步走，于是原木、梁木、毛板，彼此相碰，发出干木头的嘭嘭声，一会儿倒下去，一会儿又竖起来，互相重叠着。奥莲卡在睡梦中叫起来，普斯托瓦洛夫就对她温柔地说：

"奥莲卡，你怎么了，亲爱的？在胸前画十字吧。"

丈夫怎样想，她也就怎样想。要是他觉得房间里热，或者现在生意变得清淡，她就也那么想。她丈夫不喜欢任何娱乐，遇到节日总是待在家里。她就也照那样做。

"你们老是待在家里或者办公室里，"熟人们说，"你们应当去看看戏剧才对，宝贝儿，要不然就去看一看杂技也是好的。"

"瓦西奇卡和我没有工夫上剧院去，"她庄重地回答说，"我们是工作的人，我们可没有工夫去看那些胡闹的东西。看戏剧有什么好处呢？"

每到星期六普斯托瓦洛夫和她总是去参加彻夜祈祷，遇到节日就去做晨祷。他们从教堂出来，并排走回家去的时候，总是现出感动的面容，他们俩周身都有一股好闻的香气，她的绸子连衣裙发出好听的沙沙声。在家里，他们喝茶，吃奶油面包和各种果酱，然后他们吃馅饼，每天中午，他们院子里和大门外街道上，总有红甜菜汤、煎羊肉或者烧鸭子等喷香的气味，遇到斋日就有鱼的气味，谁走过他们家的大门口都不能不犯馋。在办公室里，茶炊老是滚沸，他们招待顾客喝茶，吃面包圈。两夫妇每个星期去洗一回澡，并肩走回家来，两个人都是满面红光。

"没什么，我们过得挺好，谢谢上帝，"奥莲卡常常对熟人说，"只求上帝让人人都能过着瓦西奇卡和我这样的生活就好了。"

每逢普斯托瓦洛夫到莫吉列夫省去采办木材，她总是十分想念他，通宵睡不着觉，哭。有一个军队里的年轻兽医斯米尔宁寄住在她家的厢房里，有时候傍晚来看她。他来跟她谈天，打牌，这样就解了她的烦闷。特别有趣味的是他自己的家庭生活的种种事情。他结过婚了，有一个儿子，可是他跟妻子分居，因为她对他变了心，现在他还恨她，每月汇给她四十卢布做儿子的生活费。听到这些话，奥莲卡就叹气，摇头，替他难过。

"唉，求上帝保佑您，"在分手时候，她对他说，举着蜡烛送他下楼，

"谢谢您来给我解闷,求上帝赐给您健康,圣母……"

她学丈夫的样,神情总是十分庄严稳重。兽医已经走出楼下的门外,她喊住他,说:

"您要明白,弗拉基米尔·普拉托内奇,您应当跟您的妻子和好。您至少应当看在儿子的分儿上原谅她!……您放心,那小家伙心里一定都明白。"

等到普斯托瓦洛夫回来,她就把兽医和他那不幸的家庭生活低声讲给他听,两个人就叹气,摇头,谈到那男孩,说那孩子一定想念父亲。后来,由于思想上发生了某种奇特的联系,他们两个都到圣像前面去,双双跪下叩头,求上帝赐给他们儿女。

就是这样,普斯托瓦洛夫夫妇在相亲相爱和融洽无间里平静安分地过了六年。可是,唉,一年冬天,瓦西里·安德烈伊奇在场里喝饱热茶,没戴帽子就走出门去卖木材,得了感冒,病了。她请来顶好的医生给他治病,可是病一天天重下去,过了四个月他就死了。奥莲卡就又守寡了。

"你把我丢给谁啊,我的亲人?"她送丈夫下葬后痛哭道,"现在没有了你,我这个苦命的不幸的人怎么过得下去啊?好心的人们,可怜可怜我这个无依无靠的孤魂吧……"

她穿上黑衣服,缝上白丧章,永远不戴帽子和手套了。她不大出门,只是间或到教堂去或者到丈夫的坟上去,老是待在家里,跟修女一样。直到六个月以后,她才去掉白丧章,开了护窗板,有时候可以看见她早晨跟她的厨娘一块儿上市场去买菜,可是现在她在家里怎样生活,她家里情形怎样,那就只能猜测了。大家也真是在纷纷猜测,因为常看见她在自家的小花园里跟兽医一块儿喝茶,他对她大声念报上的新闻,又因为她在邮政局遇见一个熟识的女人,对那女人说:

"我们城里缺乏兽医的正确监督,因此发生了很多疾病。常常听说有些人因为喝牛奶得了病,或者从牛马身上招来了病。实际上对家畜的健康应该跟对人类的健康那样关心才对。"

她重述兽医的想法,现在她对一切事情的看法跟他一样了。显然,要她不爱什么人,她就连一年也活不下去,她在她家的厢房里找到了新的幸福。换了别人,这种行径就会受到批评,不过对于奥莲卡却没有一个人能够往坏里想,她生活里的一切事情都可以得到谅解。他们俩的关系所起的变化,她和兽医都没对外人讲,还极力隐瞒着,可是这还是不行,因为奥莲卡守不住秘密。每逢他屋里来了客人,军队里的同行,她就给他们斟茶,或者给他们开晚饭,谈起牛瘟,谈起家畜的结核病,谈起本市的屠宰场。他呢,忸怩不安,等到客人散掉,他就抓住她的手,生气地轻声说:

"我早就要求过你别谈你不懂的事!我们兽医谈到我们的本行的时候,你别插嘴,这真叫人不痛快!"

她惊讶而且惶恐地瞧着他,问道:"可是,沃洛杰奇卡,那要我谈什么好呢?"

她眼睛里含着一泡眼泪,搂住他,求他别生气。他们俩就都快活了。

可是这幸福没有维持多久。兽医动身,随着军队开拔,从此不回来了,因为军队已经调到很远的什么地方去,大概是西伯利亚吧。于是剩下奥莲卡孤单单一个人了。

现在她简直孤苦伶仃了。父亲早已去世,他的圈椅扔在阁楼上,布满灰尘,缺了一条腿。她瘦了、丑了,人家在街上遇到她,已经不照往常那样瞧她,也不对她微笑了。显然好岁月已经过去,落在后面。现在她得开始过一种新的生活,一种不熟悉的生活,关于那种生活还是不要去想的好。傍晚,奥莲卡坐在门廊上,听"季沃里"的乐队奏乐,鞭炮噼啪地响,可是这已经不能在她心头引起任何思想了。她漠不关心地瞧她的空院子,什么也不想,什么也不盼望,然后等到黑夜降临,就上床睡觉,梦见她的空院子。她固然也吃也喝,不过那好像是出于不得已似的。

顶顶糟糕的是,她什么见解都没有了。她看见她周围的东西,也明白周围发生些什么事情,可是对那些东西和事情没法形成自己的看法,也不知道该说什么好。没有任何见解,那是多么可怕呀!比方说,她看见一个瓶子,看见天在下雨,或者看见一个乡下人坐着大车走过,可是她说不出那瓶子、那雨、那乡下人为什么存在,它们有什么意义,哪怕拿一千卢布给她,她也什么都说不出来。当初跟库金或普斯托瓦洛夫在一块儿,后来跟兽医在一块儿的时候，样样事情奥莲卡都能解释，随便什么事她都说得出自己的见解，可是现在，她的脑子里和她的心里，就跟那个院子一样空空洞洞。生活变得又可怕又苦涩，仿佛嚼苦艾一样。

渐渐地，这座城向四面八方扩张开来。茨冈区已经叫作大街，"季沃里"游乐场和木材场的原址已经辟了一条条巷子，造了新房子。光阴跑得好快！奥莲卡的房子发黑，屋顶生锈，板棚歪斜，整个院子生满杂草和荆棘。奥莲卡自己也老了，丑了。夏天，她坐在走廊上，她心里跟以前一样又空洞又烦闷，充满苦味。冬天，她坐在窗前赏雪。每当她闻到春天的清香，或者风送来教堂的叮当钟声的时候，往事的记忆就突然涌上她的心头，她的心甜蜜地缩紧，眼睛里流出一汪汪眼泪，可是这也只不过有一分钟的工夫，过后心里又是空空洞洞，自己也不知道为什么要活着。黑猫布雷斯卡依偎着她，柔声地咪咪叫，可是这种猫儿的温存不能打动奥莲卡的心。她可不需要这个！她需要的是那种能够抓住她整个身心、整个灵魂、整个理性的爱，那种给她思想、给她生活方向、温暖她的老血的爱。她把黑猫从裙子上抖掉，心烦地对它说：

"走开，走开！用不着待在这儿！"

照这样，一天天，一年年，过去了，没有一点儿快乐，没有一点儿见解。厨娘玛夫拉说什么，她就听什么。

七月里有一天很热，将近傍晚，城里的牲口刚沿街赶过去，整个院里满是飞尘，像云雾一样，忽然有人来敲门了。奥莲卡亲自去开门，睁眼一看，不由得呆住了：原来门外站着兽医斯米尔宁，白发苍苍，穿着便服。她忽然想起了一切，忍不住哭起来，把头偎在他的胸口，一句话也说不出来。她非常激动，竟没有注意到他们俩后来怎样走进房子，怎样坐下来喝茶。

"我的亲人！"她嘟哝着说，快活得发抖，"弗拉基米尔·普拉托内奇！上帝从哪儿把你送来的？"

"我要在此地长住下来，"他说，"我已经退休，上这儿来打算凭自己的能力谋生计，过一种安定的生活。况且，现在我的儿子已经应该上学了。

他长大了。您要知道，我已经跟我的妻子和好了。"

"她在哪儿呢？"奥莲卡问。

"她跟儿子一块儿在旅馆里，我这是出来找房子的。"

"主啊，圣徒啊，就住到我的房子里来好了！这里还不能安个家吗？咦，主啊，我又不要你们出房钱，"奥莲卡着急地说，又哭起来，"你们住在这边屋里，我搬到厢房里去住就行了。主啊，我好高兴！"

第二天房顶就上漆，墙壁刷白粉，奥莲卡把两只手叉在腰上，在院子里走来走去发命令。她的脸上现出旧日的笑容，她全身都活过来，精神抖擞，仿佛睡了一大觉，刚刚醒来似的。兽医的妻子到了，那是一个又瘦又丑的女人，留着短短的头发，现出任性的神情。她带着她的小男孩萨沙，他是一个十岁的小胖子，身材矮小得跟他的年龄不相称，生着亮晶晶的蓝眼睛，两腮有两个酒窝。孩子刚刚走进院子，就追那只猫，立刻传来了他那快活而欢畅的笑声。

"大妈，这是您的猫吗？"他问奥莲卡，"等您的猫下了小猫，请您送给我们一只吧。妈妈特别怕耗子。"

奥莲卡跟他讲话，给他茶喝。她胸膛里的那颗心忽然温暖了，甜蜜蜜地收紧，倒仿佛这男孩是她亲生的儿子似的。每逢傍晚他在饭厅里坐下，温习功课，她就带着温情和怜悯瞧着他，喃喃说：

"我的宝贝儿，漂亮小伙子……我的小乖乖，长得这么白净，这么聪明。"

"'海岛者，一片陆地，周围皆水也。'"他念道。

"海岛者，一片陆地……"她学着说，在多年的沉默和思想空虚以后，这还是她第一回很有信心地说出她的意见。

现在她有自己的意见了。晚饭时候，她跟萨沙的爹娘谈天，说现在孩子们在中学里功课多难，不过古典教育也还是比实科教育强，因为中学毕业后，出路很宽，想当医师也可以，想做工程师也可以。

萨沙开始上中学。他母亲动身到哈尔科夫去看她妹妹，从此没有回来。他父亲每天出门去给牲口看病，往往一连三天不住在家里。奥莲卡觉得萨沙完全没人管,在家里成了多余的人,会活活饿死。她就把他搬到自己的厢房里去住,在那儿给他布置一个小房间。

一连六个月,萨沙跟她一块儿住在厢房里。每天早晨奥莲卡到他的寝室里去,他睡得正香,手放在脸蛋儿底下,一点儿声息也没有。她不忍心叫醒他。

"萨宪卡,"她难过地说,"起来吧,乖乖!该上学去了。"

他就起床,穿好衣服,念完祷告,然后坐下来喝早茶。他喝下三杯茶,吃完两个大面包圈,外加半个法国奶油面包。他还没有完全醒过来,因此情绪不好。

"你还没背熟你那个寓言哪,萨宪卡,"奥莲卡说,瞧着他,仿佛要送他出远门似的,"我为你要操多少心啊。你得用功,学习,乖乖……还得听老师的话才行。"

"嗨,请您别管我的事!"萨沙说。

然后他就出门顺大街上学去了。他身材矮小,却戴一顶大制帽,背一个书包。奥莲卡没一点儿声息地跟在他后面走。

"萨宪卡!"她叫道。

他回头看,她就拿一个枣子或者一块糖塞在他手里。他们拐弯,走进他学校所在的那条胡同,他害臊了,因为后面跟着一个又高又胖的女人。他回转头来说:

"您回家去吧,大妈。现在我可以自己走到了。"

她就站住,瞧着他的背影,眼也不眨,直到他走进校门口不见了为止。啊,她多么爱他!她往日的爱恋没有一回像这么深,以前她从没像现在她的母性感情越燃越旺的时候那么忘我地、那么无私地、那么快乐地献出自己的心灵。为这个头戴大制帽、脸蛋儿上有酒窝的、旁人的男孩,她愿意交出她整个的生命,而且愿意带着快乐,带着温柔的泪水交出来。这是为什么呢?谁说得出来这是为什么呢?

她把萨沙送到学校,就沉静地走回家去,心满意足、踏踏实实、满腔热爱。她的脸在最近半年当中变得年轻了,微微笑着,喜气洋洋,遇见她的人瞧着她，都感到愉快，对她说：

"您好，亲爱的奥莉加·谢苗诺芙娜！您生活得怎样，宝贝儿？"

"如今在中学里念书可真难啊，"她在市场上说，"昨天一年级的老师叫学生背熟一个寓言，翻译一篇拉丁文，做一个习题，这是闹着玩的吗？唉，小小的孩子怎么受得了？"

她开始讲到老师、功课、课本，她讲的话正好就是萨沙讲过的。

到两点多钟，他们一块儿吃午饭，傍晚一块儿温课，一块儿哭。她服侍他上床睡下，久久地在他胸前画十字，小声祷告，然后她自己也上床睡觉，幻想遥远而朦胧的将来，那时候萨沙毕了业，做了医师或者工程师，有了自己的大房子，买了马和马车，结了婚，生了子女……她睡着以后，还是想着这些，眼泪从她闭紧的眼睛里流下她的脸颊。那只黑猫在她身旁躺着叫道：

"咪……咪……咪……"

忽然，响起了挺响的敲门声。奥莲卡醒过来，害怕得透不出气，她的心怦怦地跳。过半分钟，敲门声又响了。

"这一定是从哈尔科夫打来了电报，"她想，周身开始打抖，"萨沙的母亲要叫他上哈尔科夫去了……哎！主啊！"

她绝望了，她的头、手、脚，全凉了，她觉得全世界再也没有比她更倒霉的人了。可是再过一分钟就传来了说话声：原来是兽医从俱乐部回家来了。

"唉，谢天谢地！"她想。

渐渐地，她心里一块石头落了地，又觉得轻松了。她躺下去，想着萨沙，而萨沙在隔壁房间里睡得正香，偶尔在梦中说：

"我揍你！滚开！别打人！"

1899 年

情境赏析

《宝贝儿》写于1899年。书中女主人公奥莲卡，小说交代是"退休的八等文官普莱米扬尼科夫的女儿"。当年她嫁给剧团经理人库金时，"世界上顶美妙、顶重要、顶不能缺少的东西，就是戏剧。""凡是库金讲到剧院和演员的话，她统统学说一遍。"可库金去世才三个月，尸骨未寒，她就爱上了木厂经理普斯托伐洛夫，"而且爱得那么深，通宵都没睡着，心里发热，好像害了热病。"奥莲卡嫁给木厂经理后，"觉得生活中顶要紧、顶重大的事情就是木材。""丈夫怎样想，她也就怎样想。"不幸的是，奥莲卡第二个丈夫也病逝了。很快奥莲卡又与一名兽医好上了，"她重述兽医的想法，现在她对一切事情的看法跟他一样了。"兽医成了她生活的中心。要她不爱什么人，她就连一年也活不下去。奥莲卡是个多么复杂微妙的女性形象啊！在兽医离开她后，奥莲卡最终把自己无比丰富真诚的爱，把自己整个灵魂交给了兽医的儿子，不是亲骨肉却胜似亲骨肉，把他当作自己儿子般百般疼爱，"为这个外人的男孩，她情愿交出她的生命，她情愿带着快乐和温柔的泪水交出来。"

名家点评

《宝贝儿》中的女主人公奥莲卡，是俄国文学中永不褪色的妇女形象。她以自身的丰富性和复杂性，充实着世界文学宝库。宝贝儿的灵魂，以及那种把全身心献给她所爱的人的忠诚，并不可笑，而是神圣的、惊人的。

——（俄）列夫·托尔斯泰

新娘

短篇小说《新娘》发表于1903年，正是1905年大革命的前夜。此时契诃夫的小说具有浓厚的时代气息，既展现了广阔的农村和工厂的生活画面，也反映了知识青年的觉醒以及"不能再这样生活下去"的典型社会情绪。《新娘》这部短篇讲述的就是少女娜佳在行将结婚时与庸俗习气决裂，与寄生生活决裂，毅然求学，寻求新知的故事。

一

这时候已经是晚上十点钟光景，一轮明月照着花园。在舒明家里，祖母玛尔法·米哈伊洛芙娜吩咐做的晚祷刚刚完事，娜佳到花园里去溜达一会儿，这时候她看见大厅里饭桌上正在摆小吃，祖母穿着华丽的绸衫在忙这样忙那样。安德烈神甫，大教堂的大司祭，正在跟娜佳的母亲尼娜·伊万诺芙娜谈一件什么事，这时候隔着窗子望过去，母亲在傍晚的灯光下，不知什么缘故，显得很年轻。安德烈神甫的儿子安德烈·安德烈伊奇站在一旁，注意地听着。

花园里安静、凉快，宁静的黑影躺在地上。人可以听见远处，很远的什么地方，大概是城外吧，有些青蛙呱呱的叫声。现在有五月的气息了，可爱的五月啊！你深深地呼吸着，热切地想着：眼下，不是在这儿，而是在别的什么地方，在天空底下，在树木上方，远在城外，在田野上，在树林里，春天的生活正在展开，神秘、美丽、丰富、神圣，那是软弱

> 美在契诃夫笔下，像明月、夜色，它流动着、存在着，却又难以捉摸。体现了契诃夫从印象到意象的艺术风格，并幻化出另一艺术境界，即意绪美，常常使人产生一种清晰又朦胧的向往，向往那不确知的美好的未来。

而犯罪的人所不能理解的。不知因为什么缘故，人恨不得哭一场才好。

她，娜佳，已经二十三岁了。她从十六岁起就热切地盼望着出嫁，现在她总算做了安德烈·安德烈伊奇的未婚妻，这个青年现在正站在窗子里面。她喜欢他，婚期已经定在七月七日，可是她并不高兴，夜里也睡不好，兴致提不起来……厨房是在地下室那一层，从敞开的窗子里，她听见人们忙忙碌碌，刀子叮当响着，安着滑轮的门砰砰地开关，那儿飘来烤鸡和醋渍樱桃的气味。不知什么缘故，她觉得整个生活似乎会永远像现在这样过下去，没有变化，没有尽头！

这时候有一个人从正房走出来，在门廊上站住。这人是亚历山大·季莫费伊奇，或者简单地叫作萨沙。他是大约十天前从莫斯科来到她们家里做客的。很久以前，祖母的一个远亲，贵族出身的穷寡妇玛丽亚·彼得罗芙娜，一个带着病容的、瘦小的女人，常到他们家来请求周济。她有个儿子名叫萨沙。不知什么缘故，大家都说他是出色的画家，等到他母亲去世，祖母为了拯救自己的灵魂就送他到莫斯科的科米萨罗夫斯基学校去念书。大约两年以后他转到一个绘画学校去，在那儿差不多念了十五年书才勉强在建筑系毕业。可是他仍旧没做建筑师，却在莫斯科的一个石印工厂里做事。他差不多每年夏天都到祖母这儿来，总是病得很重，以便休息调养一阵。

他现在穿着一件长礼服，扣上纽扣，下身穿一条旧帆布裤子，裤腿下面都磨破了。他的衬衫没熨过，周身上下有一种没精神的样子。他很瘦，眼睛大，手指头又长又瘦，留着胡子，黑脸膛，不过仍旧挺漂亮。他跟舒明家的人很熟，如同自己的亲人一样，他住在他们家里，觉得跟在自己家里似的。他每回来到这儿所住的那个房间，早就叫作萨沙的房

<small>萨沙"闯入"娜佳那"没有变化""没有尽头"的平静生活，是促使娜佳与其生活彻底决裂的一个外部因素。作者写这对贫富悬殊、自幼相知的朋友间的情谊，是别有新意的。</small>

间了。

他站在门廊上，看见娜佳，就走到她面前去。

"你们这儿真好。"他说。

"当然，挺好。您应当在这儿住到秋天再走。"

"是的，大概会这样的。也许我要在你们这儿住到九月间呢。"

他无缘无故地笑起来，在她身旁坐下。

"我正坐在这儿，瞧着妈妈，"娜佳说，"从这儿看过去，她显得那么年轻！当然，我妈妈有弱点，"她沉默了一会儿，补充说，"不过她仍旧是个不同寻常的女人。"

"是的，她很好……"萨沙同意道，"您的母亲，就她本人来说，当然是一个很善良很可爱的女人，可是……怎么跟您说好呢？今天一清早我偶然到你们家的厨房里去，在那儿我看见四个女仆干脆睡在地板上，没有床，被褥不像被褥，破破烂烂，臭烘烘，还有臭虫，蟑螂……这跟二十年前一模一样，一点儿变动也没有。哦，奶奶呢，求上帝保佑她，她毕竟是个老奶奶，不能怪她了。可是要知道，您母亲多半会讲法国话，还参加演出。想来，她总该明白的。"

萨沙讲话的时候，总要把两根瘦长的手指头伸到听话人的面前去。

"不知怎么这儿样样事情我都觉得奇怪，看不惯，"他接着说，"鬼才明白为什么，这儿的人什么事都不做。您母亲一天到晚走来走去，跟一位公爵夫人一样，奶奶也什么事都不做，您呢，也一样。您的未婚夫安德烈·安德烈伊奇也是什么事都不做。"

这种话娜佳去年就听过了，仿佛前年也听过。她知道萨沙一开口，总离不了这一套，从前这种话引得她发笑，可是现在不知什么缘故，她听着心烦了。

萨沙的言辞是促使娜佳觉醒的动力，为以后描写娜佳下定决心让自己的生活"翻一个身"奠定基础。

"这些话是老生常谈,我早就听厌了,"她说,站起来,"您应当想点比较新鲜的话来说才好。"

他笑了,也站起来,两个人一块儿朝正房走去。她又高又美,身材匀称,这时候挨着他,显得很健康,衣服也很漂亮。这一点她自己也体会到了,就替他难过,而且不知什么缘故觉得挺窘。

"您说了许多不必要的话,"她说,"喏,您方才谈到我的安德烈,可是要知道,您并不了解他。"

"我的安德烈……去他的吧,您的安德烈!我正在替您的青春惋惜呢。"

等到他们走进大厅,大家已经坐下来吃晚饭了。祖母,或者照这家人的称呼,老奶奶,长得很胖,相貌难看,生着两道浓眉,还有一点点唇髭,说话很响,凭她说话的声音和口气可以看出她在这儿是一家之长。她的财产包括集市上好几排的商店和这所有圆柱和花园的旧式房子,可是她每天早晨祷告,求上帝保佑她别受穷,一面祷告一面还流泪。她的儿媳,娜佳的母亲,尼娜·伊万诺芙娜,生着金黄色头发,腰身束得很紧,戴着夹鼻眼镜,每个手指头上都戴着钻石戒指。安德烈神甫是一个掉了牙齿的瘦老头子,看他脸上的表情,总仿佛要说什么很逗笑的话似的。他的儿子安德烈·安德烈伊奇,娜佳的未婚夫,是一个丰满而漂亮的青年,头发卷曲,样子像是演员或者画家。他们三个人正在谈催眠术。

"你在我这儿再住一个星期,身体就会养好了,"奶奶转过身对萨沙说,"只是务必要多吃一点儿。看你像个什么样儿!"她叹口气,"你那样儿真可怕!真的,你简直成了个浪子。"

"挥霍掉父亲所赠的资财以后,"安德烈神甫眼睛里带着笑意,慢吞吞地说,"就跟不通人性的牲口一块儿去过活了……"

老生常谈:原指老书生的平凡议论,今指平常的老话。

髭(zī):嘴上边的胡子。

"我喜欢我的爹,"安德烈·安德烈伊奇说,摸摸他父亲的肩膀,"他是个非常好的老人。善良的老人。"

大家沉默了一阵。萨沙忽然笑起来,拿起餐巾捂住嘴。

"这么说来,您相信催眠术喽?"安德烈神甫问尼娜·伊万诺芙娜。

"当然,我也不能肯定说我相信,"尼娜·伊万诺芙娜回答,脸上做出很严肃的、甚至严厉的表情,"不过必须承认,自然界有许多神秘而无从理解的事情。"

"我完全同意您的话,不过我还得加一句:宗教信仰为我们大大地缩小了神秘的领域。"

一只很肥的大火鸡端上来。安德烈神甫和尼娜·伊万诺芙娜仍旧在谈下去。钻石在尼娜·伊万诺芙娜的手指头上发亮,后来眼泪在她眼睛里发亮,她激动起来了。

"虽然我不敢跟您争论,"她说,"不过您也会同意,生活里有那么多解答不了的谜!"

"我敢向您担保:一个也没有。"

吃过晚饭以后,安德烈·安德烈伊奇拉小提琴,尼娜·伊万诺芙娜弹钢琴为他伴奏。十年以前,他在大学的语文系毕了业,可是从来没在任何地方做过事,也没有固定的工作,只是偶尔应邀参加为慈善目的召开的音乐会。在城里大家都称他为艺术家。

安德烈·安德烈伊奇拉小提琴,大家默默地听着。桌子上,茶炊轻声地滚沸,只有萨沙一个人喝茶。后来,钟敲十二下,小提琴的一根弦忽然断了,大家笑起来,于是忙忙碌碌,开始告辞。

娜佳送未婚夫出门以后,走上楼去,回自己的房间,她和母亲住在楼上(楼下由祖母住着)。楼下,仆人把大厅里的灯熄了,萨沙却仍旧坐在那儿喝茶。他老是照莫斯科的风气

<small>简洁的一问一答或者对话,表现了鲜明的人物个性。</small>

<small>生活很宁静,但人们的内心却在悄然地发生变化。</small>

喝很久的茶，一回要喝七杯。娜佳脱了衣服上床，很久还听见女仆在楼下打扫，奶奶发脾气。最后一切都安静了，只是偶尔听见萨沙在楼下自己的房间里用男低音不时咳嗽几声。

二

娜佳醒来的时候，大概是两点钟，天在亮起来。守夜人在远处什么地方打更。她不想睡了，床很软，躺着不舒服。娜佳在床上坐起来，想心事，跟过去那些五月里的夜晚一样。她的思想也跟昨天晚上一样，单调、不必要、缠着人不放，总是那一套：安德烈·安德烈伊奇怎样开始向她献殷勤，向她求婚，她怎样接受，后来她怎样渐渐地敬重这个善良而聪明的人。可是现在距离婚期只有一个月了，不知什么缘故，她却开始感到恐惧和不安，仿佛有一件什么不明不白的苦恼事在等着她似的。

> 人有物质与精神两种需求。物质生活的富足与精神生活的贫困，使娜佳在即使很软的床上也睡不安稳。作者展现的是一个少女的精神探求画卷。

"滴克搭克，滴克搭克……"守夜人懒洋洋地敲着，"滴克搭克……"

从旧式的大窗子望出去，她可以看见花园，稍远一点儿有茂盛的紫丁香花丛，那些花带着睡意，冻得软绵绵的。浓重的白雾缓缓地飘到紫丁香上面，想要盖没它。远处树上，带着睡意的白嘴鸦在呱呱地叫。

"我的上帝啊，为什么我这样苦恼！"

也许每个新娘在婚前都有这样的感觉吧。谁知道呢！要不然这是萨沙的影响？可是话说回来，接连几年来，萨沙一直在讲这样的话，好像背书一样，他讲起来总显得很天真，很古怪。可是为什么萨沙还是不肯离开她的头脑呢？为什么呢？

守夜人早已不打更了。窗子跟前和花园里，鸟儿吱吱地叫，花园里的雾不见了。四下里样样东西都给春天的阳光照亮，就跟被微笑照亮了一样。不久，整个花园被太阳照暖，让阳光爱抚着，苏醒过来，露珠跟钻石那样在叶子上放光，这个早已荒芜的老花园在这个早晨显得那么年轻、华丽。

奶奶已经醒了。萨沙粗声粗气地咳嗽起来，娜佳可以听见他们在楼下端来茶炊，搬动椅子。

时间过得很慢。娜佳早已起来，在花园里散步了很久，早晨却仍旧拖延着不肯过去。

后来尼娜·伊万诺芙娜带着泪痕斑斑的脸出现了，手里拿着一杯矿泉水。她对招魂术和顺势疗法很有兴趣，看很多的书，喜欢谈自己心里发生的怀疑。所有这些，依娜佳看来，似乎包含着深刻而神秘的意义。这时候，娜佳吻一吻她的母亲，跟她并排走着。

"您为什么哭了，妈妈？"她问。

"昨天晚上，我开始看一个中篇小说，那里面写一个老人和他的女儿。老人在一个什么机关办公，不料他的上司爱上了他的女儿。我还没看完，不过其中有一个地方看了叫人忍不住流泪。"尼娜·伊万诺芙娜说，喝一口杯子里的水，"今天早晨我想起来，就又哭了。"

"近些天来我心里那么不快活，"娜佳沉默了一会儿，说，"为什么我夜里睡不着觉？"

"我不知道，亲爱的。每逢我夜里睡不着觉，我就紧紧地闭上眼睛，喏，就照这个样儿，而且暗自想象安娜·卡列宁娜怎样走路、讲话，或者暗自想象古代历史上的一件什么事情……"

娜佳觉得她母亲不了解她，而且也不可能了解。这还是她生平第一回有这样的感觉，她甚至害怕，想躲起来。她就走回自己的房间去了。

下午两点钟，他们坐下来吃午饭。那天是星期三，正是

> 表明娜佳心里的彷徨，是否就这样生活下去呢？

> 一潭死水般的寄生生活,青春、智慧、美在那里慢慢地腐败、坏死。娜佳该怎么办?她的出路何在?萨沙帮助她解答了这个问题。

斋日,因此给祖母端上来的是素的红甜菜汤和鳊鱼粥。

为了跟奶奶逗着玩,萨沙又喝他的荤汤,又喝素甜菜汤。大家吃饭的时候,他却一直说笑话,可是他的笑话说得笨拙,一律含着教训,结果就完全不可笑了。每逢说俏皮话以前,他总要举起很瘦很长跟死人一样的手指头,因而使人想到他病得很重,也许在这个世界上活不久了,谁都会为他难过得想流泪。

饭后奶奶回到自己房间去休息。尼娜·伊万诺芙娜弹了一会儿钢琴,然后也走了。

"啊,亲爱的娜佳,"萨沙开始了照例的午饭后的闲谈,"您要听我的话才好!您要听我的话才好!"

她坐在一张旧式的圈椅上,背往后靠着,闭上眼睛。他就在房间里慢慢走着,从这头走到那头。

"您要出去念书才好!"他说,"只有受过教育的、神圣的人才是有趣味的人,也只有他们才是社会所需要的。要知道,这样的人越多,天国来到人间也就越快。到那时候,你们这城里就渐渐不会有一块石头留下,一切都会翻个身,一切都会变样,仿佛施了什么魔法似的。到那时候,这儿就会有极其富丽堂皇的大厦、神奇的花园、美妙的喷泉、优秀的人……可是这还算不得顶重要。顶重要的是我们所谓的群众,照现在那样生活着的群众,这种恶劣现象,到那时候就不再存在,因为人人都会有信仰,人人都会知道自己为什么活着,再也不会有人到群众里面去寻求支持。亲爱的,好姑娘,走吧!告诉他们大家:您厌倦了这种一潭死水的、灰色的、有罪的生活。至少您自己要明白这层道理才对!"

"办不到,萨沙。我就要结婚了。"

"唉,得了吧!这种事对谁有必要呢?"

他们走进花园,溜达了一会儿。

"不管怎样吧,我亲爱的,您得想一想,您得明白,你们这种游手好闲的生活是多么不干净,多么不道德,"萨沙接着说,"您得明白,比方说,要是您,您的母亲,您的奶奶,什么事也不做,那就是说别人在为你们工作,你们在吞吃别人的生命,难道这样干净吗,不肮脏吗?"

娜佳想说:"不错,这话是实在的。"她还想说她自己也明白,可是眼泪涌上她的眼眶,她忽然不再作声,整个心发紧,就回到自己房间里去了。

将近傍晚,安德烈·安德烈伊奇来了,照例拉了很久的小提琴。他总是不爱讲话,喜欢拉小提琴,也许因为一拉小提琴,就可以不用讲话吧。到十一点钟,他已经穿好大衣,要告辞回家去了,却搂住娜佳,开始贪婪地吻她的脸、肩膀、手。"宝贝儿,我心爱的,我的美人儿!……"他喃喃地说着,"啊,我多么幸福!我快活得神魂颠倒了!"

她却觉得这种话很久很久以前就听过,或者在什么地方……在小说里,在一本早已丢掉的、破破烂烂的旧小说里读到过似的。

萨沙坐在大厅里的桌子旁边喝茶,用他那五根长手指头托着茶碟。奶奶摆纸牌卦,尼娜·伊万诺芙娜在看书。圣像前面的油灯里,火苗劈劈啪啪地爆响,仿佛一切都安静平顺似的。娜佳道了晚安,走上楼去,回到自己的房间,躺下,马上就睡着了。可是如同前一天夜里一样,天刚刚亮,她就醒了。她睡不着,心神不宁,苦恼。她坐起来,把头抵在膝盖上,想到她的未婚夫,想到她的婚礼……不知什么缘故,她想起母亲并不爱她那已经去世的丈夫,现在她一无所有,完全靠她婆婆,也就是奶奶过活。娜佳思前想后,怎么也想不出在这以前为什么会认为妈妈有什么特别的、不平常的地方,怎么会一直没有发现她其实是个普通的、平凡的、不幸

安德烈告别时的爱情表白,让娜佳睁开眼睛看清了未婚夫的庸俗不堪。

的女人。

楼下，萨沙也没睡着，她可以听见他在咳嗽。娜佳想，他是个古怪而天真的人，在他的幻想中，所有那些神奇的花园和美妙的喷泉，都使人觉着有点儿荒唐。可是不知什么缘故，他那天真，甚至那种荒唐，却又有那么多美丽的地方，只要她一想到要不要出外求学，就有一股凉气沁透她整个心和整个胸膛，给它们灌满欢欣和快乐的感觉。

"不过，还是不想的好，还是不想的好……"她小声说，"我不应该想这些。"

"滴克搭克……"守夜人在远远的什么地方打更，"滴克搭克……滴克搭克……"

三

六月中，萨沙忽然觉得烦闷无聊，准备回莫斯科去了。

"在这个城里我住不下去，"他阴沉地说，"没有自来水，也没有下水道！我一吃饭就腻味：厨房里脏得不像话……"

"再等一等吧，浪子！"不知什么缘故，奶奶小声劝道，"婚期就在七月啊！"

"我不想再等了。"

"可是你本来打算在我们这儿住到九月间的！"

"不过现在，您看，我不想住下去了。我要工作！"

正巧这年夏天潮湿而阴冷，树木湿漉漉的，花园里样样东西都显得阴沉沉的，垂头丧气，这也实在使得人想要工作。楼下和楼上的房间里响起一些陌生女人说话的声音，奶奶的房间里有嗒嗒嗒的缝纫机声音，这是她们在赶做嫁妆。光是皮大衣，就给娜佳做了六件，其中顶便宜的一件，照奶奶说来，也要值三百卢布！这种忙乱惹得萨沙不痛快，他坐在自己的房间里生闷气，可是大家仍旧劝他留下，他就答应七月

荒唐：(思想、言行)错误到使人觉得奇怪的程度。有时也指(行为)放荡，没有节制。

垂头丧气：形容情绪低落、失望懊丧的神情。

一日以前不走了。

时间过得很快。在圣彼得节那天吃过午饭以后，安德烈·安德烈伊奇跟娜佳一块儿到莫斯科街去再看一回早已租下来、准备给年轻夫妇居住的那所房子。那所房子有两层楼，可是至今只有楼上刚装修好。大厅铺着亮晃晃的地板，漆成细木精镶的样子，有几把维也纳式的椅子、一架钢琴、一个小提琴乐谱架。屋里有油漆的气味。墙上挂着一张大油画，装在金边框子里，画的是一个裸体的女人，她身旁有一个断了柄的淡紫色花瓶。

"好一幅美妙的画儿，"安德烈·安德烈伊奇说，出于尊敬叹了一口气，"这是画家希什马切夫斯基的作品。"

旁边是客厅，摆着一张圆桌子，一张长沙发，几把套着鲜蓝色布套的圈椅。长沙发的上方挂着一张安德烈神甫的大照片，戴着法冠，佩着勋章。然后他们走进饭厅，那儿摆着一个餐具柜，随后走进寝室。这儿光线暗淡，并排放着两张床，看上去好像在布置寝室的时候，认定将来这儿永远很美满，不会有别的情形似的。安德烈·安德烈伊奇领着娜佳走遍各个房间，始终用胳膊搂着她的腰。她呢，觉着衰弱，惭愧，痛恨所有这些房间、床铺、圈椅，那个裸体女人惹得她恶心。她已经明明白白地觉得她不再爱安德烈·安德烈伊奇了，也许从来就没有爱过，可是这句话怎么说出口，对谁去说，而且说了以后要怎么样，她都不明白，而且也没法明白，虽然她整天整夜地在想着这件事⋯⋯他搂着她的腰，谈得那么热情，那么谦虚，他在自己的住所里走来走去，显得那么幸福。她呢，在一切东西里，却只看见庸俗，愚蠢的、纯粹的、叫人受不了的庸俗。他那搂着她腰的胳膊，她也觉得又硬又凉，跟铁箍一样。她随时都想跑掉，痛哭一场，从窗口跳出去。安德烈·安德烈伊奇领她走进浴室，在这儿他碰了

这个观看未来新房的场景是契诃夫精心安排的，他详细描绘的新房是未婚夫安德烈的兴趣、好恶和生活情操的集中反映，也可以说是他的心灵写照。

安德烈兴致勃勃地领着娜佳走遍各个房间，实际上他是在向娜佳展示自己的精神世界。新房的摆设使娜佳对安德烈的内心世界及生活理想一目了然。

碰一个安在墙上的水龙头，水立刻流出来了。

"怎么样？"他说，放声大笑，"我叫人在阁楼上装了一个水箱，可以盛一百桶水，喏，我们现在就有水用了。"

他们穿过院子，然后走到街上，雇了一辆出租马车。尘土像浓重的乌云似的飞扬起来，好像天就要下雨了。

"你不冷吗？"安德烈·安德烈伊奇说，尘土吹得他眯缝着眼睛。

她没答话。

"你记得，昨天萨沙责备我什么事也不做，"沉默一阵以后，他说，"嗯，他的话很对，对极了！我什么事也不做，而且也做不了。我亲爱的，这是什么缘故？就联想到将来有一天，我也许会在额头上戴一枚帽章，去办公，我都会觉着那么厌恶，这是为什么？为什么我一看见律师，或者拉丁语教师，或者市参议会委员，我就觉着那么不自在？啊，俄罗斯母亲！啊，俄罗斯母亲，你至今还驮着多少游手好闲的、毫无益处的人啊！有多少像我这样的人压在你身上啊，受尽痛苦的母亲！"

> 通过安德烈的语言描写表现了他的庸俗无聊、游手好闲以及贫乏的精神世界。

他对他什么事不做这一点，得出一个概括的结论，认为这是时代的特征。

"等我们结了婚，"他接着说，"那我们就一块儿到乡下去，我亲爱的，我们要在那儿工作！我们给自己买下不大的一块土地，外带一座花园，一条河，我们要劳动，观察生活……啊，那会多么好！"

他脱掉帽子，头发让风吹得飘扬起来。她呢，听着他讲话，暗自想着："上帝啊，我要回家！上帝啊！"他们快要到家的时候，车子追上了安德烈神甫的车子。

"瞧，我父亲来了！"安德烈·安德烈伊奇高兴地说，挥动帽子，"真的，我爱我的爹，"他一面给车钱，一面说，"他是个非常好的老人，善良的老人。"

娜佳走进家里，心里觉着气愤，身子也不舒服，心想：整个傍晚会有客人来，她得招待他们，得赔着笑脸，得听小提琴，得听各式各样的废话，而且一味地谈婚礼。奶奶坐在茶炊旁边，穿着绸衫，又华丽又神气，她在客人面前好像总是那么傲慢。安德烈神甫带着他那调皮的笑容走进来。

"看见您玉体安康，十分快慰。"他对奶奶说，很难弄明白他是在开玩笑呢，还是在认真地说这句话。

四

风敲打着窗子，敲打着房顶。呼啸声响起来，家神在火炉里哀伤忧闷地哼他的歌。这时候是夜里十二点多钟。一家人都上床睡了，可是谁也没睡着，娜佳时时刻刻觉着仿佛楼下有人在拉小提琴似的。忽然砰的一声响，大概是一扇护窗板刮掉了。一分钟以后，尼娜·伊万诺芙娜走进来，只穿着衬衫，手里举着一支蜡烛。

"这是什么东西砰的一响，娜佳？"她问。

她母亲，头发梳成一根辫子，脸上现出胆怯的笑容，在这暴风雨的夜晚她显得老了、丑了、矮了。娜佳回想，前不久她还认为母亲是个不平常的女人，带着自豪的心情听她讲话，现在她却怎么也想不起那些话了，她所能想起的话都那么软弱无力，不必要。

火炉里传出好几个男低音的歌唱，甚至仿佛听见："唉，唉，我的上帝！"娜佳坐在床上，忽然使劲抓住头发，痛哭起来。

"妈妈，妈妈，"她说，"我的亲妈，要是你知道我出了什么样的事就好了！我求求你，我央告你，让我走吧！我求求你了！"

娜佳对母亲认识的变化，让她明白了，如果走不出生活的泥沼，自己的明天必将是母亲今天生活的翻版。

"到哪儿去?"尼娜·伊万诺芙娜不明白是怎么回事,在床边坐下来,问道,"要到哪儿去?"

娜佳哭了很久,一句话也说不出来。

"让我离开这个城市吧!"最后她说,"不应该举行婚礼,也不会举行婚礼了,你要明白才好!我不爱这个人……就连谈一谈这个人,我都办不到。"

"不,我的宝贝儿,不,"尼娜·伊万诺芙娜赶快说,吓慌了,"你镇静一下,这是因为你心绪不好。这会过去的。这种事常有。多半你跟安德烈拌嘴了吧,可是小两口儿吵架,只不过是打哈哈呢。"

"得了,你走吧,妈妈,你走吧。"娜佳痛哭起来。

"是啊,"尼娜·伊万诺芙娜沉默了一会儿,说,"不久以前你还是个孩子,是个小姑娘,可是现在已经要做新娘了。自然界是经常新陈代谢的。你自己也没留意,就会变成母亲,变成老太婆的,你也会跟我一样有这么一个倔脾气的女儿。"

"我亲爱的好妈妈,你要知道,你聪明,你不幸,"娜佳说,"你很不幸,那你为什么要说这些庸俗的话呢?看在上帝面上告诉我,为什么呢?"

尼娜·伊万诺芙娜想要说话,可是一句话也说不出来,哽咽了一声,回到自己的房间去了。那些男低音又在炉子里哼起来,忽然变得很可怕。娜佳跳下床来,连忙跑到母亲那儿去。尼娜·伊万诺芙娜,泪痕满面,躺在床上,盖着浅蓝色的被子,手里拿着一本书。

"妈妈,你听我说!"娜佳说,"我求求你,好好想一想,你就会明白了!你只要明白我们的生活多么琐碎无聊,多么有失尊严就好了。我的眼睛睁开了,现在我全看明白了。你那个安德烈·安德烈伊奇是个什么样的人?要知道,他并不聪明,妈妈!主啊,我的上帝!你要明白,妈妈,他愚蠢!"

尼娜·伊万诺芙娜实际上是一个不能自立的不幸的女人,她呼喊"我要生活",不过是绝望的哀号。表明了俄罗斯传统的妇女没有独立性的被压抑的生活悲剧。

尼娜·伊万诺芙娜猛地坐起来。

"你和你的祖母都折磨我！"她说，哽咽一声，"我要生活！生活！"她反复说着，两次举起拳头捶胸口，"给我自由！我还年轻，我要生活，你们却把我磨成了老太婆！"

她哀哀地哭起来，躺下去，在被子底下蜷起身子，显得那么弱小、那么可怜、那么愚蠢。娜佳走回自己的房间，穿好衣服，靠窗口坐下，静等天亮，她通宵坐着，想心事，外面不知什么人老是敲打护窗板，发出呼啸声。

到早晨，奶奶抱怨说，一夜之间风吹掉了花园里所有的苹果，吹断一棵老李树。天色灰蒙蒙、阴惨惨、凄凉，使人想点起灯来。人人抱怨冷，雨抽打着窗子。喝完茶以后，娜佳走进萨沙的房间，一句话也没说，就在墙角一把圈椅前面跪下来，双手蒙住脸。

"怎么了？"萨沙问。

"我忍不下去了……"她说，"以前我怎么能一直在这儿生活下来的，我真不懂，我想不通！现在我看不起我的未婚夫，看不起我自己，看不起整个这种游手好闲、没有意义的生活。"

"得了，得了……"萨沙说，还没听懂这是怎么回事，"这没什么……这挺好。"

"我讨厌这种生活了，"娜佳接着说，"我在这儿连一天也过不下去了。明天我就离开这儿。看在上帝的面上，带我一块儿走吧！"

萨沙惊愕地瞧了她一分钟。临了，他明白过来了，高兴得跟小孩一样。他挥舞胳膊，鞋踏起拍子来，仿佛高兴得在跳舞似的。

"妙极了！"他说，搓一搓手，"上帝啊，这多么好！"

她抬起充满爱慕的大眼睛一眨也不眨地瞧着他，仿佛着

> 娜佳开始意识到了自己和未婚夫的庸俗、空洞的生活，厌恶这种没有意义的生活。

了魔似的，等着他马上对她说出什么精辟的、有无限重大意义的话来。他还什么话也没跟她讲，可是她已经觉着她的面前展开了一种新的、广大的、以前她一直不知道的东西，她已经充满期望地凝神望着它，做了一切准备，甚至不惜一死了。

"我明天走，"他想了一想，说，"您到车站来送我好了……我把您的行李装在我的皮箱里面，我替您买好车票。等到第三遍铃响，您就上车，我们就走了。您把我送到莫斯科，然后您一个人到彼得堡去。您有身份证吗？"

"有。"

"我向您发誓，您不会后悔，不会遗憾的，"萨沙热情地说，"您走吧，您去念书吧，然后听凭命运把您带到什么地方去。您把您的生活翻转过来，那就一切都会改变了。主要的是把生活翻转过来，其余的一切都无关紧要。那么明天我们真走了？"

"噢，是啊！看在上帝分儿上吧！"

娜佳觉得很激动，心头从来没有这么沉重过，觉得她一定会在痛苦中，在苦恼的思索里打发掉她行前的这一段时间，可是她刚刚走上楼去，回到自己的房间，在床上躺下，就立刻睡着了，脸上带着泪痕和笑容，沉酣地一直睡到傍晚。

对精神生活的渴求，对未来的憧憬，让她心安、踏实。

五

出租马车雇来了。娜佳已经戴上帽子，穿好大衣，这时候就走上楼去再看一眼她的母亲，再看一下她所有的东西。她在自己的房间里挨着那张仍有余温的床站着，往四下里瞧一遍，然后轻轻地走到她母亲的房间里去。尼娜·伊万诺芙娜在睡觉，房间里很静。娜佳吻了吻她的母亲，理一理她的头发，站了两分钟光景……然后她不慌不忙地走下楼去。

外面雨下得很大。出租马车支起车篷停在门口，上下都淋湿了。

"车上坐了他，就没有你的位子了，娜佳，"祖母说，这时候女用人开始把手提箱搬上车去，"遇到这种天气还要去给他送行，这是何苦！你还是待在家里好。瞧，雨下得好大！"

娜佳想要说一句什么话，可是说不出来。这时候萨沙扶娜佳上车，用毯子盖好她的腿。然后在她的旁边坐下。

"一路平安！求上帝赐福给你！"祖母站在台阶上喊道，"你，萨莎，到了莫斯科要给我们写信来啊！"

"好，再见，奶奶！"

"求圣母保佑你！"

"唉，这天气！"萨沙说。

直到这时候，娜佳才哭起来。现在她才明白她确实走定了，先前她对奶奶告辞，她瞧着母亲的时候，还不相信真正会走。别了，这个城市！她忽然想起一切：安德烈啊，他的父亲啊，新房子啊，裸体女人和花瓶啊，所有这些东西不再惊吓她，也不再压着她的心，却显得幼稚渺小，不住地往后退，越退越远。等到他们在车厢里坐定，火车开动，那整个极其巨大严肃的过去，就缩成了一小团，同时这以前她不大留意的那个广大宽阔的未来，却铺展开来。雨点抽打车窗，从窗子里望出去只看见碧绿的田野，电线杆子和电线上的鸟儿纷纷闪过去。欢乐忽然使她透不出气来：她想起她在走向自由，去念书，这就跟许多年前大家所说的"出外做自由的哥萨克"一样。一时间，她又笑，又哭，又祷告。

"没关系，"萨沙得意地微笑着说，"没关系！"

契诃夫用"点彩法"表现了在这瞬息间，多少表象、回忆、印象、幻觉、直觉流过娜佳的心头。显然，在这瞬间，对未来的憧憬代替了对过去的依恋，自由代替了惊吓，欢乐代替了忧愁。这就是娜佳心智成长的起点。

六

秋天过去了，冬天跟着也过去了。娜佳已经非常想家，天天惦记母亲和祖母。她也想念萨沙。家里的来信，口气平静、和善，仿佛一切已经得到原谅，被人忘掉了似的。五月间，考试完结以后，她动身回家去，身体很好，兴致很高，她中途在莫斯科下车，去看萨沙。他跟去年夏天一模一样，仍旧一脸的胡子，一头散乱的头发，仍旧穿着那件长礼服和帆布裤子，眼睛也仍旧又大又美，可是他的外表看上去不健康、疲惫不堪，他又老又瘦，不断地咳嗽。不知什么缘故，娜佳觉得他又灰色又土气。

"我的上帝啊，娜佳来了！"他说，快活地笑起来，"我的亲人，好姑娘！"

他们在石印工厂里坐了一会儿，那儿满是纸烟的气味，油墨和颜料的气味，浓得闷人。后来他们到他的房间里去，那儿也有烟气和痰的气味。桌上，在一个冰冷的茶炊旁边摆着一个破碟子，上面盖着一小块黑纸，桌上和地板上有许多死苍蝇。处处都表现萨沙把自己的私生活安排得马马虎虎，随遇而安*，看起来十分不舒适。要是谁跟他谈起他的个人幸福，谈起他的私生活，谈起对他的热爱，他就会一点儿也不了解，反倒笑起来。

"挺好，样样事情都顺当，"娜佳匆匆忙忙地说，"去年秋天，妈妈到彼得堡来看过我。她说奶奶没生气，只是常常走进我的房间，在墙上画十字。"

萨沙显得很高兴，可是不断地咳嗽，讲起话来声音嘶哑。娜佳一直仔细瞧着他，不能够断定究竟他真的病得很重呢，还是只不过她觉得如此。

"萨沙，我亲爱的，"她说，"要知道，您病了！"

---

*随遇而安：能适应条件环境，在任何环境中都能满足。

"不，挺好。病是有病，可是不很重……"

"唉，我的上帝！"娜佳激动地叫道，"为什么您不去看病？为什么您不保重您的身体？我宝贵的，亲爱的萨沙，"她说，眼泪从她眼睛里流出来，而且不知什么缘故，在她的想象里浮起来安德烈·安德烈伊奇、那裸体女人和花瓶、现在显得跟童年一样遥远的她那整个过去。她哭起来，因为在她眼里，萨沙不再像去年那么新奇、有见识、有趣了。"亲爱的萨沙，您病得很重很重了。我不知道该做些什么事才能够让您不这么苍白、消瘦。我欠着您那么多的情！您再也想不出来您帮了我多大的忙，我的好萨沙！实际上，您现在是我顶亲切顶贴近的人了。"

他们坐着谈了一阵话。现在，娜佳在彼得堡过了整整一个冬天以后，萨沙，他的话语、他的微笑、他的整个体态，在她看来，成了一种过时的、旧式的、早已活到头、或许已经埋进坟墓里的东西了。

"后天我就要到伏尔加河去旅行，"萨沙说，"喏，然后去喝马乳酒。我很想喝马乳酒。有一个朋友和他的太太跟我一块儿走。他太太是个了不起的人，我老是怂恿她，劝她出外念书。我要她把她的生活翻转过来。"

他们谈了一阵，就坐车到车站去。萨沙请她喝茶，吃苹果。火车开动了，他向她微笑，挥动手绢，就是从他的腿也看得出来他病得很重，未必会活得很久了。

中午娜佳到了她家乡的那座城。她从车站坐着马车回家，觉着街道很宽，房子又小又扁，街上没有人，她只遇见那个穿着棕色大衣的、德国籍的钢琴调音技师。所有的房子都好像盖满了灰尘。祖母已经十分苍老，仍旧肥胖、相貌难看，她伸出胳膊搂住娜佳，把脸放在娜佳的肩膀上，哭了很久，不能分开。尼娜·伊万诺芙娜也老多了，丑多了，仿佛周身

此时此刻的娜佳较之一年前，思想境界又深化了一层，告别了一切"过时的、旧式的"生活。

消瘦了，可是仍旧像以前那样束紧腰身，钻石戒指仍在她手指头上发亮。

"我的宝贝儿！"她说，周身发抖，"我的宝贝儿！"

然后她们坐下来，哭着，说不出话来。看得出来，祖母和母亲分明体会到过去已经完了，从此不会回来了：她们在社会上已经没有地位，没有从前那样的荣耀，也没有权利请客了，这就如同在轻松的、无忧无虑的生活中，半夜里忽然跑进警察来，大搜一通，原来这家的主人盗用公款或者铸造伪币，于是那轻松的、无忧无虑的生活从此完结了一样！

娜佳走上楼去，看见先前那张床，先前那些挂着素白窗帘的窗子，窗外也仍旧是那个花园，浸沉在阳光里面，充满欢乐，鸟语声喧。她摸一摸自己的桌子，坐下来，思索着。她吃了一顿好饭，喝茶时候吃了些可口的、油腻的鲜奶油。可是总好像缺了点什么，使人觉着房间里空荡荡，天花板低矮。傍晚，她上床睡觉，盖好被子，不知什么缘故，她觉着躺在这暖和的、很软的床上有点可笑。

> 在此刻的娜佳看来，以前的生活是那么空虚，甚至可笑。

尼娜·伊万诺芙娜走进来待了一会儿，她坐下，就跟有罪的人一样，畏畏缩缩，小心谨慎。

"嗯，怎么样，娜佳？"她停了一停，问道，"你满意吗？完全满意吗？"

"满意，妈妈。"

尼娜·伊万诺芙娜站起来，在娜佳的身上和窗子上画十字。

"你看得明白，我开始信教了，"她说，"你要知道，现在我在研究哲学，我老是想啊想的……现在有许多事情在我已经变得跟白昼一样豁亮了。首先我觉着整个生活应当如同透过三棱镜那样的度过去。"

"告诉我，妈妈，祖母的身体怎么样？"

"她好像挺好。那回你跟萨沙一块儿走后，你打来了电报，祖母看完电报，当场就晕倒了。她躺在床上一连三天没动弹。这以后她老是祷告上帝，老是哭。可是现在她好了。"

她站起来，在房间里走来走去。

"滴克搭克……"守夜人打更，"滴克搭克，滴克搭克……"

"首先，整个生活应当如同透过三棱镜那样度过去，"她说，"换句话说，那就是，在我们的意识里，生活应当分析成最单纯的因素，就跟分成七种原色一样，每个因素都得分别加以研究。"

尼娜·伊万诺芙娜后来又说了些什么，什么时候走的，娜佳都没听见，因为她很快就睡着了。

五月过去，六月来了。娜佳在家里已经住惯。祖母忙着张罗茶炊，深深地叹气。每到傍晚，尼娜·伊万诺芙娜就讲她的哲学，她仍旧像食客那样住在这所房子里，哪怕花一个小钱也要向祖母要。家里有许多苍蝇，房间里的天花板好像越来越低了。祖母和尼娜·伊万诺芙娜不出门上街，因为害怕遇见安德烈神甫和安德烈·安德烈伊奇。娜佳在花园里和街道上溜达，瞧那些房屋和灰色的围墙，她觉得这城里样样东西都早已老了，过时了，只不过在等着结束，或者在等着一种年轻的、新鲜的东西开始罢了。啊，只求那种光明的新生活快点来才好，到那时候人就可以勇敢而直率地面对自己的命运，觉着自己对，心情愉快，自由自在！这样的生活早晚会来！眼前，虽然奶奶的家里搞成这样：四个女仆没有别的地方可住，只能挤在一个房间里，住在地下室里，住在肮脏的地方，可是总有一天，那个时代一到来，这所房子就会片瓦无存，被人忘掉，谁也想不起它来……给娜佳解闷的只有邻居院里几个顽皮的男孩。她在花园里走来走去的时候，他们敲着篱墙，笑着讥诮她说：

打更"滴克搭克……"衬托着夜晚中人物的心情，十分巧妙。

"新娘哟！新娘哟！"

萨沙从萨拉托夫寄来一封信。他用快活而歪歪扭扭的笔迹写道，他在伏尔加河的旅行十分圆满，可是他在萨拉托夫害了点小病，喉咙哑了，已经在医院里躺了两个星期。她知道这是怎么回事，她的心里充满一种近似信念的兆头。她感到不愉快，因为不管这兆头也好，想到萨沙也好，都不像从前那样激动了。她热切地要生活，要回彼得堡。她和萨沙的交往固然是亲切的，可是毕竟遥远了，遥远地过去了！她通宵没睡，早晨坐在窗口，听着。她也真听见了楼下的说话声音，惊慌不安的祖母正在着急地问一件什么事。随后有人哭起来……等到娜佳走下楼去，祖母正站在墙角，在圣像面前祷告，满脸泪痕。桌子上放着一封电报。

娜佳在房间里来来去去走了很久，听着祖母哭，然后拿起电报读了一遍。电报上通知说亚历山大·季莫费伊奇，或者，简单一点儿，萨沙，昨天早晨已经在萨拉托夫害肺痨病去世了。

祖母和尼娜·伊万诺芙娜到教堂去布置安魂祭，娜佳呢，仍旧在房间里走了很久，思索着。她看得很清楚：她的生活已经照萨沙所希望的那样翻转过来，现在她在这儿变得孤单、生疏，谁也不需要她，这儿的一切她也不需要，整个过去已经被割断、消灭，好像已经烧掉，连灰烬也给风吹散了似的。她走进萨沙的房间，在那儿站了一会儿。

"别了，亲爱的萨沙！"她想，这时在她面前现出一种宽广辽阔的新生活，那种生活虽然还朦朦胧胧、充满神秘，却在吸引她、召唤她。

她走上楼去，回到自己的房间里收拾行李，第二天早晨向家人告辞，生气蓬勃、满心快活地离开了这个城市，她觉得，她从此再也不会回来了。

一个人死了，但新的生活召唤着后人。萨沙完成了引导者的使命。小说到这里，娜佳作为俄国新的知识女性，走上了一种崭新的朦胧而神秘、却又宽广辽阔的生活。

1903 年

情境赏析

通过与萨沙推心置腹的交谈与真诚、坦率的争论，娜佳终于发现未婚夫的庸俗与奴性，母亲的空虚与痛苦，并在萨沙的启发下，选择去彼得堡求学，开始新的生活。作者虽未具体描绘娜佳在彼得堡的任何活动，但却交代了她在学习一年后发生的变化。她以崭新的精神面貌走上了新的人生道路。

可以说，在《新娘》中，契诃夫着重表现的不是爱情的追求；或者说，娜佳的追求更高尚、更丰富，远非"爱情"两个字所能包容的。她追求那种使人获得自主自尊、自由创造自然也是创造美好爱情的重大前提——这就是像海洋一样无限广阔、无限深邃的知识。

名家点评

契诃夫的死对我们来说是一个巨大的损失，除了无与伦比的艺术家外，它还使我们失去了一个美好、真诚和正派的人……

——（俄）列夫·托尔斯泰